Bergsveinn Birgisson

Die Landschaft hat immer recht

Bergsveinn Birgisson

Die Landschaft hat immer recht

Roman

Aus dem Isländischen übersetzt
von Eleonore Gudmundsson

Residenz Verlag

Dieses Buch wurde mit Unterstützung des Icelandic Literature Center gedruckt.

ICELANDIC LITERATURE CENTER

Die Originalausgabe ist 2003 unter dem Titel »Landslag er aldrei asnalegt« bei Bjartur, Reykjavik, erschienen.

Bibliografische Information der Deutschen Nationalbibliothek
Die Deutsche Nationalbibliothek verzeichnet diese Publikation in der Deutschen Nationalbibliografie; detaillierte bibliografische Daten sind im Internet über http://dnb.dnb.de abrufbar.

www.residenzverlag.at

Umschlaggestaltung: Thomas Kussin/buero 8
Typografische Gestaltung, Satz: Ekke Wolf, typic.at
Lektorat: Jessica Beer
Gesamtherstellung: CPI Moravia Books

ISBN 978 3 7017 1695 1

Für Helle

Geirmundarfjörður - Genossenschaft

Hochgeschätzter Herausgeber!

Ich, der Unterzeichnete, Sigursteinn Benónysson, Vorsteher des Bezirks Hneitistaðir, übersende hiermit ein Manuskript, das sich mit dem Leben der Menschen hier im Norden im Geirmundarfjörður beschäftigt.

Das Manuskript haben meine Frau, Sigurlína Þrastardóttir, und ich aus dem Tagebuch des Halldór Benjamínsson erarbeitet. Dessen Vater Benjamín war der Enkel von Bernódus, dem langjährigen und glückvollen Kreisvorsteher hier im Bezirk Hneitistaðir.

Schon seit einiger Zeit hatten wir Wind von Halldórs Schreiberei bekommen. Oft konnte man bis spät in die Nacht Licht am Fenster seines Zimmers im Fischerwohnheim oder am Haus des Lesevereins sehen, in dem er sich oft aufhielt, wenn es stürmisch war und es für die Fischer wenig Aussichten gab, am nächsten Tag hinauszufahren. Es hat sich gezeigt, dass Halldórs Aufzeichnungen eine wertvolle Quelle über das Leben im Geirmundarfjörður darstellen, eines Lebens, das dabei ist, auszutrocknen, und das am Rand des Abgrunds steht.

Auch wenn Halldór flott schreibt, ist er dennoch unfähig zu ordentlicher Orthographie. Ich habe versucht, diese zu verbessern und sein Tagebuch zu kürzen, überdies haben wir Kapitelüberschriften eingefügt, um dem Leser die Lektüre zu erleichtern. Bei der Stellenanzeige »Haushälterin gesucht« habe ich diese Rechtschreibkorrekturen allerdings unterlassen, wodurch ein Bild von Halldórs Tagebuch vor unseren Verbesserungen entsteht.

Zwar ist mir selbst die Erzählkunst nicht in die Wiege gelegt worden, dennoch sah ich mich gezwungen, kurze Textteile dort einzufügen, wo der Zusammenhang fehlte oder der Erzähler mittendrin verstummte. Es ist unsere Hoffnung, dass dadurch ein umfassenderes Bild des Lebens der hiesigen Bevölkerung gegeben wird. Außerdem zitiert Halldór aus den Predigten von Sólmundur Arnarson, unseres Pfarrers im Bezirk Hneitistaðir. Wir haben beschlossen, die Abschlusspredigt von Sólmundur in die Erzählung aufzunehmen, denn irgendwie finden wir, dass sie hierher gehört. [Eingefügte Kapitel haben wir mit eckigen Klammern gekennzeichnet, so wie diesen Satz.]

Die Erzählung der seltsamen Vorgänge rund um das Verschwinden von Dufgus haben wir nirgendwo verändert, wir können nur bezeugen, dass da etwas Wahres dran ist. Soweit man so etwas eben wissen kann.

Jetzt könnte man aus der Geschichte schließen, dass es im Geirmundarfjörður ewig stürmt und bei uns hier eine Wetterhölle herrscht. Aber das stimmt nicht. Die Wahrheit ist, dass bei passableren Wetterlagen, die es zweifellos gibt, die Männer zum Fischen hinausgerudert sind und keine Zeit zum Schreiben hatten.

Nun geben wir uns der Verlockung hin, diese Geschichte zu veröffentlichen, die, wie wir beschlossen haben, den Titel einer Gedichtzeile des seligen Jón von Hneitistaðir tragen soll.

So übergebe ich das Kompendium in vollem Umfang zu Ihren Händen mit besten Wünschen.

Ihr ergebener
Sigursteinn Benónysson

ERSTES BUCH

Hier wird vom Wetter und von Dufgus' Jugend berichtet, Dósi kommt.

Das Beste an Unwettertagen wie diesem ist, wenn es in höheren Lagen aus Westen stürmt, wenn die Wolken über den Fjord auf die Bucht hinausrasen und die Sonne ab und zu verdecken, sodass sich da und dort auf dem Land Flecken aus Sonnenlicht entzünden.

Dann ist das Licht nicht so gleichmäßig verteilt wie bei wolkenlosem Wetter. Zwischen den Sonnenphasen muss nicht unbedingt ein Regenguss kommen. Bei geglücktem Westwetter stürzen die Wolken an der Küste von den Bergen, und wenn die Sonne im Mittag steht, verwandelt sich der Sonnenschein in Margarine, die glänzend die Hänge hinunterfließt. Es ist nichts Besonderes an reiner Sonne, und auch ein Vollmond ist noch keine große Schönheit, es sei denn, es schieben sich Wolken davor oder davon weg.

Jetzt stürmte es heftig von Westen, die Wolken waren angerückt und ein Unwetter zog auf. Ich fand, dass sie die Gestalt alter Männer angenommen hätten, die unterwürfig über die Bergspitzen in den Fjord hineinlugten und leise flüsterten. Aber vielleicht war das nur ein Geräusch aus dem Schlachthof.

Ich kam gestern bei Gusi vorbei, aber er war etwas schlapp, wie er mir sagte. Bei diesem Mann darf man das Wort Arzt nicht erwähnen. Nein, der Urheber der Fische kümmert sich um mich, sagte er, und wenn ich einmal nicht mehr schwimmen soll, dann höre ich eben auf zu schwimmen.

Gusi redet immer häufiger vom Urheber der Fische und vergleicht auch die Menschen mit Fischen auf trockenem Land. Wir saßen in der Küche und blickten auf den Fjord hinaus.

Gusi kommt aus einer Zeit, als Weihnachten bedeutete, dass das Kaufmannsschiff eine Kiste Äpfel brachte und alles von Leben erfüllt schien hier weit oben im Norden. Man hat den Eindruck, Gusi sei schon hier, seit Gott seinen Finger in das halb erhärtete Wachs des Landes gedrückt, auf den Fjord gedeutet und gesagt hatte: Hier sei Leben! Jeder Bauernhof an der Küste hatte einen Landungssteg oder ein Bootshaus und einen Schuppen, um Fisch zu verarbeiten und Köder an die Haken zu machen. Gusi hat mir Ruinen davon gezeigt, da und dort, hat auf ein paar Bülten gedeutet und auf verwitterte Planken unten am Meer und gesagt: Von hier sind sie mit zwei Booten hinausgerudert und das waren alles deine Verwandten, und hier waren die Fischerhütten. Hier wohnten sie zu fünfzehnt. Sie waren mit uns allen durch den seligen Friðrik verwandt, deinen Großvater. Die hier hatten eine Kuh und ein paar Schafe. Schau, hier sind immer noch Reste des alten Herds.

Ein paar Männer taten sich zusammen und ruderten bei jedem Wetter auf diesen kleinen Holzschalen hinaus und legten die Hanfleinen aus oder zogen den Fisch mit Haken – zwei große Haken waren auf Eisen befestigt oder auf Holz und unten dran ein Senkblei, und dann wurden Köder angebracht und alles zusammen an Hanfleinen auf und ab bewegt.

Und die Männer hatten nie Proviant mit wegen des Aberglaubens, dass sich der Teufel darüber lustig machen würde, und sie sagten immer Essensberg, wenn sie den Pottberg meinten, weil sie Angst hatten, dass, wenn sie Pott aussprächen, ein Pottwal käme und sie zum Kentern brächte. Ich sehe Gusi vor mir, mit dreizehn Jahren, an einem Ruder sitzend, in dicken Seemannsfäustlingen mit Daumen an beiden Seiten und nichts zu beißen.

Das waren harte Zeiten, mein lieber Halldór, sagt er, der einiges gewohnt ist, wenn es ums Arbeiten geht. Damals standen sie um zwei oder drei in der Nacht auf, wenn die Aussichten gut waren, und zunächst holten sie Köder, die sie vom Lagerhaus im Geirmundarfjörður über Felsen und Pfade am Meer entlang zu den Fischerhütten brachten. Dann wurde bis zum Morgengrauen bei schlechtem Licht angeködert, danach das Boot klargemacht, das Seemannsgebet gesprochen und aus dem Bootshaus gerudert. Gusi versichert, dass er manchmal so müde gewesen sei, dass er einschlief, während er die Leine mit der Hand in die Tiefe ließ, aber erwachte, wenn an irgendeinem Haken ein Fisch angebissen hatte. Manchmal sei er so seekrank gewesen, dass er auf seine angeköderten Leinen erbrochen hätte, er hörte aber dennoch nicht auf, die Leinen auf und ab zu bewegen. Das hat er mir erzählt. Und das Kaufmannsschiff, das den Anker drinnen im Fjord auswarf, kam nicht nur mit Apfelkisten vor Weihnachten.

Einmal, als Gusi jung war, durfte er mit dem Ruderboot mitfahren, das die Waren abholte. In dem Netz, das zum Boot hinuntergelassen wurde, glitzerte etwas Weißes, auf dem das Sonnenlicht tanzte, und diesen gleißend weißen Gegenstand hatte der Kaufmann im Dorf aus Reykjavík geordert. Aber was wollte er mit diesem Teil, das mit nichts im ganzen Bezirk zu vergleichen war? War es vielleicht ein Kunstwerk? Gusi konnte nichts anderes tun, als die anderen zum Kaufmann zu begleiten, um eine Erklärung für den Gegenstand zu erhalten.

Der Kaufmann hatte vor, in das Ding hineinzuscheißen.

Nein, zum Teufel. Scheißen? In etwas aus Glas?, sagte einer von den Alten und schnappte nach Luft, und auch den anderen kam es absurd vor, die Würste in ein so weißes und glänzendes Gefäß abzuseilen. Aber in dem Maß, in dem sich die Klosette im Dorf durchsetzten und die Würste der Menschen in Empfang nahmen, begannen die kleinen Fischersiedlungen zu verschwinden und sich in Grasbülten und verwitterte Planken zu verwandeln.

Dósi ist zu Besuch gekommen und bleibt übers Wochenende. Der Mann war gut ausgestattet mit Whisky und Tabak. Wenn Dósi wieder wegfuhr, war es, als seien Hundert weggefahren, und doch war er nur ein einziges Individuum. In ihm war immer eine gewisse Ungeduld, und wenn es weniger zu fangen gab, begann er gleich davon zu reden, dass er weiter fjordeinwärts wolle. Wir wussten, dass sie weiter drinnen nicht mehr fischten, aber jetzt wollte er dorthin, denn da war auch mehr los: Es gab Kabelfernsehen und es war näher zur Stadt mit ihren Pubs und so weiter.

Ich kann mich an den Tag erinnern, an dem Dósi strandete. Da zog am Abend ein so dichter Nebel auf, dass man die Hand nicht vor Augen sehen konnte, und Dósi kam die Hafeneinfahrt falsch herein und fuhr mit seinem Boot gegen die Heljarschäre. Er rief mich, denn er hatte Angst, dem Boot ein Leck zugefügt zu haben, aber Gott sei Dank drang nur wenig Wasser ein. Ich folgte ihm in den Hafen, wo wir das Boot mit dem Kran auf den Kai hinaufzogen. Danach sah es aus, als wendete sich alles im Dorf gegen ihn, und der Mann hielt es hier nicht mehr aus. Das Fernsehen fiel immer wieder aus, oder es gab keinen Strom, und Dósi zog schließlich weiter landeinwärts in den Fjord, er mietete ein großes Einfamilienhaus mit Satellitenschüssel und vielleicht ist er dort glücklicher als wir alle hier zusammen. Wer weiß?

Vom Wetter und vom Fischefangen

Heute brennt ein Sturm aus Nordost, mit Nebelbänken und Regen hier an der Küste, aber weiter drinnen im Fjord ist es heller. Alle an Land. Wir fuhren gestern auf den Hámundarrücken hinaus. Ebbi fing 50 Kilo Heilbutt, und Bensi war in seiner Nähe mit der Langleine und sagte, er hätte ihm den Heilbutt weggezogen. Ansonsten sieht es traurig aus bei den meisten, außer bei Gusi. Er war wieder erstarkt nach seiner Schlappheit und schaffte 800 Kilo in der Bucht außerhalb der Heljarschäre. Zäh. Der Gusi.

Wir spielten hier im Fischerwohnheim, als das Fernsehen ausfiel, und Ebbi erzählte die Geschichte, als er auf dem Saisonfangschiff »Dagrún« Wache schob und sie auf den Buckelwal drauffuhren, der an der Wasseroberfläche schlief. Der Buckelwal erschrak, als ihn das Boot rammte, und schlug böse um sich, nachdem sie vorbeigefahren waren. Bensi kam sofort damit an, dass er sich das nur eingebildet habe. Kalli: Die Geschichte von dem Schweinswal, der ein Weibchen war und ihm seine weiße Unterseite zeigte und begann, sich am Kiel zu reiben. Bensi: Die Geschichte davon, als ein Vieh ihn drei Stunden lang gegen die Strömung auf das Meer hinauszog und sicher ein Riesenkrake war, das sagte ein Seeungeheuerexperte in Reykjavík. Ebbi meinte, es hätte sich an dem Schiffsbauch festgehalten.

Wie diese beiden Brüder, Ebbi und Bensi, also eigentlich Ebeneser und Bernharð, es miteinander aushalten, ist wirklich eines der Weltwunder. Dennoch kann der eine nie ohne den anderen sein, und sie helfen einander sogar, wenn einer in Schwierigkeiten geraten sollte. So wie damals, als der Fischcontainer auf Ebbi schwenkte und seine dicke Brille zerbrach – seither sind die beiden zusammengeschweißt. Ebbi konnte nicht fertig abladen, denn er sieht ohne Brille nicht mal die Hand vor Augen. Da übernahm Bensi und half seinem Bruder. Andererseits könnte man glauben, sie seien eingeschworene Feinde, denn wenn Ebbi Bensi bittet, den Retourgang einzulegen, dann fährt dieser vorwärts. Und wenn Ebbi die Meinung vertritt, der Basstölpel sei ein schöner und majestätischer Vogel, dann weiß Bensi ganz genau, dass es kein Vogelvieh gibt, das widerlicher und hässlicher ist als der Basstölpel. Einmal nahm Bensi den Müllsack mit statt des Beutels mit der Kaffeejause. Bensi warf Ebbi vor, ihm den Müllsack vor die Nase gestellt zu haben, und keifte den ganzen Tag ins Funkgerät, aber Ebbi konnte überhaupt nichts dafür.

Ich sah Bensi zum ersten Mal als Jugendlicher. Als ich mit Gusi hierher zum Fischen kam. Da wurde ich stutzig und fragte mich, warum mir dieser Mann so bekannt vorkam. Ich grübelte eine Weile darüber nach, bis Gusi mir die ganze Wahrheit eröffnete. Sicherlich würde er mich an Bilder von Jón Sigurðsson, dem Freiheitskämpfer, erinnern, denn die beiden glichen einander fast wie ein Ei dem anderen. Als Bensi in früheren Jahren in Reykjavík auf Fangsaison war, nannten ihn die sarkastischen Typen immer den *Präsidenten*. Und sollten sie die sterblichen Überreste von

Jón Sigurðsson aufbewahrt haben und Bensi wäre ein Klon daraus, so würde das viel über unsere neue Zeit aussagen, dass Jón Sigurðsson, der Präsident und Freiheitskämpfer, jetzt Fischer auf seinem Boot im Nördlichen Eismeer ist.

Wenn Ebbi in Reykjavík irgendetwas kauft, ist das für Bensi völliger Schrott, aber am bemerkenswertesten ist dennoch, dass diese Brüder völlig voneinander abhängig sind. Ebbi hat nie den Führerschein gemacht, und Bensi ist der, der fährt, aber Bensi kann nicht einmal Eier kochen und zeigt keine Anstalten, es zu lernen. Deswegen lässt Bensi Ebbi immer zuerst abladen, damit dieser zum Kochen nach Hause gehen kann. Und als Ebbi vorletztes Jahr die Gardinen für das Küchenfenster im Fischerwohnheim kaufte und versuchte, es gemütlich zu machen, da nannte Bensi ihn eine verdammte Tussi, die mit einem Vorhang die Männer daran hinderte, nach dem Wetter zu sehen. Ebbi ist mehr Frau als Bensi. Einmal kaufte er postlagernd das Buch *Schiffe und Boote Islands*, das viele hundert Bilder beinhaltet. Das sieht er Tag für Tag an und spricht darüber, wie schön dieses oder jenes Boot gebaut sei und wie abartig hässlich andere seien. Ich muss zugeben, dass es mir wichtiger ist, dass Boote auf dem Wasser schwimmen.

Dieselben Geschichten und dasselbe Pfeifen des Windes bei schwerem Wetter aus Nordost.

Davon, als der Philosophiemann ins Dorf kam

Frische Brise aus Osten, heftige Dünung. Kein gutes Wetter zum Leinenfischen. Schaffte gestern eine Tonne in etwa drei Stunden. Fette Fische. Auf dem Weg zurück an Land begann ich darüber nachzudenken, ob mir dieser gute Fang dort an der Selkante nur durch Zufall passiert war. Mir kam vor, ich hätte eine Eingebung gehabt. Irgendetwas steuerte mich dorthin, vielleicht war der gestrige Tag eigentlich völlig geplant. Oder war alles nur Zufall? Und Gusi, Bensi, Kalli und Ebbi, Sigursteinn, der Gemeindevorsteher, und die Frau des Gemeindevorstehers und der Pfarrer und alle wären hier im Geirmundarfjörður aus reinem Zufall, oder war das unser vorbestimmtes Schicksal? Und wer bestimmt darüber? Da kam mir das Netz der Spinne im Warenlager in den Sinn – ob wir nicht wie die Fliegen wären, die sie fängt und in ihrem Gewebe festhält. Genauso hat uns vielleicht jemand in einer Art Schicksalsnetz gefangen und im Geirmundarfjörður festgesetzt.

Aber nein, das haut nicht hin. Wir könnten alle genauso wie Dósi weiter fjordeinwärts fahren, wenn wir nur wollten. Daher können wir wahrscheinlich auch auswählen, aber sehen wir das Spinnennetz überhaupt, in dem wir festsitzen? Vielleicht sieht niemand außer Gott dieses Netz und möglicherweise noch Bensi mit dem großen Feldstecher. Er sieht bis weit ins Land hinein bei gutem Wetter.

Ich kam mir überaus philosophiemännisch vor, als ich das am Abend im Fischerwohnheim vortrug, aber

Bensi sagte, das sei keine bedeutende Philosophie, die Menschen mit Fliegen verglich. Ebbi sagte, das würde Bensis Kopf wohl kaum verstehen, denn hier ginge es um Philosophie. Das wäre nämlich ein ziemlich bekannter Begriff hier im Dorf. Philosophie. Ich erinnere mich, dass ich auf einem Stück Treibholz neben dem Kran saß an dem Tag, als der Philosophiemann zu mir nach vorn auf den Pier kam. Er war sicher einer der Touristen, die sich nördlich der Felsnase verirren und nicht langsamer werden, bis sie zu unserer Siedlung kommen, wo die Straße endet. Bensi und Ebbi hatten etwas in ihren Booten zu tun, es war warm und der Westwind wehte. Der Philosophiemann erkundigte sich nach dem Fangglück. Ebbi äußerte wahrheitsgemäß, dass man Seehasen nun mit Netzen fange und dass die Fänge erst gut gewesen seien, dann aber im Verlauf der Saison nachgelassen hätten. Fänge!, erscholl es da vom Boot nebenan und dann stand Bensi vom Motor auf und teilte dem Mann mit, dass man hier nicht einen einzigen Fisch zu Gesicht bekommen hätte, weder einen Seehasen noch einen anderen. Wie steht es um die Brutplätze der Küstenseeschwalben? Nisten hier viele Küstenseeschwalben? Doch, doch. Ebbi sagte, er habe sie selten so dicht brüten gesehen bis hin zu den blanken Steinen. Dieses Jahr gehöre zu den besseren.

Küstenseeschwalbe!, murmelte der andere in den Motor hinein. Hier hat man keine einzige Küstenseeschwalbe gesehen. Hierher seien im Frühling ein paar brutunfähige Vögel gekommen. Die seien jetzt schon alle weggeflogen.

Dann wurde über die Ernsthaftigkeit des Lebens gesprochen und Ebbi fragte, ob der Ankömmling sich in Reykjavík mit Fischfang beschäftigt habe. Der Philosophiemann sagte, er sei noch nie auf See gewesen, er studiere Philosophie und sei dabei, eine Arbeit über irgendeinen Jón Dún Skotus zu verfassen, der darüber geschrieben hätte, ob Gott Gegenstand der Theologie sei oder nicht. Und das sei die Verbindung zu Freud und zu dem, was dieser als Gegenstand der Psychologie bezeichnete, was schließlich zu einem Mann führte, der Kirchengarten heiße und zu dem, was der wiederum über den Gegenstand der Philosophieleute sagte. Ich kann mich erinnern, dass der Pfarrer Freud immer den Herrn Frauð, also Herrn Schaum, nannte, weil er lehrte, dass Menschen voll von schwarzem Schaum seien, der wann auch immer aus ihnen herausplatzen könne.

Der Philosophiemann sagte vieles über diesen Jón Dún, woran ich mich nicht mehr erinnern kann, aber er hatte sich auch auf die Heilige Dreifaltigkeit spezialisiert. Als ich ihn fragte, was die Heilige Dreifaltigkeit denn sei, verzog er das Gesicht und sagte, das sei eine komplizierte Angelegenheit und auf die Schnelle nicht so einfach zu verstehen.

Ein paar andere hatten sich zum Rauchen dazugesellt und einer von ihnen fragte den Philosophiemann, was Philosophie denn eigentlich sei. Tja, sagte der, Philosophie sei zum Beispiel die Mutter aller Wissenschaften.

Und wer ist dann der Vater?, fragte Ebbi.

Was für ein Kind du sein kannst, sagte Bensi, weißt

du nicht, dass Wissenschaft und Religion keinen Vater haben, das hat alles der Heilige Geist gezeugt, der kein Geschlecht hat. In diesem Augenblick fuhr der Pfarrer in den Ort ein. Er kam auf seinem alten Ferguson und sagte uns, dass er am Getriebe des Landrovers arbeite. Er hatte Ringe der Schlaflosigkeit unter den Augen, war bekleckert mit Schmieröl und trug seinen blauen Overall. Gusi hatte am Tag davor ein paar mickrige Kabeljaus für ihn eingesackt, zum Trocknenlassen in der Sommerluft.

Wenn man vom Pfarrer spricht, sagte Ebbi, wir haben gerade über die Dinge des Geistes geredet, hier ist ein Philosophiemann aus Reykjavík angekommen!

Ich kann mich erinnern, dass der Pfarrer etwas über die Heiden sagte, die in weiten Gewändern durch Säulengänge schlenderten, sich in halbnacktem Zustand allerhand unnötige Dummheiten ausdächten, wie zum Beispiel diese Kabeljaus hier, sagte er und deutete in Gusis Eimer. Das sind keine Kabeljaus, sagen die Philosophen, sondern Imitationen von Kabeljaus. Das war völliger Schwachsinn, darüber waren sich alle einig.

Nein, da schau her, sagte Ebbi, du wirst doch nicht etwa Imitationen von Kabeljaus mit echtem Seehundfett essen, und dann lachten alle. Bis auf den Philosophiemann. Er erwiderte, dass die Philosophie zumindest nach der Wahrheit suche und sie sich nicht zurechtzimmere wie die Religionen.

Ich spreche jetzt wie Pilatus, sagte der Pfarrer und blickte mit diesen Ringen unter den Augen auf den Philosophiemann: Was ist Wahrheit? Aber bevor sich die Dinge noch weiterentwickeln konnten, war der Pfarrer mit seinen mickrigen Kabeljaus schon in den Ferguson gestiegen und die Wahrheit war davongebraust.

Gusi stopfte Borkum Riff in seine Pfeife und zündete sie an. Ein Hoch stand im Westen und es war warm und der Duft von Gras und Seetang hing in der Luft. In der kleinen Bucht quakten Eidererpel ihren Gefährtinnen ihr »Uh-uh« zu und der Bach draußen bei den Häusern schoss an den Strand. Ich erinnere mich genau, wie der Bach an den Strand schoss. Gusi fragte den Philosophiemann in aller Ruhe, warum man eigentlich Philosophie studieren solle. Der Philosophiemann starrte eine Weile konzentriert vor sich hin, so als feile er an einer guten Antwort, aber sagte dann: Ich weiß nicht, wie es anderen geht, aber ich studiere Philosophie, damit ich die Welt besser verstehe.

Es war dann so, dass manche zu den Bergen aufblickten und sahen, dass bei dem warmen Wetter viel Eis in den Rinnen geschmolzen war, und andere auf den Fjord hinausspähten und sahen, wie die Wellen an der Schäre anbrandeten und daher kein Wetter zum Fischen war, und dann blickten Ebbi und Bensi einander an, dann den Philosophiemann, und einer von beiden sagte: Was ist es, mein Freund, das du nicht verstehst?

Das Begräbnis von Snæfríður und Überlegungen zur nächsten Welt

Kein Wetter zum Hinausfahren in den letzten Tagen. Eine Windfront aus Westen und Nordwesten im Fjord und die Seehunde wälzen sich auf den Schären und warten auf ein Wunder. Die Wolken sehen nicht viel anders aus als auf den Heiligenbildchen der Sonntagsschule, die wir als Kinder gesammelt haben und auf denen Christus gerade im Begriff war, vom Himmel herabzusteigen. Weiße, dicke Pölster mit Löchern aus dem Blau des Frühlingshimmels dazwischen. Hierher ist dennoch kein Christus gekommen, und auch keine anderen Touristen, andererseits ist die alte Snæfríður von Kúvíkurnes ihren Weg gegangen. Sie wurde am Sonntag beerdigt und wir Küstenfischer erschienen zahlreich zu ihrem Begräbnis.

Der Körper der alten Snæfríður war völlig gekrümmt nach einem langen Leben voll harter Arbeit, in dem sie sich über sonnengetrockneten Salzfisch gebeugt, Kühe gemolken und um dreizehn Kinder gekümmert hatte, die alle das Erwachsenenalter erreichten. Diese rückenkrumme Frau, die das Leben geschunden und gebeugt und zu einem großen Fragezeichen geformt hatte, strickte ohne Unterlass bis zu ihrem letzten Atemzug weiter, wie gesagt wird, und aller Wahrscheinlichkeit nach starb sie mitten in einem Socken.

Das alte Ehepaar, Snæfríður und Þorsteinn, wohnte zusammen in einem Keller auf Kúvíkurnes, aber ihr Sohn und seine Familie leben auf dem Hof. Jetzt ist es eher traurig in Þorsteinns Umgebung. Er hat sicher ein paar Alterswehwehchen, aber er kennt eine unglaubliche Menge Strophen und Lieder aus alter Zeit. Þorsteinn hatte sich sicher eine ganze Weile darüber gewundert, dass seine Snæfríður nicht aufwachen und zu den Stricknadeln greifen wollte. Als die Leute auf dem Hof ihm sagten, dass Snæfríður gestorben sei, sprach er diese unvergesslichen Worte: Ach so, ist sie tot? Sie ist bis jetzt noch nie gestorben.

Und das war genau genommen ganz richtig, was Þorsteinn da sagte.

Der Wiesenrand um die Kirche war sattgrün geworden, und das Meer draußen blau und der Himmel, wie schon gesagt, mit weißen Kissen überzogen, bereit für Christus. Es herrschte ein ziemlicher Seegang und das Brausen der Brandung mischte sich in die Rede des Pfarrers, der über das Leben nach dem Tod sprach und wie wichtig es sei, vom Wasser des Lebens gekostet zu haben, so wie die selige Snæfríður, bevor man in der nächsten Welt ankomme.

Die Schafe blökten und grasten rund um die Kirche und man konnte sich gut vorstellen, dass sie Engel waren.

Ebbi und Bensi sind im Kirchenchor, so wie auch zwei Ehepaare von weiter fjordeinwärts, und es ist die größte Merkwürdigkeit, wie sehr ihre Stimmen zusammenklingen, wenn sie singen. Obwohl alles im Erscheinungsbild dieser Brüder gegensätzlich und widersprüchlich ist, bilden ihre Stimmen eine wunderschöne Harmonie, die alles Gegensätzliche auslöscht. Wenn sie an der Orgel stehen und das Herz der Kirche zu schlagen beginnt und ein Gebet in das Gewölbe darüber schickt, dann werden sie wie zwei Algenbüschel in der Brandungszone, die sich in völliger Übereinstimmung wellen. Gusi saß neben mir und summte mit. Wie würde Gusi die Kirche einrichten, wenn seine Religion das entscheiden dürfte? Einen glänzenden Heilbutt als Altarbild, ein Seehundfell auf das Kreuz gespannt?

So wurde gesungen in der kleinen Holzkirche am Meer und die Brandung stimmte in jeden Vers ein und durch die Wolken blitzte der Himmel und dichte Sonnenstrahlen streiften die Inseln weiter draußen.

Was wird aus uns?

Ich meine, wohin geht das Leben nach dem Tod und was soll man in der nächsten Welt tun? Geht das Leben vielleicht nirgendwohin? Ist das vielleicht so, wie man sich satt auf eine Bank legt und einschläft und aufwacht und dann ist die Sattheit dahin? Verlässt einen das Leben wie die Sattheit und ist nicht mehr? Oder verlässt man vielleicht den Körper? Muss man umherwandern wie ein Geist, oder warum heißt es in dem Psalm, den wir sangen:

Wenn einst der Leib zerfallen werde,
verschwinden wie das Streu der Erde,
dann kann doch Gottes Erbarmen
von der Erd erwecken den Armen.

Wird Gott uns vielleicht lange, nachdem wir begraben wurden, aus der Erde holen? Ich lege keinen Wert darauf, auf diesem Friedhof mitten in der Nacht einer

Schar frisch aus den Gräbern Gestiegener zu begegnen. Vielleicht erhalten wir dann diesen sogenannten geistigen Leib, und ob das wohl dasselbe ist wie das, was manche Seele nennen?

Über all das begann ich während der Messe auf der Kirchenbank nachzudenken und kam auf keinen grünen Zweig mit meinen Gedanken. Þorfinnur, der Organist, schlug die Orgel zu den Psalmen, was falsch klang. Er gab der Orgel die Schuld – wie ein schlechter Ruderer dem Paddel die Schuld gibt.

Ich ging als Letzter aus der Kirche und der Pfarrer schüttelte mir in der Tür die Hand. Da fiel mir ein, ich könnte meine Nachweltüberlegungen mit ihm besprechen, aber das Gespräch lief aus dem Ruder:

Ich: Ach, ja, nein. Das wird sich schon noch zeigen …

Pfarrer: Gut, gut, Halldór. Das ist alles, was zu sagen ist.

Sind Schafe Engel?

Das hängt davon ab, wie man es betrachtet, lieber Halldór. Sie sind dicklich und lockig. Und dienen dem Menschen, sodass die Frage sicherlich Hand und Fuß hat. Und dann lachte der Pfarrer und es klang so, wie wenn ein Blasebalg Luft ansaugt oder wie wenn man auf einen halbtoten Seehasen steigt.

Wir machten auf dem Heimweg auf Hneitistaðir halt. Noch mehr Kaffee. Noch mehr hauchdünne Pfannkuchen. Am Küchentisch auf Hneitistaðir herrscht überbordendes Leben in jedem Winkel. Anna, die Frau des Bauern Grímur, lacht über jeden Satz, der geäußert wird, wodurch der Satz sofort lächerlich wird. Und ihr Doppelkinn schwingt hin und her, wenn sie lacht.

Dann ist da auch die alte Sigurveig, die auf einem Hocker beim Herd sitzt und schon lange mit der Einrichtung eins geworden ist. Sie sitzt zuerst ganz regungslos da, während gesprochen wird, und reckt den Kopf ein wenig, sodass sie in vielem an einen Goldregenpfeifer erinnert, der innehält und nach dem Wurm horcht. Dann sagt man etwas Komisches, das sie versteht, und dann sagt sie: Gott Allmächtiger, und lacht auf und es ist ziemlich wahrscheinlich, dass sie es auch so meint.

Ich war wohl ein wenig verkatert und begann, darüber nachzudenken, dass die nächste Welt wahrscheinlich ähnlich wäre wie diese: In einem Zustand verkaterter Idiotie zwischen Bauernhöfen herumgefahren zu werden, auf denen schwergewichtige Hausfrauen Pfannkuchen backen und einem immer die saftigsten Geschichten von den benachbarten Höfen als Draufgabe aufgetischt werden. Und das Doppelkinn der Hausfrauen schwabbelt, wenn sie lachen.

Das wäre ja eine brauchbare Welt danach.

Nein, da schau her, es ist ziemlich sinnlos, darüber nachzudenken, mein lieber Dóri, sagte Ebbi und zuckerte sich seinen Pfannkuchen. Sieh mal, keiner weiß, was nach dem Leben passiert, aber alle werden es eines Tages wissen. Es bringt nichts, mitten im Winter darüber nachzudenken, wie das Gras im nächsten Sommer sprießt. Im Gegenteil, im Gegenteil, kam es da von seiner anderen Hälfte, wenn du dir nie ein Bild vom Leben nach dem Tod gemacht hast und nichts ersehnst, dann ist es auch nicht sicher, dass sich irgendetwas bei dir ereignen wird. Zuerst muss man einen Traum haben, und dann an ihn glauben, bis er wahr wird. Ja, ich meine, genau so ist es, und Annas Doppelkinn wackelte und die alte Sigurveig sagte: Gott Allmächtiger. Die Gardine wellte sich in der westlichen Brise. Es war sonnig geworden.

Tja, das wäre wenigstens ein Paradies, von deinen Kindereien befreit zu werden, sagte Ebbi. Bensi: Kindereien! Und damit hob der Gesang dieser Stimmen an, die entweder Einklang oder Misston produzieren, und Doppelkinn und Gott Allmächtiger tanzten wie nie zuvor.

Als wir nach Hause kamen, ging ich hinunter zu meinem Boot und da war Gusi auf der »Seeadler« beim Knüpfen der Fangleinen. Jetzt stand der Wind aus Westen und Gusi erzählte mir die Geschichte, als er im Weststurm vor einem Jahr auf die Nase gefallen war, sechs Seemeilen östlich der Heljarschären. Nie hatte er ähnlich heftige Seitenwinde erlebt. Plötzlich war es, als sei der ganze Himmel in Bewegung geraten, und die Wolken, die am ehesten noch fetten, nackten Weibern glichen, lösten sich in Ungeheuer auf, die auf die Bucht hinaus hetzten. Das nannte er eine große Tat. Kurze Zeit später kam eine kalte Wand auf ihn zu, Wellen, so scharf, dass er das Boot aus dem Brecher lenken musste, um nicht geradeaus einzutauchen und den Schwall an Deck zu bekommen. So hielt er eine Weile das Boot an derselben Stelle, bis er sah, dass das Land näherkam. Und was machte da der Alte?

Sein Boot, die »Seeadler«, war bei Gegenwind immer so stabil gewesen, doch jetzt drehte er sie mit dem Hintern in den Wind wie ein Ross, und das kleine Boot begann, aufs Meer hinausgeweht zu werden. Da schaltete Gusi den Gaskocher ein, klemmte den Deckel auf den Topf und kochte Salzfleisch. Es war wohl sicherer, etwas Fettes im Magen zu haben bei diesem Wellentanz. Dann steuerte er vor dem Wind auf die Bucht hinaus, bis er in völlige Windstille geriet, wie auf einem See in der Heide. Aß das Salzfleisch. Zog 500 Kilo herauf und tuckerte schließlich bei Nacht an Land, als es ruhiger geworden war.

Die Algenbüschel wiegten sich gemächlich im Uferwasser hin und her und erinnerten an den Kirchenchor.

Was sollte man in der nächsten Welt tun?

Das ist sicher ein recht guter Glaube, sagte Gusi, dass man nach dem Tod ein Geist im Himmel wird. Aber mir würde bald langweilig. Mir würde bald langweilig, wenn ich nicht zum Fischen hinausfahren dürfte, mein Alter. Darum bitte ich den Urheber der Fische, dass ich – in welchem Dorf er mich auch landen lässt – zum Fischen hinausdarf, so wie ich es gewöhnt bin.

Aber kannst du sicher sein, dass es überhaupt irgendein Leben nach dem Tod gibt?, fragte ich.

Das ist einfach zu beantworten, mein Alter, und dann knüpfte Gusi einen Haken an die Leine: Wir verlangen das einfach.

Ein Kapitel über Frauen

Jetzt habe ich schon so lange nicht in dich geschrieben, liebes, armseliges Tagebuch, schon seit damals, als wir nach Reykjavík gefahren sind. Na ja, in uns hatte sich eine Art Spannung aufgebaut während dieses halben Monats, in dem wir jeden Tag aufs Meer hinausfuhren. Das ist uns sicher irgendwie entglitten. Ich dürfte zigtausende Kronen in dem Lokal ausgegeben haben, das sah ich an den VISA-Belegen im Nachhinein, aber ich habe mir nicht die Mühe gemacht, alles zusammenzurechnen. Das mit diesen Stripperinnen war sowieso nichts als eine Selbstgeißelung.

[Etwas entglitten ist stark untertrieben, aber ich sehe mich gezwungen, zu erklären, was damit gemeint ist. Irgendwie gelang es ihnen, mit Bernharðs Auto fjordeinwärts zu fahren, auch wenn ich zu sehen meinte, dass sie alle schon getrunken hatten, Bernharð selbst, aber auch Ebeneser, Karl und natürlich Halldór an vorderster Front. Dort glaube ich, dass Dósi die Gruppe in Empfang genommen und auf seinem Pick-up nach Reykjavík gefahren hat. Es wird berichtet, dass sie in einer Kneipe gelandet seien, die Naxos heißt, da, wo sich Frauen für Geld nackt ausziehen. Dort rasteten sie offensichtlich aus, die armen Kerle, und konnten sich nicht im Zaum halten. Karl hatte eines der Mädchen mit einem glänzenden Robbenweibchen verglichen, das sich gerade auf eine Schäre hinaufgewälzt hat, und wollte es umarmen, was draußen auf dem Gehsteig endete. Kurze Zeit später ging es Halldór genauso, er hatte Zigtausende dafür ausgegeben, dass eine schwarze Frau sich auszog, aber bevor sie ganz nackt war, war seine Zeit um. Bernharð und sein Bruder waren noch halbwegs klar und berichteten später, dass Halldór, nachdem die Frau ihn immer wieder hereingelegt hatte, am Ende versucht hätte, sie zu berühren, der arme Bursche – was durchaus verständlich ist –, aber in diesem Augenblick erschienen zwei aggressive Riesen, als hätte er ein schweres Verbrechen begangen, und warfen ihn auf den Gehsteig, dorthin, wo Karl bereits gelandet war. Das, was ich meine, ist, dass es der Schnaps war, der so manchem einen nicht wiedergutzumachenden Schaden zugefügt hat, auch wenn diese Männer nicht in der Lage zu sein scheinen, dies einzusehen.]

Heute saßen wir vor dem Packhaus im Sonnenschein und putzten die Seehasennetze. Kalli sagte, dass die Wetteraussichten für die nächste Zeit gut seien, und wollte sofort nach dem Wochenende mit den Mitternachtstouren beginnen. Wir erzählten Gusi von unseren Missgeschicken in Reykjavík und irgendwie kamen wir auf Frauen zu sprechen. Gusi saß aufgekratzt vor seinem Netzhaufen mit der Pfeife zwischen den Zähnen. Die tiefen Falten umspielten seine hellblauen Augen, während er uns auslachte und sagte, dass wir in erster Linie verdammte Dummköpfe seien, mit unbrauchbaren Ködern und noch dazu auf den falschen Fischgründen unterwegs.

Frauen, sagte Gusi, sind wie alle anderen Fische auch. Man muss diese Fische lesen können. Frauen sind Wellen, die zu befahren man lernen muss.

Na, so etwas!, fiel ihm Kalli ins Wort, das Messer tief im Netzgewebe. Kalli, dieser grobschlächtige Typ, der von der Kaimauer pisste, von Fotzen sprach und dem Tanzveranstaltungen scheißegal waren, sagte: Da hast du den Nagel auf den Kopf getroffen. Frauen mit scharfen Wellen zu vergleichen oder mit einem Unwetter, das direkt vor deiner Nase nur so über dich hinwegfetzt.

Manchmal muss man die Fahrt ein wenig verringern, setzte Gusi fort, aber manchmal muss man voll in sie hineinfahren. Manchmal wollen sie, dass man sie in Empfang nimmt und Manneskraft beweist, aber meistens wollen sie nur wüten. Sie wollen über die Demut und den Fleiß des Mannes hinwegfegen, so wie die Seehäsin auf den Fleiß des Seehasen pfeift. Das ist genau der Zaubertrick, mein Alter, demütig zu sein wie ein Seehase. Dem kann keine Frau widerstehen.

Was für ein verdammter Schwachsinn, es gibt für Frauen nur ein Gesetz, hielt Kalli dagegen und begann, sich mit dem Trockenfisch vollzustopfen, der auf den Rahen hing: Frauen schleimen sich bei dem Starken ein und fressen den Schwachen. Frauen sind die wahrscheinlich bösartigsten Geschöpfe im Tierreich. Das war mein schönster Tag, als mich Sigurbjörg verließ, um diesem verdammten Deppenvorarbeiter nachzurennen. Da erst wurde ich befreit und aus der Sklaverei gerettet, mehr ist nicht zu sagen, und dann verschlang er noch mehr Trockenfisch und murmelte etwas von Frauen.

Gusi ließ sich nicht beirren. Er zündete sich eine neue Pfeife an, während Kalli schwer atmete, und sagte dann: Wenn dir die Frau ihr Land anbietet und ihr Allerheiligstes, will sie einen Mann, der diese Gaben in Empfang nehmen kann, und da meine ich wirklich: empfangen. Wenn du wie wild Fische aus dem Meer ziehst, während die anderen nichts fangen, dann nimmst du die Fische an, aber du hast in dir eine Art Dankbarkeit, von der du nicht weißt, auf wen sie sich richtet. Du dankst dem Unbekannten, ohne dass es sichtbar würde, und so will die Frau, dass du ihr dankst, wenn sie sich öffnet.

Und dann?, fragte irgendjemand.

Und dann?, antwortete Gusi so, als sei die Fortsetzung offensichtlich, nun, dann musst du sie einfach wie ein Instrument spielen. Ich spreche nicht von irgendwelchen Glitzertussen, die sich sexy in Szene setzen und gierig fordern. Ich spreche von einer Frau, die in jeder Weise wie ein liebevolles und fruchtbares Fischweibchen lebt. Der Kreislauf des Lebens fließt durch sie und deshalb ist sie gut. Dann streckte er die Hand aus, um das Gesagte zu unterstreichen, sieh her, das ist der Kreislauf der Welt, er ist in den Frauen, und darin offenbart sich das Leben am deutlichsten.

Nach Gusis Rede war es, als falle alles in völlige Windstille, Kalli kaute Trockenfisch und blickte gedankenverloren auf den Haufen aus Netzen. Der Bach gluckste, der Bach, der uns alle überleben wird. Alle wissen in ihrem Herzen, dass hier im Dorf etwas fehlt.

Vorbei sind die Tage, da die Mädchen aus dem Fjordinneren zur Salzfischarbeit kamen, seit diese aufgegeben wurde und der Fisch nach Reykjavík auf den Markt geschickt wird. Die einzige Begegnung mit weiblicher Zartheit ist die Frau des Gemeindevorstehers, die im Laden arbeitet, und so kam die Sprache irgendwie von selbst auf das alte Thema, das immer in der Luft liegt, aber nie stark genug war, um sich durchzusetzen. Die Haushälterin.

Ich rief am Abend den Gemeindevorsteher an, und er war überaus willig, uns dabei zu helfen, die Stellenanzeige zu formulieren. Er kam noch am selben Abend zu uns heraus und ihm gefiel das Vorhaben in jeder Hinsicht. Und jetzt habe ich die Annonce fertig hier auf dem Tisch, ich muss nur morgen noch die Zeitung anrufen:

Haushälterin gesucht.
Tüchtige, selbstständige Frau, noch junger, wird für die Posizion der Haushälterin in einem Saisonfischerwohnheim im Westen in den Fjorden gesucht. Haben ein feines Zimer für sie, aber sie soll sich um das Essenmachen und die Wäsche kümmern. Sichere Bezalung.

Über Nerzjagd, Karl, den Abenteurer, und die erste Messe des Pfarrers

Wind aus Nordost seit Freitag. Wir fuhren gestern nach Norden die Küste entlang und Bensi hatte die Schrotflinte mit. Holten zwei Nerze, und einer der beiden war vom Blut aufgequollen, sodass es nur so herausspritzte, als die Schrotkörner auf ihn einprasselten. Später sahen wir, wo er seine Beute geschnappt hatte, und diese war nicht von der kleinen Art. Ein Stück weiter nördlich stießen wir auf ein kopfloses Singschwanjunges, das zwischen den Steinen feststeckte. Mahzzeit, demteuffeldemverdammten. Der tötet nichts mehr.

Jetzt ist eine neue Zeit für die Küstenfischer auf ihren kleinen Booten angebrochen; ein neues Tagesystem ist in Kraft getreten: Man muss anrufen und sich telefonisch bei der Fischereibehörde melden, wenn man vom Hafen ablegt und wenn man an Land kommt, denn man darf nie länger als 24 Stunden draußen sein. Sobald das System eingeführt wurde, begann Kalli mit großen Umbauten an der Vorderkajüte seines Holzbootes und werkte und fluchte immer noch unten in seinem Boot, als ich ihn heute Abend besuchte. Kalli musste die Kajüte nach der einen Seite verlängern. Dort in der Koje will er sich zur Mittagszeit flach hinlegen, wenn es auf den Fischgründen wie ausgestorben ist, denn nun muss er die Stundenanzahl, die ihm zusteht, vollkommen ausschöpfen. Nein, jetzt sind es die Mitternachtstouren, um die es geht, sagte er und griff mit ölverschmierten Händen nach einem Stück Holz und blies den Zigarrenrauch aus der Kajüte. Das ist das Wort, das man hier im Dorf am öftesten gehört hat, seit Kalli sich auf den Kojenbau gestürzt hat: Mitternachtstouren. Im Einkaufsladen. Draußen auf dem Abstellplatz am Benzintank. Am Telefon auf dem Gang des Fischerwohnheims und auf dem Pier, wenn Gäste kommen: Mitternachtstouren. Kalli will um zwölf Uhr Mitternacht hinausfahren und nicht vor der nächsten Mitternacht zurückkommen. Ich kann nur sagen, dass ich es schon bei Tag kräftezehrend genug auf diesen Kähnen finde, da muss man sich nicht auch bei Nacht herumwälzen lassen.

Kalli fuhr vor einem halben Monat zur See und schoß einen ganzen Haufen Alkenvögel, und als er mit dem Rupfen von drei Vögeln auf dem Pier fertig war, musste er den Auspuff seines verbeulten Geländewagens reparieren. Der Haufen Alkenvögel auf der Brücke hat schon zu stinken begonnen und wartet immer noch auf seinen Rupfer.

Kalli ist aus dem Westen, aber er landete hier, als er ein Sommerhotel in Djúpafjörður eröffnen wollte. Als er damit fertig war, die Wände zu isolieren, war der Kredit aufgebraucht, sodass aus dem Hotel nichts wurde. Als Nächstes richtete er sich in den Westfjorden eine Werkstatt ein und reparierte alles Mögliche, aber auch diese ging ein Jahr später in Konkurs. Er begann mit der Lachszucht im Skaufaselsfjörður, aber hatte Pech, denn die Zuchtcontainer wurden bei einem Unwetter, das aus Norden kam, auf trockenes Land getrieben.

Ich gehöre den Banken, sagt er und kratzt sich den schwarzen Bart und macht einen tiefen Zug von seiner London Docks-Zigarre. Manchmal ist man gerade mitten im Gespräch mit ihm, während er Haken an die Fangleine seines Bootes knüpft, mitten in einer Diskussion, mitten in einem Satz, da rennt er plötzlich in den Schlachthof, um eine Schraube für seine schwedische Leinenspule zu suchen. Manchmal hat man den Eindruck, dass der Mann so viel zu fangen gedenkt, dass er immer alles verpasst. Er beginnt sofort, in alle Richtungen zu fahren, wenn nicht sofort ein Fisch anbeißt. Oder er hat einen Motorschaden, wenn die Fischereisaison beginnt, oder er ist genau zu diesem Zeitpunkt mit seinem Geländewagen nach Westen in die Fjorde gefahren.

Ich bin wahnsinnig tüchtig darin gewesen, eines zu sammeln, nämlich Schulden, sagt er, als müsse er sich entschuldigen, zündet sich eine an und raucht gierig. Kalli ist der gelehrteste Mann im Fischerwohnheim, er hat das Fischereipatent, was bedeutet, dass er die Berechtigung hat, ein 300-Tonnen-Schiff zu steuern.

Und auch Kallis kleines Motorboot wurde mit einem größeren Kredit angeschafft, den er im Westen bekam. Das ist sein letzter Rettungsanker, und wir hoffen, dass der arme Kerl genug fischt, um es abzubezahlen. Ich funke ihn immer als Ersten an, wenn ich auf einer guten Stelle lande, aber er hält sich nirgends länger auf und geht sofort im Norden auf die Hámundarrücken los. Zwei Stunden später ist er wieder da und flucht über die magere Ausbeute im Norden, an den Rücken. Währenddessen hat man selbst vielleicht in aller Ruhe

500 Kilo an Bord gezogen. Auf seinem Boot steht an der Seite in großen Buchstaben: HAFBJÖRG, und daneben sollte SE-18 stehen, doch jetzt steht da SE-18111, denn Kalli hängt sich vorne an der Reling ein, wenn er scheißt, und dann fließt die Scheiße bei Wellengang die Bordplanken hinab.

Heute fuhren wir aufs Land und besuchten die Messe. Der Pfarrer war sehr hitzig und seine Rede bewegte mich an manchen Stellen, aber ich verstand dennoch nicht ganz, wovon gesprochen wurde. Obwohl laut dem Pfarrer in dieser sogenannten Jetztzeit alles irgendwie zerbeult ist, kommt nirgendwo klar zum Ausdruck, wie man selbst versuchen könnte, die Welt ein wenig besser zu machen. In dieser Kirche saßen vor allem Bauern, die von ihren Schafen leben, und wir, die wir dem Kabeljau nachjagen und im Fjord wohnen. Der Pfarrer schimpfte auf die Jetztzeit, die beschäftigte ihn sehr. Er schwadronierte gegen die Philosophen, wie auch früher schon, gegen diese wild umherschweifenden Seelen, die sagen, dass es weder Wahres noch Falsches gibt, weder Gutes noch Böses, sondern die wie der Wind über eine Welt der Bedeutungslosigkeit fahren, sie haben keine Grenze oder Richtung, ihr Ziel ist nur Flachheit und Tod. Er fuchtelte mit den Armen in seinem Talar, hatte die dunklen Augenringe des Schlaflosen, und vor der Kirche weideten die Schafe. Er begann über die Satellitisierung zu sprechen, das heißt, über das Internet, welches wir im Fjord allerdings noch nicht angeschlossen bekommen haben. Der Pfarrer sagte, dass die Jetztzeit eine Meisterin darin sei, Menschen mit Botschaften zu versorgen, er aber habe keine Botschaften. Man ist, in Gottes Namen, nicht ganz gefeit davor, hoffnungsloser aus den Messen des Pfarrers hinauszugehen als in sie hinein.

Über die Seligkeit der Seele und über Seehundspeck

Aus Norden. Ziemlicher Seegang, Brecher am Hamarskap und schließlich bricht man selbst.

Wieder und wieder spitze ich den Bleistift, um über ein Ereignis hier im Geirmundarfjörður zu schreiben. Ich weiß nicht, warum ich andauernd den Bleistift spitze. Hier passiert nie etwas. Hier sind nur ein paar Männer am Fjord, die sich abmühen, Kabeljau zu fangen, der nach Reykjavík geschickt wird, gepresst und eingesalzen und nach Portugal versandt, wo Senjorita Periglesi ihre Nachbarn zu einer Gartenparty einlädt und alle tanzen zu den Gitarrenklängen und sind fröhlich in der Sonne. Und essen Fisch vom Hámundarrücken. Hier passiert nichts und Tanz ist auch keiner. Noch keine Haushälterin. Hier ereignen sich keine Liebesabenteuer. Hier ist nicht einmal ein Pferd. Keine Kämpfe, kein Betrug und kein Schwindel, keine Helden und keine Gauner. Nur ein paar haushälterinnenlose Männer, die an der Küste Fisch fangen. Ist es ein Wunder, dass man sich wünscht, dem Kabeljau bis zu Madame Periglesi zu folgen, oder wegzufahren wie Dósi, zu all den Millionen Menschen mit ihrem Glanz und Glimmer?

Trotzdem ist es nicht sicher, dass man im Ausland angetrockneten Fisch mit Seehundspeck bekommt. Ich kenne nichts Besseres als Sonne aus Westen mit Sturm, wenn sich das Wollgras auf dem Moor biegt und man sich auf eine Bank legt, nachdem man angetrockneten Fisch und Seehundspeck gegessen hat. Vielleicht setzt man sich auch auf und sagt zu denen, die im Fischerwohnheim draußen auf dem Gang herumstehen, etwas total Durchdachtes über das Wetter, zum Beispiel, dass sich der Wind bald drehen wird und aus Süden weht, und das Pfeifen durchs Fenster und der Sonnenschein fließen einem in die Brust und da hört man plötzlich diese wundersame Freudenmusik, wie aus einem entfernten Radio, und dann ist man eingeschlafen und träumt zum Beispiel von Wolken in Form dicker, nackter Frauen, die lachend auf ihren Bäuchen spielen, sodass man ganz ergriffen wird und von Herzen dafür dankt, auf der Welt zu sein.

Gusi kommt auf den Pier und erzählt seine Geschichte

Sturm aus Südwesten. Brach um die Mittagszeit los, so wie es manchmal am frühen Vormittag über der Bucht aus morgenrotem Himmel losstürmt. Mit harten Böen zwischendurch, sodass man ganz die Bodenhaftung verliert und unruhig wird.

Ich hatte mir Brote geschmiert und den Tank gefüllt und war schon im Boot, um es zum Ablegen klarzumachen. Ich wollte versuchen, eine halbe Runde zu schaffen, bevor der Sturm stärker würde, aber als ich die Fischcontainer an Bord hievte, kam Gusi auf den Pier.

Du fährst heute nicht raus, lieber Großneffe. Es ist nicht einmal daran zu denken. Bald wird es hier heftig.

Gusi kam an Bord, stopfte Borkum Riff in seine Pfeife und begann eine Geschichte zu erzählen. Die Geschichte handelte von einem Unfall auf See, der sich bei starkem Südweststurm ereignete, als Gusi jung war. Gusi fährt niemals hinaus, wenn eine Südwestlage vorhergesagt wird, und ich verstand das immer besser, je weiter die Geschichte voranschritt.

In jenem Herbst war Gusi mit seinem Vater Tímóteus zur See gefahren, aber wenn nicht gerudert wurde, versah er allerlei Bauerndienste an Land, suchte Schafe, holte die Kühe und so weiter. An diesem dunklen Oktobermorgen hatten sein Vater und die drei, die mit ihm zur See fuhren, schon die Leinen angeködert und mühten sich, die Eimer an Bord zu bringen, als sich plötzlich die Wolken verzogen und es in der Bucht hell wurde und sie sahen, wie es vom Heydalsnes hereinzustürmen begann.

Nein, warte, mein Freund, sagte da Gusis Vater, der alte Tímóteus: Es stürmt von weiter drinnen. Also nahmen sie die Eimer wieder aus dem Boot und fuhren nirgendwohin. Kurz darauf brach ein gewaltiger Sturm aus Südwesten los und die anderen Boote, die von Reykjaströnd aus aufgebrochen waren, drehten um, noch bevor sie ausgelegt hatten, oder hörten auf, einzuholen, was sie ausgelegt hatten, als sie in die Bucht hineinsahen. Mit Ausnahme von einem Boot, das »Stakkavík« hieß, an Bord waren drei Brüder, der jüngste 15 Jahre alt, sie waren alle mit ihm verwandt, sagte Gusi, durch seine Mutter, die auch meine Urgroßmutter ist. Die »Stakkavík« war ein größeres Boot als üblich, mit einem kraftvollen Motor, wie die meisten Boote damals einen hatten, und hielt daher stärkeren Seegang aus. Benjamín von Reykjafell sagte, sie hätten von den sogenannten Tangar abgelegt, die etwas nördlich des Leuchtturmes auf den Djúpschären sind, und dort hätten sie einige Leinen im Meer ausgebracht.

Der Motor, den sie hatten, war alt geworden und stotterte oft, wie gesagt wurde, und die Brüder hatten bereits einen neuen für ihr Boot bestellt und wollten daher so viel wie möglich fischen, um ihn schnell abzubezahlen. Die Boote fanden sich am Morgen eines nach dem anderen am Kai ein, alle außer der »Stakkavík« mit den drei Brüdern. Da verbreitete sich die Nachricht, dass ein Boot noch auf See sei. Kurz nach Mittag setzte heftiger Schneefall ein bei starkem Sturm, der sich mit der Zeit von Südwest nach Nordwest drehte, mit schwerer See und Brechern, als kämen sie aus drei Windrichtungen gleichzeitig. Sofort in der Früh war Gusi losgeschickt worden, um nach den Schafen zu sehen, nördlich der Trockenfischgestänge am Kúvíkurnes. Jetzt hatte der Schnee begonnen, sich in den Schluchten zu sammeln, aber anderswo blieb er nicht liegen. Und wie er da bei den Trockenfischgestängen war, sah er zwischen den Schneesturmwolken, dass ein Boot nahe an Land entlangfuhr, und er sah die Wellen auf dem Steven brechen und die See über das so klein wirkende Holzboot brausen. Und es schien ihm, als wollten sie versuchen, in der Hákarlabucht nördlich des Kúvíkurnes anzulegen, und er lief zum Strand hinunter, um ihnen dabei zu helfen.

Als Gusi am Meer ankam, war es so dunkel geworden, dass er den Fjord nicht mehr sehen konnte, sodass er eine Zeitlang das Boot und die Männer aus den Augen verlor, die gerade dagegen ankämpften, vom Wind aufs Meer hinausgetrieben zu werden. Da war es, als würde es plötzlich zwischen den Schneeschüben ganz wolkenlos und als bräche dieses stechend gelbe Licht durch das Schneegestöber, und er sah sie da stehen, draußen auf dem Deck, alle drei hinter dem Steuerhaus, und der jüngste Bruder stand ganz hinten, und Gusi sagte, dass die Helligkeit so grell gewesen sei und das Boot so nahe der Küste, dass er diese ernste Miene in ihren Gesichtern habe sehen können, und wie sie ihn alle drei anschauten, und er sah, wie der jüngste Bruder die Hand hob mit seinem Seemannsfäustling mit zwei Daumen darauf und winkte. Dann brach ein neuer Schneesturm los, und diesmal dauerte er lange, zumindest kam es Gusi so vor, und er begann, auf das Meer hinauszurufen, aber er bekam keine Antwort, weil ja der Sturm in seinem Rücken so gewaltig war, dass Gusi bei den ärgsten Böen auf der Erde kriechen musste. Dann verzog sich der Sturm wieder, sodass man auf den Fjord hinaussehen konnte.

Aber draußen auf dem Fjord war nichts zu erkennen, nur die scharfe See tobte aus Westen. Die »Stakkavík« und die drei Brüder wurden nie mehr gesehen, weder lebendig noch tot. Irgendein Teil des Boots wurde ein Jahr später weiter im Osten auf dem Skagatá angeschwemmt, aber damit hatte es sich schon.

Von den Männern hat jeder seine eigene Ansicht über den Unfall. Gusi behauptet, der Motor sei abgestorben oder der Starter nass geworden, und in so einem Fall muss man nicht nach einem Schuldigen suchen, es reicht ein ablandiger Wind, und als man weiter hinausgefahren war, sei wie gesagt die See aus Norden schwerer geworden und Wind aus Südwesten und später aus Nordwesten gekommen, und knapp unter Land seien die Wellen ja noch schärfer mit vielen Brechern, sodass sie nicht lange brauchten, um ein kleines Boot zu füllen.

Andere haben die Meinung vertreten, dass sie auf die Selschären geknallt seien, die dort draußen ganz in der Nähe liegen und bei ruhiger See vom Meer überspült werden.

Dabei hätten sie das Boot zerstört oder beschädigt, sodass ein Leck entstanden sei, und es schließlich in den hohen Wellen gesunken sein muss.

Das sag ich dir, mein Lieber, ich hoffe, dass ich nie mehr einen todgeweihten Burschen sehen muss, der mir im Südwestorkan winkt, das ist ein Anblick, der einen das ganze Leben lang verfolgt, sagte Gusi und klopfte seine Pfeife auf dem Netzhaufen aus und kletterte hinauf. Nach dieser Geschichte war niemand mehr erpicht darauf, hinauszufahren, auch wenn er einen schlechten Motor hatte und eigentlich viel fischen müsste, um sich einen neuen kaufen zu können.

Der neue Parlamentsabgeordnete macht seine Aufwartung

Sperrwochenende. Gutes Wetter, wie immer, wenn die Gesetze den Männern verbieten, zum Fischen hinauszufahren. Dabei liegen die kleinen Motorboote in unserem Fischerdorf wegen Schlechtwetters sowieso einen Gutteil des Jahres am Kai vertäut. Unsichere Wetterprognose. Gusi besuchte uns abends auf einen Kaffee, und wir haben uns gerade einen Porno angeschaut, als er in den Gemeinschaftsraum kam. Es ging um zwei lesbische Frauen, die miteinander beschäftigt waren. Gusi sagte, das sei »reine Kunst«.

So etwas zu sagen, wäre mir nie eingefallen.

Gestern fuhren wir in unserer Unruhe hinaus zum Pfarrer, wir standen auf dem Platz vor seinem Haus und diskutierten über das Wetter, als der neue Parlamentsabgeordnete kam. Er fuhr mit seinem Landcruiser-Geländewagen vor und so wie sein Vorgänger, machte auch er seinen Besuch kurz vor den Wahlen.

Seid gegrüßt, Jungs, ihr liegt in der Hochsaison einfach im Sonnenbad, hehe.

O nein, kam es von Bensi, wir dürfen nicht hinausfahren, denn dann könnten wir ja den Fischbestand austrocknen. Es ist uns verboten, hinauszufahren. Wir haben gerade über das Einzige gesprochen, das hier in der Gegend zählt. Das Wetter.

He, ja, ja, aber es reicht nicht, gutes Wetter zu haben, wenn sich niemand um die Politik kümmert, sagte der Parlamentsabgeordnete, und dann ging er unsere

Reihe ab, seine Persönlichkeit verströmte einen gewissen Zauber, und schüttelte uns die Hand. Ich spürte sofort, dass diese Begegnung mit einem Fiasko enden würde. Ich sah es dem Pfarrer an. Der Parlamentsabgeordnete trug seine Jacke über dem Arm und roch nach Aftershave. Er war um die fünfzig und ziemlich breit.

Ich muss bei euch ehrenwerten Herren nicht um die Dinge herumreden, ihr wisst, dass ich für die liberalen Ideale stehe, die den größten Anteil am Aufbau des Wohlstandes in diesem Land hatten. Welche Themen sind denn bei euch gerade am wichtigsten?

Ebbi wies darauf hin, dass hier im Geirmundarfjörður niemand das Recht auf eine Fangquote hätte, auch wenn, solange er denken könne, von hier aus Männer zum Fischen hinausgefahren seien. Und wovon sollen wir denn leben, wenn wir in Zukunft nicht mehr zum Fischen aufs Meer hinausdürfen?

Es wird alles zu eurem Vorteil ausgehen, sagte der Mann von der Unabhängigkeitspartei, auch wenn in dieser Angelegenheit momentan eine gewisse Unsicherheit herrscht. Außerdem ist es vielleicht an der Zeit, dass die Leute in diesem Land sich anderen Fischgründen zuwenden. Der Parlamentsabgeordnete hatte die Lage im Griff und seine Mimik war sehr überzeugend. Er ging zwei Schritte rückwärts, streckte die Hand aus und erhob seine Stimme:

Seht all die Berge um euch herum, Jungs! Welcher Tourist würde sich an einem solchen Ort nicht wohlfühlen! Das, worüber die Leute hier nachdenken müssen, ist, eine Serviceinfrastruktur aufzubauen und

Erlebniswelten für Touristen zu erfinden. Gemäß neuester Wirtschaftsforschung ist es die Tourismusindustrie, die in Zukunft am stärksten und am verlässlichsten wachsen wird.

Da verdunkelte der Pfarrer seine Miene, er kann nie an sich halten. Er begann zu pfeifen und sah zu den Wolken, dann fiel er dem Parlamentsabgeordneten ins Wort: Es will mir scheinen, dass der Wind dabei ist, sich nach Norden zu drehen. Kaltfront!, fügte er hinzu und sah dem neuen Parlamentsabgeordneten, der über so eine Reaktion offensichtlich fassungslos war, direkt ins Gesicht.

Aber was macht das schon, sagte der Pfarrer, wenn wir in diesen neuen Jubel einstimmen und uns in den Tourismus stürzen. Da müssen wir nur unsere Fischerboote in schwimmende Kioske umbauen, die den Touristen Hotdogs und Souvenirs verkaufen, und lernen, in zehn Sprachen Guten Tag zu sagen, und schließlich können wir auf alle Wetterprognosen pfeifen. Dann deutete der Pfarrer auf mich und sagte, dass man aus mir bald eine Wachsfigur machen könne und darum herum ein Museum bauen und dann könne man mich den letzten selbstständigen Fischer Islands nennen. Wir müssen die Dinge in aller Ernsthaftigkeit diskutieren und nicht mit dieser Lächerlichkeit, mahnte der Parlamentsabgeordnete und blickte den Pfarrer ernst an.

Und dann ging es mit dem Pfarrer, wie es früher auch immer gewesen ist: Er regte sich so auf, dass all seine Höflichkeit verpuffte, und kam dann mit seiner Brandrede über den verdammten Kapitalismus und sagte ungefähr, dass es dem Parlamentsabgeordneten als Vertreter des Eigennutzes mit solchem Gerede nicht ernst sein könne. Federwolken zogen vor die Sonne, aber ein paar Strahlen fielen auf die schweißnasse Stirn des Parlamentsabgeordneten.

Du und auch die deinen, sprach der Pfarrer weiter, ihr beraubt die Menschen auf dem Land eben der Chance, ihr eigenständiges Leben zu leben. Euch ist es ganz genau scheißegal, ob dieses Dorf hier aufgegeben wird, denn gemäß eurer Amerikaökonomie zahlt es sich nicht aus, Menschen auf dem Land leben zu lassen, außer im Hochsommer, wenn ihr kommt, um die Berge zu bewundern und wenn ihr dazu Hotdogs kaufen wollt. Ihr wollt keine kleinen Leute haben, die in den Fjorden fischen. Ihr wollt das gesamte Küstengewässer durchpflügen und jeden einzelnen auch noch so kleinen Fisch von den schwimmenden Fischfabriken aufsaugen lassen, auf denen nur Roboter arbeiten. Weil das gemäß eurer Ökonomie am wirtschaftlichsten ist. Ihr wollt keine verdammte Kultur auf dem Land, und überhaupt keine Kultur. Das habt ihr schon seit Langem ausgerechnet, dass es sich nicht auszahlt, die kleinen Leute leben zu lassen.

Du hast völlig missverstanden, worauf die liberalen Ideale abzielen, wies ihn der Parlamentsabgeordnete zurecht und lachte.

Für mich existieren selbstständige Menschen nicht, sagte der Pfarrer. Ich weiß nicht, was das ist. Menschen haben darüber Bücher geschrieben und den Beweis erbracht, dass ein selbstständiger Mensch ebenso wenig existiert wie ein freier Mensch. Das ist ein Missverständnis, das darauf beruht, dass die Welt sich um etwas dreht, das Individuum heißt und eine ziemlich junge Erfindung ist, und dass nichts anderes im Universum existiert als das Individuum. Würdest du moderne Physik lesen, würdest du eher verstehen, dass das Phänomen Individuum nicht existiert, denn es gibt immer mindestens vier Versionen von allem, sowohl von Mikroorganismen als auch von Individuen.

Der Parlamentsabgeordnete stand still, übte sich in Geduld und grinste.

Der Pfarrer setzte fort: Für mich gibt es nur zwei Sorten von Menschen in der Politik, das sind die Aufdiedauntenhintreter und die Sozialisten. Diese Aufdiedauntenhintreter folgen etwas, das »Initiative des Einzelnen« heißt, und haben meist schon mit knapp zwanzig begonnen, Steuer zu hinterziehen, mit dreißig ein Unternehmen gegründet und sind mit vierzig Würdenträger mit Bauch und vertreiben sich die Zeit in Sommelierclubs und bei der Jagd und mit fünfzig werden sie dann Freimaurer, um ihre vor langer Zeit verkaufte Seele wiederzuerlangen ...

Ich lasse mir das nicht mehr bieten, sagte da der Parlamentsabgeordnete und seine Wangen hatten rote Flecken bekommen, aber der Pfarrer hörte nicht auf: Diese Aufdiedauntenhintreter glauben nur an eine einzige Sache, und das ist: Was mir einen Vorteil verschafft, ist wahr und richtig. Es gibt für sie keine anderen Kriterien. Menschen können sich über tausend Jahre alte Weisheiten hinwegsetzen. Wenn sie daraus einen Nutzen ziehen. Das ist das Einzige, das bei euch Aufdiedauntenhintreter gilt.

Zu diesem Zeitpunkt fand man das allgemein bereits sehr peinlich, also versuchte ich den Pfarrer zu besänftigen, der offensichtlich da auf dem Platz vor seinem Haus seinen Feind gefunden hatte.

Nein, brüllte der Pfarrer, mit deinem ökonomischen Darwinismus kannst du meinetwegen genauso wieder abhauen, wie du gekommen bist. Ihr wisst ebenso gut wie alle anderen, dass die Welt auf dem Weg in die Hölle ist, und euer einziger Gedanke ist, im freien Fall noch etwas mit euch hinunterzureißen.

Verdammte Sch… Mann, sagte der Parlamentsabgeordnete mit erhobener Stimme, ihr hört nicht auf diesen Mann, Jungs?!

Ihr entschuldigt mich, sagte der Pfarrer und setzte die Ohrenschützer auf, ich muss mich jetzt um Schafe der anderen Art kümmern, und dann ging der Pfarrer Richtung Stall.

Du bist verrückt! Wer bist du eigentlich! Kannst du dich nicht benehmen?, rief der Parlamentsabgeordnete hinter dem Pfarrer drein, der sich nicht umdrehte, und ich muss sagen, dass das verdammt peinlich war für uns, die immer noch auf dem Vorplatz standen. Der Parlamentsabgeordnete grinste, lachte und fluchte abwechselnd, mit roten Flecken auf den Wangen, und wir wussten auch nicht, was wir sagen sollten.

Wir haben ja nur über das Wetter geredet, sagte Ebbi, um einen leichteren Ton anzuschlagen.

Das Wetter, ach so, he he. Ihr glaubt vielleicht, dass euch das Wetter retten wird?, kam die schneidende Stimme der Staatsmacht, und dann blickte er uns streng an, als wären wir Kinder, stieg in den Geländewagen und raste davon.

Wir standen immer noch auf dem Platz vor dem Haus, etwas aufgewühlt von dem Gespräch der Männer.

Ob sich der Wind nicht nach Westen dreht, sagte Ebbi.

Also am Himmel kann man das so nicht sehen, antwortete sein Bruder.

Am Samstagabend läutete das Telefon und Ebbi hob ab und plötzlich schwieg er und sagte dann: Nein, also so etwas, ich sage sowieso nur einen verdammten Unsinn, Schätzchen, ich hole dir einen Mann ans Telefon, mit dem du besser sprechen kannst.

Das war also eine Frau aus Reykjavík, die unserer Stellenanzeige Aufmerksamkeit schenkte, wir hatten sie dreimal erscheinen lassen. Sie war sehr bestimmt und sagte, sie würde es nach dem nächsten Wochenende angehen. Ihre Stimme verriet mir, dass sie eine Frau unter dreißig war, geheimnisvoll und tüchtig (so wie ich). Gute Sache das.

Das Kapitel von der Fiaskotour und der Dichter tritt auf

Draußen weht es stark aus Süden. Seit dem Wochenende hatte die See nichts hergegeben, als ich zur großen Fiaskotour aufbrach.

Es war mausetot gewesen auf den gesamten Fischgründen und keiner bekam auch nur irgendetwas, alles so leergefegt wie bei Westlage. Die elektrischen Spulen hoben und senkten die Leinen. Ich trank Kaffee und rauchte, sah den Eissturmvögeln zu: Weg da, das ist mein Gebiet, sagen die Eissturmvögel, nein, ich war zuerst hier, nein, ich, und dann beißen sie einander und plantschen um das Boot herum. Der menschliche Geist knüpft Kreise, nicht unähnlich einem hungrigen Basstölpeljungen, und das Gehirn des Menschen wird wie ein Wassergesöff, dem aller Zucker fehlt, und deshalb kam mir diese Zeile in den Sinn:

mein gehirn wurde wie wasser
in dem der zucker fehlt
und daher trank ich coca cola dazu

Die menschliche Existenz wird völlig bedeutungslos. Wenn es keine einzige Gräte gibt.

Kalli hing am Funkgerät und hatte, kaum war er kurz nach Mittag auf die Fischgründe gekommen, darüber zu jammern begonnen, dass er auf der Welt sei. Die mitternächtlichen Fischzüge waren für den armen Kerl ein völliger Reinfall, und obwohl er nie vor Mittag hinausfährt, ist er meistens der Erste, der wieder an Land ist. Er funkte Ebbi an und fragte, ob das Wetter uns nicht vor dieser nie dagewesenen Leblosigkeit retten würde. Ebbi: Nein, also wirklich! Wird es nicht auf der Bucht immer finsterer, am Ende kommt der Wind aus Süden auf uns zu, da, glaube ich, tuckern wir besser an Land zurück. Aus Süden!, wurde da mitten in dieses heilige Gespräch gerufen; es ist fast so, als würden diese Männer nie auf die Berge schauen, sieht er nicht, dass er auf Norden dreht, und die Wolken auf den Bergen sind ein einziger Nordstau.

Da blieb eine der Spulen plötzlich stecken, kreischte aber laut auf, als die Fangleine aus ihr herausgerissen wurde. Ich drehte auf volle Kraft und das Boot bekam einen Ruck, als es anriss. Langsam und ruhig nahm die Spule jetzt das Geschöpf in Empfang, gab ab und zu nach, als das Tier am heftigsten um seine Freiheit kämpfte. Zuerst waren das lange Kämpfe und ich glaubte, das Tier würde die ganze Leine herausfetzen, aber dann begann die Spule zu arbeiten und schaffte es, die Leine einzuziehen. Ein abrupteres Ende der vorigen Leblosigkeit konnte man sich kaum denken.

Ach, ich habe keine Lust, das weiter auszuführen. Das Meer wurde weiß in einer Tiefe von zehn Faden, und ich bekam rasendes Herzklopfen, als sich der Heilbutt näherte. Ich kann mich daran erinnern, als Gusi sagte, dass Gott durch gute Fische zu den Menschen spricht. Der Heilbutt saß auf dem obersten Haken, sodass es mir gelang, ihm den Landungshaken in den Kopf zu stoßen. Ich sah sofort, dass er alt war, und er schien deswegen zahnlos zu sein, sodass ich eine Bandschlinge bereithielt, um sie unter seine Kiemen zu ziehen und damit sein Maul zu umschließen und ihn so an der Reling festzubinden, aber in dem Augenblick, in dem ich ihm den Landungshaken in den Kopf stieß, ging ein so heftiges Aufbäumen durch das Tier, so als hätte es noch lange zu leben, es riss sich vom Haken los, und der Landungshaken verbog sich wie weiches Metall. Vielleicht hatte ich etwas falsch gemacht? Selbstverständlich habe ich einen Fehler gemacht.

Plötzlich war alles still und ich sah dem Weißen in die Tiefe nach, mit der Bandschlinge in der einen Hand und dem verbogenen Landungshaken in der anderen und da war es, als verschwände gleichzeitig alle Helligkeit aus meinem Leben. Ich spreche von einem Heilbutt. Ich meine einen sehr großen Heilbutt. Das ist nicht viel anders als Gott zu verlieren, wovon der Pfarrer sagt, es sei das Traurigste auf der Welt. Und das in nur ein paar Sekunden. Mein Leben setzte sich auf die Ruderbank, leer und wertlos, und wiegte sich teilnahmslos einige Zeit, bevor ich in die Kajüte schlich und den Verlust ins Funkgerät meldete. Es ist für einen Augenblick ein Trost, seine Schlappe in Worte zu fassen, aber die Leere kehrt zurück, sobald man schweigt. Kalli jaulte allerdings lauter als ich, und schließlich drehte ich sein Fluchen leise und fuhr an Land.

Die meisten hatten doch eine Menge kleiner Fische und Köhler, auch ich hatte 130 Kilo von diesem Mist. Es kam eine wahnsinnig vornehme Frau auf den Pier, sie war aus einem Bus gestiegen, und fragte Kalli von der Pierkante aus, ob er viele Fische gefangen habe. Schwanz, Möse, Arsch – es war gar nichts, antwortete Kalli und bewarf die feine Dame mit seinem Frust. Sie fragte nicht weiter. Mehr Leute kamen aus dem Bus und fragten nach unserer Fischerei.

Im Hochsommer kommen manchmal solche Busse mit einer Gruppe Leute, die von uns und den Bergen rundherum Fotos machen. Manche sagen, dass der Blick auf die Berge atemberaubend und dies ein wahres Paradies auf Erden sei. Dann steigen diese Leute wieder in ihren Bus ein. Was ich nicht verstehen kann, ist, warum wir dann nur sieben oder acht Personen hier in diesem Paradies im Geirmundarfjörður sind. Vielleicht ist es langweilig im Paradies, gemessen an allen Vergnügungen in Reykjavík.

Hierher kam ein Dichter, der in einem Sommerhaus weiter drinnen im Fjord dichten will. Der Mann war überaus seltsam und sagte, er habe ein Meisterwerk im Kopf, er müsse es nur zu Papier bringen, nur die Bilder richtig benennen. Er trug eine Brille und seine Haare standen zerwühlt vom Kopf ab und seine Augen waren ein wenig verwirrt und dunkel. Ich fand ihn nicht unsympathisch. Snægrímur, so heißt er, trank gestern Abend mit uns Kaffee im Fischerwohnheim und sagte, er wolle in eine vollkommene, feierliche Verbindung mit der Erde treten, ähnlich wie ein Pferd. So irgendwie sagte er das.

Kalli betrank sich und sagte, es hätte keinen Sinn, diesen Kabeljauzipfeln hinterherzujagen, die nur zu Kacke und Furz irgendwelcher Menschen würden, noch fast am Tag ihres Fangs, und keiner würde dann noch fragen, wer gefischt habe, und keiner dankte einem und könnte sich an einen erinnern, wenn man endlich krepierte. Er weinte in der Küche über den Verlust des Heilbutts, darüber, dass seine Werkstatt in Konkurs gegangen war, seine Frau ihn verlassen hatte und die Lachszucht ein Fiasko war.

Im Herzen beginnt das Chaos

Vorgestern fiel der Südsturm zusammen und kaum war ich draußen bei den Heljarschären, waren im Norden ganze Felder von Alkenvögeln und ganz schön viele Möwen. Jetzt, wo das Wetter warm war, war das Futter üppig und man musste nichts anderes tun, als sich aufzuraffen, auf das tiefe Meer hinauszufahren und die Leinen auszulegen. Der Fisch schwamm unter den Vogelschwärmen und ganze Wolken aus Nahrung waberten im Meer, und aus den Fischmäulern hingen die Sand-Aale, sobald der Fisch auf Deck lag. Die Männer hatten selten so etwas erlebt, das waren fast nur fette Kabeljaus. Kurz nach Mittag bekam der Südwind neue Kraft, und damit waren die guten Zeiten vorbei. Ich schaffte eineinhalb Tonnen und bin schon oft für weniger hinausgefahren.

Heute Abend fiel kurz nach den Nachrichten das Fernsehen aus, wie immer, wenn man sich auf einen guten Film gefreut hat, und wir spielten den ganzen Abend Karten. Plötzlich kam ein Mann aus dem Halbdunkel, die Haare wirr abstehend, und sagte, er sei völlig geistlos. Dass der Geist nicht mehr länger über ihn komme.

Ebbi legte einen Kaffeefilter ein und kochte Kaffee und sagte dem Dichter, er solle nicht verzweifeln, der Geist könne kommen, wenn man es am wenigsten erwarte, so wie es Þórður auf Skaufasel ergangen sei. Þórður ereilte der Geist mitten in der Nacht, und er öffnete die Augen und rührte sich nicht, aus Angst, den

Geist wieder zu verlieren. Dann rief er auf die andere Seite des Bettes: Hol einen Bleistift, Frau, und sei mir nicht im Weg!

Da erzählte der Dichter die Geschichte von dem chinesischen Poeten, der einige Feinde hatte, die ihm seine Hütte niederbrannten. Da sagte der Chinese: Jetzt verdeckt nichts mehr den Mond.

Dann herrschte Schweigen und Kalli und Bensi blickten aus den Karten auf und warteten auf die Fortsetzung. Was dann? Nichts, das den Mond verdeckt? Das war eine komische Geschichte. Die Männer fanden, da fehle das Ende. Konnte der Chinese bei jemandem Unterschlupf finden? Konnte er sich ein kleines Stück Fleisch kochen? Hatte er einen Herd? Da schlug sich Ebbi auf die Seite des Dichters und sagte, der Chinamann habe Gedichte über den Mond gemacht, die sich millionenfach verkauft hätten. Ihr versteht diese Weisheit nicht, und dann goss er Kaffee in den Becher des Dichters.

Da zauberte Bensi die Geschichte von Essen-Jói hervor, dessen Abstammung er in vielen Worten erklärte. Essen-Jói liebte es, zu essen, und davon handeln viele Geschichten. Er hatte ein kleines Haus dort in seinem Bezirk, das eines sonnigen Tages bis auf die Grundmauern abbrannte, als er gerade beim Fischen war. Als Essen-Jói zu seiner rauchenden Ruine kam, sprach er jedoch diese berühmten Worte: Es wird heute Abend kein Salzfleisch gekocht.

Ich habe manchmal den Eindruck, dass es eine unüberbrückbare Kluft zwischen dem Dichtermann und den Männern in unserer Gegend gibt. Vor ein paar

Tagen brachte ich Schellfisch für den Dichter in das Fjordinnere. Da sagte er mir, dass er Vegetarier sei, nahm aber dennoch den Schellfisch in Empfang, Gott sei Dank. Dann begann er mir zu erzählen, wie gern er den Lämmern beim Spielen auf der Hauswiese unterhalb seiner Hütte zusehe. Er sagte, er verstehe nicht, wie Menschen so viel Schönheit essen könnten, und er verlor viele schöne Worte über die Schafe. In diesem Augenblick fuhr Daníel von Ásmundarstaðir auf uns zu, der Bauer, dem die Hauswiesen bei dem Sommerhaus gehörten. Daníel näherte sich uns so höflich, wie es hier üblich ist, nämlich mit einem furchtbaren Fluchen, das er aus seinem Hilux-Geländewagen heraus hören ließ, und sagte, das sei eine verdammte Hölle, dass die blöden Schafe jetzt in die Hauswiesen eingedrungen seien.

Das eine ist sicher, sagte Daníel, als er auf uns zuging und Guten Tag wünschte, dass das Schaf das einzige Vieh auf der Weltoberfläche ist, das nicht denken kann. Auf diese Art wollte er ein Gespräch beginnen.

Der Dichter war jedoch nicht auf derselben Wellenlänge und sagte: Ich denke – daher bin ich, und hielt seine schützende Hand über seine Freunde auf der Hauswiese. Der Bauer lachte und entgegnete, als hätte er nie anderes getan, als Philosophen zu antworten: Also mir kommt vor, dass die Schafe dort auf der Hauswiese diesen deinen Lehrsatz widerlegen. Sie denken nicht, aber sie existieren dennoch.

Das ist nicht mein Lehrsatz, antwortete der Dichter mit fast unterdrückter Wut in der Stimme, das war ein französischer Philosoph, der das im Mittelalter sagte:

cogito ergo sum. Ein französischer? Und was sollten die Franzosen über isländische Schafe wissen?, erwiderte Daníel, der Bauer, kletterte über den Zaun und begann die Schafe auf der Hauswiese anzuschreien. Der Dichtermann schwieg einige Zeit und es sah aus, als hätte Daníel den Mann aus Reykjavík mit seinem Scherz, für den dieser keinen Sinn hatte, ausgehebelt. Dann drehte sich Snægrímur, der Dichter, zu mir und sagte mit viel Innigkeit: Dieser Mann ist ein Homo sapiens. Es ist leicht, ein Homo sapiens zu sein. Im Herzen beginnt das Chaos.

Hier wird von den ersten Zusammenkünften des Dichters und des Pfarrers erzählt

Immer noch Sturm aus Süden und die Männer scheinen Angst um die Jahresausbeute zu bekommen.

Der Dichter kam vorgestern auf den Pier, um zu reden. Ebbi war übermütig und fragte den Dichter, ob er, nachdem er so ein guter Dichter wäre, nicht sofort eine Strophe über ihn schreiben könne, und jetzt zeig einmal, wie gewandt zu bist. Der Dichter ließ sich durch diesen Mann des Volkes nicht aus der Fassung bringen und dichtete blitzartig die Strophe:

Ebbi, Ebbi, lieber Ebbi
Ebbi, Ebbi, Ebbi.
Ebbi, Ebbi, lieber Ebbi,
Ebbi, Ebbi, Ebbi.

Und da wurde gelacht und der Dichter wurde endlich als ein solcher von den Männern hier im Fischerwohnheim anerkannt. Drei von uns kauften den neuen Gedichtband, den er in seiner Reisetasche hatte und der *Der Pizzabote hat nichts zu übergeben* hieß. Mitten in den Gesprächen über Jahresfang und Landwirtschaft sagte der Dichter, dass ihm die Welt völlig gleichgültig sei, er fahre sowieso zur Hölle. Da sahen sowohl Ebbi als auch Bensi zu mir und dachten offensichtlich dasselbe wie ich: Dieser Mann muss den Pfarrer treffen.

Ich fuhr gestern Abend mit ihm in Bensis Lada hin, und der Pfarrer nahm uns in einem grünen und einem weißen Gummistiefel in Empfang, er war eben aus dem Stall gekommen, und es wurde ein der Annalen würdiges Zusammentreffen, womit man hatte rechnen können. Der Pfarrer fragte vor dem Haus nach Neuigkeiten. Der Dichter hatte seinen neuesten Gedichtband bei sich und reichte ihn dem Pfarrer. Magst du Gedichte?

Wenn Geist in den Versen ist oder ein saftiger Reim, dann ist es gut, antwortete der Pfarrer, während er in dem Buch blätterte. Dann gab er dem Dichter das Buch zurück und sagte, das sei ganz gut. Du schreibst im Sommer Gedichte?

Gedichte schreiben!, antwortete der Dichter und wand den Kopf im Südsturm, so als sei er konsterniert darüber, dass der Pfarrer ihm nichts abkaufen wollte. Ich weiß nicht, wozu man sein Herz für nichts zerschleißen soll. Und dann auch noch alles selbst bezahlen muss. Allen sind Dichter und Gedichtbände gleichgültig.

Wenn du nicht dein Herz aus dir herausreißt, sagte der Pfarrer, dann macht das eben ein anderer für dich. Das ist eine hässliche Welt, eine hässliche Welt für Dichter und Pfarrer. Dann bat er uns hinein und verschwand in seinem Zimmer und kam mit einem Gedichtband in der Hand zurück.

Möchtest du tauschen? Ich habe früher Gedichte geschrieben, aber Gott sei Dank habe ich damit aufgehört.

Es kam heraus, dass der Pfarrer einst auch ein Dichter gewesen war und auf eigene Kosten Gedichtbände herausgegeben hatte. Seine Gedichtsammlung hieß

Kapitulation der kleinen Blume und behandelte das Unglücklichsein. Ich durfte einen Blick hineinwerfen und eines der Gedichte ging so:

ich habe schon lange vorgehabt, ein gedicht zu
schreiben
aber ich vergesse es immer wieder
wegen einer anderen zeit
es war wegen einer anderen zeit
ich wusste nicht genau, wohin, aber ich war
unterwegs
wegen einer anderen zeit

Stark! Das ist stark, sagte Snægrímur, der Dichter, während er blätterte.

Das sind keine Gedichte, dieser verdammte Mist, ich schäme mich, das herausgegeben zu haben, sagte der Pfarrer.

Ja, aber das ist gut gemacht, wegen einer anderen Zeit, verstehst du, wir versuchen immer, uns von der Zeit zu befreien, dichten ist vergessen, und dir gelingt es, dieses empfindliche Thema auf poetische Art einzufangen, sagte Snægrímur und wies mich auf das Gedicht hin. Es ist eine Sünde und eine Schande, dass du zu dichten aufgehört hast!

Nein, das ist auf keinen Fall Sünde und Schande, sagte der Pfarrer, keine Sünde und Schande. Was ist ein Dichter anderes als ein Armseliger, den die Menschen niedergetreten haben, ein Armseliger, der, von den anderen ausgeschlossen, ein Gedicht über seine Einsamkeit macht und über Gott und die Liebe? Wofür man ihm dann auch noch Vorwürfe macht. Der Dichter verliert immer, denn am Ende findet er heraus, dass die Dichtung ihn den Menschen nicht zurückgibt. Ganz im Gegenteil, die Dichter werden immer einsamer, je mehr Gedichte sie schreiben. Das Schicksal der Dichter ist das, worüber man auf der Welt am meisten lachen und zugleich weinen kann. Es ist keine Sünde und Schande, dass ich zu dichten aufgehört habe.

Bist du jetzt nicht zu hart?, fragte Snægrímur. Es gibt Dichter, die glücklich sind.

Nenne mir einen glücklichen Dichter, sagte der Pfarrer, der flink war im Antworten.

Warte einmal, also, es dürfte mir einer einfallen, sagte der Dichter und starrte auf den Küchentisch. Hör mal, was ist mit Björnstjerne Björnson, dem norwegischen Dichter der nationalen Unabhängigkeit? Er war glücklich und wurde als Anführer seiner Zeit angebetet.

Björnstjerne Björnson war kein Dichter, schoss der Pfarrer dagegen. Er war nur ein Blasebalg, der auf den Schwachen herumgetrampelt und jetzt von allen vergessen ist. Einen glücklichen Dichter gibt es nicht, und außerdem ist es gar nicht möglich, zu dichten. Es ist nicht möglich, Gedichte zu machen. Das ist nicht möglich. Und wenn ein Mensch das versteht, ist es am besten, damit aufzuhören, fügte der Mann mit den Augenringen der Schlaflosigkeit hinzu.

Aber was wird aus denen, die weiterhin dichten? Haben die das nicht verstanden, fragte der Dichtermann, der, bemerkenswert genug, das Gespräch zu genießen schien.

Die, die dichten und Bücher herausgeben, sind allesamt krank im Geiste oder haben einen Schaden in der Seele. Das Einzige, das ich sicher über Dichter weiß, ist, dass sie nicht ganz richtig im Kopf sind. Es ist ein Zeichen von Besserung, wenn Menschen aufhören, zu dichten, sagte der Pfarrer und lachte dazu und bat uns, uns selbst nicht ernst zu nehmen. Die Kaffeemaschine begann zu gurgeln. Auf dem Küchenboden lagen verstreut handgeschriebene Blätter. Der Pfarrer erklärte, das sei der Entwurf zu seiner nächsten Sonntagspredigt.

Wäre es nicht intelligent, sich einen Computer anzuschaffen?, fragte Snægrímur.

In keiner Weise intelligent, antwortete der Pfarrer. Solche Maschinen brächten die Menschen nur dazu, vergesslich zu werden, und die Worte würden bedeutungslos.

In der einen Ecke der Küche quoll der Mülleimer über und in der anderen lagen Knochenreste für den Hund. Ungespültes Geschirr stand auf den Tischen verstreut, und da, wo man hätte einen Blick auf den Tisch werfen können, lag die ungeöffnete Post oder Tabakdosen. Der Küchentisch selbst war bemerkenswert klein, fast nicht vorhanden, und es war unmöglich, den Fuß darunterzusetzen. Der Pfarrer hatte nämlich versucht, ihn zu erhöhen, indem er Treibholzklötze unter die Beine geschoben hatte, doch sie waren so groß, dass sie den Raum unter dem Tisch ausfüllten. Der Pfarrer zog die Aufmerksamkeit von der Küche ab und knallte den starken Kaffee auf den Wohnzimmertisch. Darf ich euch in die bessere Stube bitten?

Es dauerte nicht lange, bis die Stimmung zwischen den Männern im Wohnzimmer sich aufzuheizen begann, als sie über den Zustand der heutigen Welt sprachen. Ich saß beim Klavier und versuchte, nicht aufzufallen.

Snægrímur, der Dichter, fing bald an, sich aufzuregen, er stand auf und begann mit zu Berge stehendem Haar zu wüten, als hätte er endlich einen Platz gefunden, an dem er alles loswerden konnte, und bald neigte sich das Gespräch Bildungsfragen zu und da sagte der Dichter in etwa:

In Reykjavík ist es trist. Dieses Volk hat seine Würde restlos verloren, und es ist für einen Isländer nichts anderes als Schande, nach Reykjavík zu kommen, in diese One-night-stand-Stadt, wie sie im Internet beworben wird. Sie haben die Künstlercafés ersetzt durch Macdonaldsjunk, und wer sich für Lyrik interessiert, ist zum Zuhälter geworden, der Gratistickets für Striptease-Spelunken verteilt, begabte Künstler haben begonnen, Werbung für Banken und Versicherungen zu entwerfen, indem sie Schlagworte für den Kommerzialismus dreschen, die sie auf der Gehirnrinde der Menschen festkleistern können, Idealisten, die Herz hatten, sind in einer verdammten Kaufsucht untergegangen, die Akademie ist durchsetzt von Egoismus und amerikanischen Menschenverachtungslehren und alle Literatur wird als irgendein Gemetzel zwischen den Geschlechtern gelesen, die Höchstgebildeten sind meist damit beschäftigt, Stipendien und Titel herbeizuschaffen, für die Psychologie sind die Seele des Menschen und Gott nichts anderes als elektrische Ströme in der Gehirnrinde, und ehrlich gesagt, ist es wirklich schwierig geworden, echte Freude in irgendeinem Herzen zu finden, das man trifft, denn jeder spricht entweder gerade in sein Mobiltelefon oder muss sich beeilen oder irgendwelche Aktienkäufe checken.

Der Pfarrer saß perplex auf dem Sofa, aber ich hielt mich hinter dem Klavier. Das Pfeifen in den Fenstern verschmolz mit der Rede des Dichtermannes.

Wenn ich dich recht verstehe, sagte ich, dann sagst du, dass die isländische Kultur allmählich wie die amerikanische Kultur wird.

Isländische Kultur, he, sagte der Dichter und lachte auf. Isländische Kultur ist nur der Titel eines Buches von Sigurður Nordal. Ich sage es, wie es ist: Es gibt keine isländische Kultur, nur mobiltelefonquatschende Turbokapitalisten, die an den Wechselkurs von Wertpapieren und an Analverkehr mit den Schwächeren aus Wirtschaftsleben oder Politik denken, während sie zwischendurch nach Hause fahren, um sich amerikanische Seifenopern über Menschen anzuschauen, die einmal pro Woche fremdgehen, und über Bademeistermädchen, die am Sandstrand strippen.

Reykjavík ist nichts anderes als eine Ansammlung von Menschen in Modefetzen, die sich abmühen, ihre Vergangenheit zu vergessen. Ich finde, dass das nicht mehr das Volk ist, dem ich angehöre, ich habe nichts mehr mit ihm gemeinsam. Das, was man isländische Kultur nennen konnte, ist verschwunden, und übrig geblieben ist nur der leere Begriff, den man braucht, um ihn auf Konferenzen und Meetings zu verwenden, wo Portweinweiber und wichtige Männer, die dem Amerikazirkus erlaubt haben, die Macht zu übernehmen, sich zusammenrotten und darüber sprechen, wie wertvoll es sei, die isländische Kultur zu bewahren und unsere Unabhängigkeit.

Der Mann war offensichtlich sehr deprimiert, und der Pfarrer machte Zwischenbemerkungen, sagte Ja und das stimmt zu allem, was der Dichtermann hervorsprudelte.

Ich kam mit der alten Frage an, die ich schon oft nach den Messen an den Pfarrer richten wollte. Was kann man selbst tun, um diese Entwicklung zu ändern?

Es wurde einen Augenblick still im Wohnzimmer des Pfarrers, und nur das Pfeifen des Windes hielt an. Aber es kam keine Antwort, außer, dass der Dichtermann sagte, dass er schon seit langer Zeit einen Abscheu gegen diese Geldkultur hege, in der ein paar skrupellose Menschen nationales Eigentum an sich rafften, in der sich alles vor den Kräften des Marktes verneigte und vor den Geldmenschen, die das Land aufgekauft haben würden, bevor man auch nur den leisesten Wind davon bekäme, in der ganze Herden von Künstlern nichts anderes seien als halbherzige Clowns oder halbnackte Sexbomben auf der Gehaltsliste der Modeindustrie, die den jungen Mädchen erzählen, wie sie sich anziehen sollten.

Dann offenbarte der Dichter sein heißestes Inneres: Ich meine, nimmt das wirklich kein Mensch wahr?! Kapiert keiner die Geistlosigkeit in alledem? Er sah uns an, und der Pfarrer schüttelte den Kopf und sagte ein Ja nach dem anderen, ja, völlig richtig, ja, ja.

Nirgendwo hört oder sieht man mehr ein Herz, das sich öffnet, setzte der Dichtermann fort, nirgendwo ist ein reines Gedicht zu finden oder ein menschliches Gefühl, aber wäre es nicht das, worum es im Leben eigentlich geht? Und für diese Gesellschaftsjauche ist der Dichter wie eine stöhnende Fliege, eine Fliege, die allen scheißegal ist.

Der Pfarrer stand langsam auf, ging zu dem Dichtermann, der offensichtlich von sich selbst heftig gerührt war, und dann sagte der Pfarrer mit weinerlicher Stimme, wobei er in die Luft sah: Gottes Engel hat dich geschickt.

Dann nahm er den Dichter in die Arme und drückte ihn und sagte mit Tränen in den Augen, dass dies der Geist sei, der die Welt besiegen würde.

Ich muss sagen, dass ich ergriffen war von den heißen Gefühlen dieser Männer, als ich sah, dass hier zwei Seelen auf derselben Wellenlänge einander gefunden hatten. So redeten sie bis spät am Abend verschiedentlich über die Bösartigkeit der Welt, und der Pfarrer sprach davon, dass er eine Revolution machen wolle, und weinte vor Freude darüber, dass ihm eine so gesunde und lebendige Seele geschickt worden sei, und so wurde das Geschick der Welt vom Pfarrer und vom Dichter gemeinsam beklagt, genau hier, im südlichen Teil eines der nördlichsten bewohnten Fjorde Islands.

Über die ungleiche Verteilung des Glücks und über Gott

Regenschauer aus Osten klatschen auf die Berghänge wie der Mantelzipfel eines Betrunkenen in Reykjavík. Eine frische Brise und ein starker Wind treiben abwechselnd das graue Zeug über das Land und es gibt keine Hoffnung auf besseres Wetter.

Schaffte gestern 1500 Kilo, davon etwa eine Tonne bei einem einzigen langen Fischzug am Hámundarrücken.

Mir gefällt das mit Kalli nicht. Der Mann ertrinkt in Sorgen wegen seines Schuldenstands und hält es nirgends aus. Nicht genug, dass er mit seinem Boot wenig gefangen hat, es plagen ihn auch noch alte Schulden, und vor ein paar Tagen bekam der arme Kerl eine Forderung der Bank, sodass er sofort losraste und seinen Geländewagen auf mich überschrieb, denn er fürchtet einen baldigen Konkurs. Das Einzige, was er schuldenfrei besitzt, ist dieser Geländewagen, den er von seinem alten Vater im Westen geerbt hat.

Vor ein paar Tagen sahen wir uns im Fischerwohnheim einen Porno an und plötzlich begann Kalli darüber zu scherzen, ob er nicht Arbeit als Ficker (so sagte er das) bekommen könne, als Ficker in einem Pornofilm, denn da könnte er sich schuldenfrei ficken, und dann hatte er diesen Lungenkrampflacher, der sich grob mit dem Rauch seiner London Docks-Zigarre verwob.

Es ist wegen der Schulden, da bin ich mir sicher, dass der Mann völlig unausstehlich geworden ist. Ich kenne das, man ist selbst genauso, wenn man zum Beispiel zwei Wochen lang jeden Tag hinausgefahren ist und der Geist verschmolzen ist mit dem Schlachten von Kabeljaus und dem Gackern der Eissturmvögel. Aber man löst sich ab und zu davon, blättert in einem Buch und denkt an Wollgras. Kalli ist hingegen gefangen in seiner Situation wie ein Kabeljau in einem Fischtank, gefüllt mit Schuldensuppe.

Gestern, als ich auf der Hámundarlinie den vielen Fisch traf, rief ich Kalli auf seinem Mobiltelefon an und erzählte ihm, dass der Fisch hier reich vertreten sei. Kalli war parallel zu mir hergefahren, aber er hatte den ganzen Tag lang keinen Fisch gesehen, und so ließ er die Fangleine hinunter. Es war wenig Wind und man konnte sich gut hören, sodass wir uns mit Rufen verständigen konnten. Und da begann der Fisch bei mir noch stärker zu beißen. Und Kalli sah keinen einzigen Fisch! Da stand er auf Deck in dem blauen Pullover, den er immer anhat, schwarzhaarig, mit dem Schuldengespenst über sich wie Zigarrenrauch. Der Zustand war ziemlich unangenehm, und ich hatte das Gefühl, mich entschuldigen zu müssen, und überlegte schon, abzuhauen. Kalli rief herüber und fragte, was ich eigentlich für Haken hätte, aber ich benutze genau dieselben Gummidinger wie er. Es wurde immer unangenehmer. Kalli zog ein, aber an der Leine hingen nur ein paar kleine Fische, denen er hinterdreinfluchte, als er sie über Bord warf. Der Mann war zornig, warum zur Hölle fing er keinen Fisch? Nichts ist wahrscheinlicher, als dass die Natur gegen ihn ist. Wenn irgendjemand einen guten Fang nötig hat, dann ist es Kalli.

Kalli gab schließlich auf und ich verstehe das gut. Er fuhr ganz nah an mich heran und lief dunkelrot an und rief mir diesen Satz zu: Es ist offensichtlich, dass Gott nicht alle gleich liebt!

Dann gab er volle Kraft voraus Richtung Norden zu den Rücken, wo er auch nichts fing.

Gott liebt nicht alle gleich. Was, verdammt, hat Gott mit dieser Sache zu tun? Man könnte glauben, die alte Zeit sei wieder angebrochen, in der es einfach Gottes Strafe war, wenn Vulkanausbrüche und Hunger das Leben in ganzen Landstrichen ausradierten. War das dann Gottes Strafe für Kalli oder Gottes Gnade über mir? Und was für ein Gott ist das, der wie ein fetter Bankdirektor im Himmel sitzt und mit dicken Fingern auf die Menschen zeigt und sagt: Du bekommst etwas, du nicht, du darfst, du nicht, vielleicht du – wenn du brav bist, aber du überhaupt nicht? Und wenn das so ist, ist es dann nicht in Wirklichkeit Gott, der den Menschen eine Fangquote gibt, und wir, die wir solche Unmenschen sind und solche Unquotenmenschen, haben keine Quote aus dem einfachen Grund, weil Gott uns nicht liebt? Was für ein verdammter fetter und unbarmherziger Gott ist das, der ein paar herauspickt. Ich errichte ihm einen Schandpfahl auf dem Berggipfel.

Ja, ich mache mir Sorgen um Kalli, und Kalli macht sich Sorgen wegen der Schulden, aber könnte es nicht sein, dass da im Hintergrund, ganz weit weg, ein besserer Gott ist, der sich um uns beide Sorgen macht und uns Gutes will und sagt, dass wir wichtige Menschen sind mit Gefühlen, auch wenn wir nur quotenlose Verlierer sind, die nichts anderes besitzen als Schulden?

Die erste Kurzgeschichte

Nordoststurm und ekelhafte Unwetter in den letzten Tagen und nichts als tödliche Faulheit in meinem Blut. Wir aßen am Sonntag Lammrücken und ich empfand eine Art Schuld und ein Bruchstück aus der Rede von Snægrímur, dem Dichter, echote in meinem Inneren – darüber, dass Schafe genauso viele Rechte hätten wie Menschen. Ich versuchte, das vor mir zu rechtfertigen, und kam zu dem Ergebnis, dass, wenn ich keine Schafe äße, es keine Schafe gäbe. Denn was sollten die Menschen mit Schafen anfangen, die auf den Hauswiesen Blumen und Büsche fressen, wenn niemand sie äße? Und ist nicht eine kurze Existenz für die Lämmer besser als gar keine Existenz?

Und kann es nicht sein, dass Gott irgendwelche Viecher geschaffen hat, zum Beispiel Schafe, damit alle etwas zu essen haben?

Ich schaffte es zwischen den Sturmböen in das Haus des Lesevereins, das ist ein grauer Zementklotz hinter dem Giebel des Schlachthofs, gegenüber dem Laden der Genossenschaft. Vor dem Eingang dieses kleinen Hauses befindet sich eine sicher um die 50 Tonnen schwere, massive Betontreppe, als hätten die Leute gedacht, dass in den nächsten hundert Jahrhunderten tausend Personen täglich in die Bibliothek gehen würden. Ständig erinnert dieses Haus einen daran, dass die Leute in ihrem Leben mehr haben wollen als Schlachthof und Geschäft. Sogar die Bauern auf dem Land, im äußersten Norden Islands im Jahr

1900, legten Geld zusammen und bestellten Zement, damit sie rund um alle Bücher des Lesevereins herum ein Haus bauen könnten, sodass die Leute von den Höfen hierherkommen und Antworten auf ihre Fragen bekommen würden, warum sie auf der Welt seien, wann die Türken gekommen seien und aus welchen Ländern die Landnehmer aufbrachen. Dort findet man allerdings nicht die neuesten Strömungen aus der Welt der Literatur. Ich glaube, das jüngste Buch sind die Erzählungen von Árni Óla aus dem Jahr 1955, aus jener Zeit, als der Hneitistaðirbezirk begann, seine Einwohner nach Süden in die Seligkeit Reykjavíks zu verlieren. Aber obwohl die Menschen fortzogen, ließen sie doch die Bücher zurück, wie Souvenirs ihrer Existenz.

Vor ein paar Tagen zeigte ich Snægrímur, dem Dichter, die kleine Bibliothek, und er lachte und machte Scherze und sagte »gibdirdasalter!«, während er die Bücher aus den Regalen zog und offensichtlich ergriffen war, und so habe ich mir Dichter immer vorgestellt: leicht angerührt. Ich zeigte ihm das Seehundfellbuch mit der eigenartigen Typographie, in dem sie über »tattuo« in den Indioländern schreiben, das dürfte dasselbe sein wie Tätowierungen, denn da steht, dass »das Fleisch mit Nadeln gepiekt wird und Farbe in die Wunden gerieben«. Das fand Snægrímur kunstvoll formuliert.

Da überkam mich die Idee, mich an einer Kurzgeschichte zu versuchen. Sie sollte von Männern in einem Fischerwohnheim handeln, die aufs Meer hinausfuhren, aber Millionen verdienten, weil sie bei

Unwetter Treibholz zersägten. Die Geschichte begann so:

Obwohl die Winde über das Firmament rasten,
berührten unsere Zehen nie den Himmel.

Weiter kam ich nicht. Ich schien im Kopf ganz unbeweglich zu werden, dann verengte sich meine Brust und ich schaffte es einfach nicht, das festzuhalten, was in der Geschichte vorkommen sollte.

Das heißt, die Ideen kamen haufenweise, wie wenn man auf einen Fischschwarm trifft, aber ich konnte sie nicht brauchbar ordnen. Eine der Hauptpersonen sollte vom Fischen leben und erzählen. Dann machen Nachrichten von einem wildgewordenen Zwergwal in der Bucht die Runde, der auf den Kielen der kleinen Boote reitet und Leben fordert, und da ist Gefahr im Verzug. Eines Tages findet einer der Fischerboot-Eigentümer den Zwergwal tot und von Gasen so aufgebläht, dass er auf der Oberfläche dahintreibt, und er bindet ein Seil um die Fluke und zieht ihn an Land. Da bricht Freude aus im Fischerwohnheim und alle helfen zusammen, den Wal zu zerteilen, und dann ist da ein guter Koch, der alle zum Essen ins Gemeindezentrum einlädt, und der Rest wird nach Japan verkauft für zehntausend Kronen das Kilo, sodass der Mann Millionär wird.

Danach ereignen sich seltsame Dinge, und Menschen machen alle möglichen Fehler und Dummheiten. Alle bis auf den Erzähler. Er ist nämlich Dichter und Vegetarier, sodass er nicht von dem Zwergwalfleisch gegessen hat. Die Leute beginnen Hunde aufzuhängen und schlagen in nüchternem Zustand aufeinander ein, und eines Abends sieht der Erzähler durch ein Fenster im Konferenzraum, wie der Leiter der Genossenschaft eine Peitsche schwingt, und die Damen der Genossenschaft sind in Glanzleder und Ketten gekleidet und er ruft: Beugt euch vor, ihr Mösen!, und sie sagen: Danke, danke, o, Baby, und die Männer fahren in ihren Autos ins Meer und lassen Fischcontainer in die Boote fallen und kreischen, wie sie das nie zuvor getan haben.

Dann ereignen sich viele Erdbeben am Eingang des Fjords und dadurch entsteht eine gewaltige Meereswelle, die beim Fischerwohnheim an Land knallt und alle Mann mit sich auf das offene Meer reißt. Nur nicht den Dichter. Denn der war oben in den Bergen beim Beerensammeln. Denn er ist Vegetarier.

Als Nächstes wird berichtet, wie das Fleisch auf einem großen internationalen Fest landet, zu dem der japanische Präsident eingeladen hat. Dort sind viele Menschen und unter anderem der Kaiser von China und der Ministerpräsident von Indien und da sind alle baff und es läuft ihnen das Wasser im Mund zusammen auf das Dessert, nachdem sie von dem Zwergwalfleisch gegessen haben, und es bricht ein Krieg aus, denn die Menschen halten das für einen Anschlag, und das führt dazu, dass die Toten aus der Erde steigen, ohne Unterkiefer, und schwarzen Schaum auf die Menschen dort spucken, und die Heilige Dreifaltigkeit kommt vom Himmel herab und hält eine Abendandacht, sodass alles ruhig wird.

Die Haushälterin kommt

Wir sind vier Tage hintereinander hinausgefahren, aber jetzt hat der Wind sich auf Nord gedreht und da können wir nicht auf die Fischgründe. In den letzten Tagen hatte es im Übrigen eine schwache Nordströmung gegeben und der Wind und die Strömung hatten sich zu guten Bedingungen vereint. Die meisten von uns ließen sich nach Süden auf den Hámundarrücken treiben, fischten in 30–40 Faden Tiefe, bei mir waren es zirka 600–800 Kilo pro Tag.

Sie ist angekommen.

Dósi holte sie heute von der Busstation ab und fuhr sie hierher nach Norden. Ich war verdammt schüchtern und huschte in das Packhaus, als ich sie in Dósis Pick-up sah. Sie ist so hübsch. Sie hat blonde Haare, zu einem Zopf zusammengebunden. Das Gesicht ist so zart, nur die Lippen sind herrlich voll. Ich nahm mich zusammen und ging in das Wohnheim, um diese neue Haushälterin zu begrüßen, und tat, als wäre alles normal. Sie lachte mich ein wenig aus, als sie sah, wie schüchtern ich war, und das entspannte die Atmosphäre nicht im Geringsten. Aber jetzt ist es leichter geworden, und es gelang mir, beim Abendessen ein wenig mit ihr zu flirten. Ihre erste Aufgabe war es, Seehundfleisch zu kochen, und da sagte sie, sie habe nicht gewusst, dass man so etwas essen könne. Ich entgegnete, dass hier nichts anderes als Seehundfleisch gegessen würde und die letzte Haushälterin beim zwölften Seehund aufgegeben hätte. Da lachten wir alle, und ich bin mir nicht sicher, dass sie den Witz an der Sache verstanden hat. Sie telefoniert ständig, seit sie da ist.

Die Ankündigung

Unwetter aus Norden und der Himmel ist bleischwer.

Es ist, als habe mein Leben all sein Gleichgewicht verloren, seit das geschehen ist. Es gibt mir nichts mehr, die Unwetterwolken über dem Fjord zu betrachten, so wie ich das gewohnt war. Ich meine, seit dem Tag, als die Frau des Gemeindevorstehers die Ankündigung in der Auslage des Genossenschaftsladens angebracht hat:

Hochsommertanz im Gemeindehaus
des Hneitistaðirbezirks
Die einzigartige und stets beliebte Rockband
Guðmundur und Freunde spielt zum Tanz auf.
Eintritt: 800 Kronen. Altersgrenze: ab 16 Jahren.

Seit die Ankündigung aufgehängt wurde, hat es im Geirmundarfjörður keine Ruhe mehr gegeben. Ich habe Magenschmerzen, und obwohl es noch eineinhalb Wochen sind, bis das Fest stattfindet, bin ich sowohl angespannt als auch völlig abgelenkt, denn das Einzige, das mich beschäftigt, ist diese Tanzparty.

Ich habe in meinen Tagträumen auf See vor mir gesehen, wie wir uns Wange an Wange wiegen, und an Land sehe ich uns beide zu dröhnendem Rock tanzen und wir umarmen uns und nach dem Fest gehen wir gemeinsam der blutroten Mitternachtssonne entgegen. Wir zwei auf dem Weg und nur der Gesang der Vögel ist erwacht und das Brausen der Wellen, das einem sagt, dass man den Aufbruch aufs Meer versäumt, Kuss, und so weiter.

Ich habe es trotzdem noch nicht geschafft, sie zu fragen, ob sie auf die Tanzparty geht, aber das wird ja wohl der Fall sein. Ich sah, dass sie gestern Wäsche aufhängte, verbarg mich aber hinter dem Schuppen. Sie hatte so weiche Bewegungen und ihre feinen Hände sind ziemlich süß. Ihre Haare waren zum Teil zusammengebunden, aber ein paar Strähnchen spielten im Sonnenwind, und sie hatte ein Sommerkleid an mit diesen Blumen, und man konnte die Spalte zwischen ihren Brüsten sehen. Ihre Brüste sind unbeschreiblich. Ihre Brüste sind vollkommen. Ich meine, sie haben diese natürliche Kurve einer Welle. Ohne bedrohlich zu sein.

Ich bitte Gott im Himmel, mir den Mut zu geben, ihr zu sagen, dass ihre Finger süß sind und dass ich ein bisschen in ihre Haare verliebt bin und ein wenig in ihre Nase, und in sie, die auf dieser kleinen Kugel ist, die Erde genannt wird, in einem winzigkleinen Land in einem winzigwinzigkleinen Fjord, ja, da steht sie, und ist so klein und erfüllt dennoch ein ganzes Universum mit Duft und Hoffnung. Und hängt weißes Leinen zum Trocknen auf.

Ein paar Worte über die Zuneigung zur Haushälterin

Drei Tage lang eine massive Süd- und Südwestfront mit steifer Brise draußen an den Schären. Wir versuchten gestern, die Leinen etwas weiter draußen auszulegen, aber dort war keine Ruhe. Die Fjordeinströmung war schräg zum Wind mit Wellen aus allen Richtungen wie in einem Siedepott. Die Leinen trieben sofort neben dem Boot und alles verhedderte sich, wenn man nur einen Augenblick die Spule vernachlässigte. Bei diesem Geschaukle bekam man nicht eine Fischgräte an Bord, sodass die meisten von uns kurz nach Mittag an Land zurückgekehrt waren.

Als ich gestern auf Höhe der Mole war und auf das Meer hinausbiegen wollte, blockierte mein Steuer. Die beiden hinteren Bolzen der Steuerpumpe waren weggerostet, sodass der Arm schiefen Druck bekam und die Pumpe aussetzte. Ich schaffte es, eine kleine Zwinge am Arm anzubringen, sodass ich wenigstens fischen konnte, aber ich machte mich gleich an die Arbeit, sobald ich an Land war. Die Haushälterin hatte Salzfleisch mit Kartoffeln gekocht, aber ich sagte ihr und Ebbi, dass ich lieber meinen Proviant essen würde, wenn mich der Hunger überkäme.

In Wirklichkeit wollte ich nicht hinauf ins Fischerwohnheim – ihretwegen. Ich gehe ihr seit einiger Zeit aus dem Weg! Ja, es ist furchtbar. Ich weiß jetzt, dass es nur noch drei Tage bis zum Fest sind, und ich weiß immer noch nicht, ob sie überhaupt zu diesem Tanz gehen wird! Natürlich sollte ich sie einladen. Raffe mich einfach nicht dazu auf. Am besten wäre es natürlich, in Ruhe mit ihr zu sprechen, nicht immer in brachialen Scherzen, wenn die anderen dabei sind. Also fuhr ich gestern Abend mit Bensis Lada zur steinigen Ebene hinauf, um meinen Geist leer zu machen.

Die Küstenseeschwalben pickten mich am Kopf und hatten verdammt noch mal keine Angst. Diese winzigen Geschöpfe, die nichts sind als Geschrei. Und ich habe nicht einmal den Mut, ein junges Mädchen aus Reykjavík zu fragen, ob es auf die Tanzparty im Dorf geht.

Die Haushälterin wird befragt, ob sie auf die Tanzparty geht

Hoch aus Süden, dunkel im Fjord.

Wie eine Regenwolke, die sich auf die Bergkämme senkt und sich verliert, habe ich mich verloren, seit sie gekommen ist. Es wird nicht leichter, je näher das Fest heranrückt. Zuerst war ich so fröhlich und gut aufgelegt in ihrer Nähe und machte Scherze, aber nachdem ich zu diesem Strand wurde, an dem sich jede Welle bricht, der ein Gedanke an sie ist, bin ich nicht mehr ich selbst. Ich bin nur mehr dieser Strand gewesen.

Außerdem gehe ich in meinen Tagträumen immer weiter, ich gebe es zu. Wir beginnen uns zu lieben, im Gras unter dem Abhang des Gvendarfelsens, und ihre Brüste wippen auf und nieder und ich treibe mich in sie und es ist Sonnenwind aus Westen und sie umarmt mich, und ich, sie und die Erde werden zu einem Einzigen. Nein, sie und die Erde fließen zusammen und lassen mich in ihre Güte ein und schauen mich mit wohlwollender Verwunderung an.

Ich beschloss gestern Abend, sie in der Küche abzupassen. Ich wollte sehen, ob sie, nach Ende des Fernsehprogramms und sobald die anderen auf ihre Zimmer gegangen wären, dorthin käme. Jetzt ging es um alles und mein Verdacht erwies sich als richtig. Sie kam in die Küche, um zu rauchen.

Du hier! Bist du noch nicht im Bett?

Ich sagte, ich sei noch nicht müde, und zündete mir eine Zigarette an, doch bevor ich ihr noch von dem frisch aufgebrühten Kaffee anbieten konnte, rannte sie mir davon, um mit irgendeiner Freundin zu telefonieren. Es wurde für mich immer schlimmer, je länger ich wie ein Vollidiot auf sie wartete. Schließlich kam sie in die Küche zurück, setzte sich und nahm sich Kaffee. Dann wurde es wirklich kompliziert. Verdammte Scheiße. Ich weiß nicht, was zum Teufel da passiert ist; ich bekam Angst und zog mich in meine Schale zurück wie eine Schnecke in ihr Haus. Genau in dem Moment, als ich eigentlich herauskommen und aufblühen sollte. Ich hatte vorgehabt, in herzlichem Ton mit ihr zu plaudern, aber mein Herz war wie ein morscher und wurmstichiger Treibholzprügel, der keine Antwort zu geben wusste. Diese Sache wird immer dümmer! Ich zog die Augenbrauen zusammen und verlor meine Persönlichkeit wie einen dicken Kabeljau, der ins tiefe Wasser abhaut. Ging quer wie eine Krabbe.

Sie fragte, ob ich irgendwie gestresst sei wegen irgendetwas, aber ich verneinte sofort. Da hatte ich diesen lächerlichen Einfall, ihr Fotos zu zeigen, davon, wie ich vorletztes Jahr das Boot länger machen ließ, und Fotos von großen Fischfängen, als ich mit der Leine dreieinhalb Tonnen fing.

Ich schoss in mein Zimmer, um das Album zu suchen, aber als ich zurückkam, saß sie schon wieder am Telefon. Als sie dann wieder in die Küche kam, zeigte ich ihr die Bilder und sagte, wie viel stabiler das Boot bei starker Dünung sei, seit ich es länger machen hatte lassen, und wie gut sich die Schlingerbords machten. Von ihr ging ein süßlicher Duft aus, wie in einem Süßwarengeschäft in Reykjavík, ich nahm ihn wahr, als sie hereinkam. Bald begann sie zu gähnen und sagte, sie sei müde und mache sich auf ins Bett. Gehst du auf die Tanzparty?, fragte ich, aber sie lachte nur kurz auf und sagte, sie wisse es noch nicht – vielleicht, und dann Gute Nacht und fertig, aus.

Und ich bin selten so allein gewesen im Universum, wie ich da in der Küche vor den Fotos meines Bootes saß und den Fotos vom Fischefangen, und mir kam das alles lächerlich vor und eigentlich war es mir egal und alles scheißegal.

Ach, was für eine Riesendummheit in mir. Nein, ich werde nichts von ihr erwarten. Dennoch ist in mir eine bösartige Natur. Ist die Liebe vielleicht bösartig? Nein, kein Jammern. Ratlosigkeitsgejammere. Ich habe genug Zeit. Habe ich vielleicht alles zerstört? Ich schaffe es nicht, ihr entgegenzustrahlen.

Der Tag vor der Tanzparty im Dorf

Aus Norden hart trieb er heran
Gewaltig härter ward' er.

Bei den Frauen müsste man das Gleichgewicht halten wie auf den Wellen. Die Worte Gusis echoten noch in meinem Kopf. Ich besuchte ihn gestern auf Neshólmar und erzählte ihm ohne Umschweife von dem Desaster mit der Haushälterin. Es war gut, mit Gusi zu reden. Er zeigte mir, wie sich ein Mann in einer solchen Situation seiner Kleinheit bewusst werden muss, und wie wichtig es ist, sich selbst treu zu bleiben.

Wenn sie bereit ist, zu laichen, wird sie auf den Grund sinken und dich zu sich rufen, da kannst du dir sicher sein. Gusi weiß, was los ist. Ich müsste nur zeigen, wie es um mich stand, und dass ich bereit wäre, sie mit offenen Armen aufzunehmen, und auch, wenn ich nicht genau wusste, was Gusi meinte, weil ich total leer war im Kopf, seit sie da ist, glaubte ich doch zu verstehen, was er sagte.

Am späten Nachmittag wurde das Wetter besser und die Wolkenbänder rissen auf wie mein Gemüt und man sah den blauen Himmel hindurchstrahlen. Jetzt beginnt bald das Fest und Dósi brachte die Brennivínflaschen und die Bierkiste, die er mit dem Bus aus Reykjavík geholt hatte. Ich saß im Zimmer und blickte auf den Fjord hinaus und dachte mir, dass ich jetzt hinübergehen sollte, um an ihre Tür zu klopfen und sie zu den Wolken einzuladen.

Den Wolken?, würde sie wiederholen, im Gesicht ein einziges Fragezeichen, und da würde ich sagen, ich hätte uns einen Föhnfisch gesattelt und wir sähen in das Tal, wo wir schnell würden, und das Blau wäre über uns und ich hätte Sporen an den Stiefeln und wir würden sehen, wie die Sonne ihr Licht in die Berghänge weint und die Winde zärtlich in ihrer Freude die blauen Seen streichen, und rotumfelste Wolken wären um uns herum und dann lächelten wir einander unsere innersten Gefühle zu, sodass wir nichts anderes brauchten auf der Welt. Ja, nichts.

Die Tanzparty im Dorf

[Ich sehe, dass in der Erzählung von Halldór an dieser Stelle ein großes Loch klafft, und fühle mich gezwungen, ein paar Worte über die Tanzveranstaltung im Dorf einzufügen, die sowohl schicksalhaft wie berichtenswert war.

Es bleibt auf den vergangenen Seiten kein Geheimnis, dass Halldór sehr daran gelegen war, dem Mädchen seine Zuneigung zu zeigen, und wurde nicht auch über die Magd von Gísli auf Gröf behauptet, dass sie alle Männer verrückt gemacht hätte?

Es wird erzählt, dass Halldór auf dem Fest nach einer guten Gelegenheit zur Aussprache gesucht, aber die gegenständliche Haushälterin ihm ausgekommen sei und der Anwesenheit anderer Herren aus dem inneren Fjordbezirk mehr Aufmerksamkeit geschenkt habe. Sie trug einen Rock und ein enges, rosa T-Shirt, und ihr Busen war so geschürzt, dass er förmlich in die Luft zeigte. Ich habe bemerkt, dass junge Mädchen heutzutage häufig nackt um ihre Körpermitte sind, sodass man den Bauch sehen kann. Das hätte in meiner Jugend als unmöglich gegolten, aber das ist eine andere Geschichte. Aber genau so war Brynja, die Maid aus Reykjavík, gewandet. Ich traf sie, als ich in der Nacht einen Kontrollgang machte.

Ebbi sagte, er sei dabei gewesen, als Halldór endlich zu ihr ging, und da sei er schon ziemlich angeheitert gewesen. Halldór sagte, er wolle mit Brynja, der Haushälterin, in einer Blumenwiese Liebe machen, hier zitiere ich Ebbi, den es amüsierte, am Liebesleben seines Kollegen Anteil zu nehmen.

Sie antwortete und fragte ihn, ob er irgendein Perverser sei und ob er wirklich glaube, dass sie Interesse an irgendeinem Küstenfischer mit Motorboot hätte. Das sind harte Worte, wenn Ebbi sie korrekt wiedergegeben hat. Ebbi sagte, er habe gesehen, wie sich Halldórs Miene danach verfinsterte. Jener habe danach noch schneller getrunken und, als sich das Fest dem Ende zuneigte, die Haushälterin an sich gerissen und gesagt: Du nimmst dein Gesicht nicht von meinem inneren Auge. Darauf fragte sie ihn, ob er das alles vor dem Spiegel geübt habe, und wollte dem beklagenswerten Halldór kein Stück entgegenkommen.

Polizeiinspektor Friðrik aus dem inneren Fjordbezirk sagte mir, er habe Halldór noch nie so betrunken und unkooperativ gesehen. Als ich um etwa vier Uhr kam, um sicherzustellen, dass das Gemeindezentrum geräumt und verschlossen war, war die Schlägerei bereits überstanden, und Halldór saß in Handschellen im Polizeiwagen. Er hatte eine aufgesprungene Lippe, sein linkes Auge war geschwollen und sein Hemd zerrissen und blutig. Das ist es, was der verdammte Schnaps aus den Menschen macht. Ich sage nicht mehr hierzu.

Halldór hatte offensichtlich irgendeinen ortsfremden Mann angegriffen, mit dem das Mädchen geflirtet hatte, wie Ebbi berichtete, aber Bensi und die anderen sagten, dass die Leute aus dem inneren Fjordbezirk zuerst auf Halldór losgegangen seien, als dieser seine Herzensangelegenheiten mit der Haushälterin besprechen wollte. Sie waren drei gegen einen, sagte Bensi mit einem gewissen Ausdruck der Bewunderung für die Kräfte Halldórs, und es sei schwierig gewesen, zu sehen, wer gewonnen hätte. Snægrímur, der Dichter, kam dazu und versuchte, die Streitenden zu trennen, doch er endete auf dem Tisch und riss im Fall die Brennivínflaschen mit. Er schnitt sich jedoch nicht an dem Glas. Kalli sagte, die Leute aus dem inneren Fjordbezirk hätten in Halldórs Händen gezappelt wie riesige Kabeljaus, bis sich die Band geweigert habe, die Schlägerei musikalisch zu übertönen, und Bergsveinn, der Türsteher, eingegriffen hätte. Es gelang mir, Halldór auszulösen, und ich nahm ihn zu mir mit nach Hause und Bensi und ich trugen ihn ins Bett - schwer gezeichnet vom Alkohol, der Schlägerei und der Haushälterin.]

Nach dem Fest

Heiteres Wetter mit südlicher Strömung. Hatten heute eine gute Tour, ich zirka 1250 Kilo. Legte auf dem Geirmundarrücken aus und in der Bucht.

Was ist diese Haushälterin eigentlich? Eine Handvoll Brüste und Augen, in denen Ungeheuer wüten. Verdammt noch mal! Vielleicht ist sie voll von schwarzem Schaum, so wie Freud es lehrte? Jedenfalls spie sie mir nichts als Elend ins Gesicht. Vielleicht hat Freud ja bösartige Haushälterinnen untersucht und ist so zu seinen Lehren gekommen. Vielleicht besitzt sie kein Herz. Vielleicht und zum Teufel ja, vielleicht!

Sie behandelte mich mit einzigartiger Arroganz und dann nannte sie mich irgendeinen Küstenfischer, so als gehörte ich nicht zur Welt der Menschen. Ich habe noch nie so eine Scheiße erlebt. Abgesehen davon, liegt diese Tanzparty im dichten Nebel, vor allem das Ende. Da hat es wohl eine Schlägerei gegeben und ein paar Wortgefechte, zumindest habe ich mir ein blaues Auge eingehandelt, aber das ist ja jetzt alles sowieso vorbei. Ich spüre, dass ich in mir dieses Fieber habe, seit ich von dem Tanz erwacht bin. Einen Wirrwarr, den ich nicht loswerde. Ich möchte Steine zerkauen wie der Katfisch, möchte über Wollgras rasen, bis sich die haarigen Köpfe vor Schrecken biegen.

Ehrlich gesagt, habe ich die Hoffnung aufgegeben, dass irgendwann irgendeine Frau ein Auge auf mich werfen wird, einen selbstständigen Küstenfischer mit einem Motorboot in einem mausetoten Fjord am nördlichen Polarkreis, einem verdammten Wetterloch aller Winde.

Vielleicht besuche ich beim nächsten Unwetter den Pfarrer.

Die Haushälterin geht

Hatten gute Fangtouren. Entlang der Bucht. Bei mir so zwischen 700 Kilo bis zu einer Tonne pro Tag. Gestern schwerere See, der Wind drehte kurz nach Mittag auf Nord und die Seehunde lagen mit schlaftrunkenen Augen zwischen den Treibholzstämmen. Dichte, tiefe Wolkendecke, fast windstill, wenig Regen. Graue Wolkenhaufen.

Was für eine verdammte und unverzeihliche Dummheit! In den letzten Tagen hatte sie alle Hände voll zu tun, zu backen, Tag und Nacht, und Bensi und Ebbi kamen nicht mehr nach damit, ihr Schokolade, Marzipan und Mehl aus dem Laden zu bringen und sie dazwischen für ihre Tüchtigkeit zu bewundern. Dann schlichtete sie das ganze süße Zeug in die Tiefkühltruhe, und vorgestern, als sie den halben Monat ausbezahlt bekam, wie sie gefordert hatte, war sie verschwunden, und die Tiefkühltruhe war leer. Verdammte Kuh. Sie hat uns alle zum Narren gehalten. Und Dósi war so blauäugig, dass er ihr sogar half, die Kuchen in Schachteln zu packen, sodass sie fast die ganze Ladefläche des Pick-ups füllten. Dann fuhr er sie zum Bus drinnen im Fjord. Als wir kurz nach Mittag heimkamen, war da nur ein Zettel auf dem Küchentisch:

Bye, bye und vielen Dank. Jetzt muss ich euch verlassen (habe nämlich die Wette mit meiner Freundin gewon-

nen). Hoffentlich geht es euch gut beim Fischefangen. Habt einen netten Tag.

Brynja

So war das also. Na, großartig. Jetzt, wo ich sie los bin, geht es mir gleich besser. Verdammt noch mal. Wie gedämpft alles ist und wie freudlos. Alles nur noch Stinkebucht und verrotteter Seetang. Es liegt nichts vor mir. Ich habe keine Lust mehr weiterzuschreiben. Das tu ich dir nicht an, mein armes Tagebuch, dich vollzujammern und vollzulabern. Du hast mir ja doch nie etwas getan.

Ein paar Worte über eine depressive Phase

[Es ist offensichtlich, dass Halldór es ganz unterlässt, von den schwermütigen Tagen nach der Abreise der Haushälterin zu erzählen. Ich finde es richtig, ein kurzes Kapitel einzufügen, um zu zeigen, dass das Leben hier keine ununterbrochene Aneinanderreihung von Glückstagen ist. Die Männer sind traurig, hier genauso wie in anderen Gegenden. Wir hatten Zeiten von schlechtem Fang, der Westwind zwang uns, an Land zu bleiben, und die Haushälterin war, wie gesagt, abgereist.

Allen fiel auf, wie schwer Halldór es nahm. Er ist der jüngste Mann und der hübscheste in diesem Fischerdorf und ich glaube, dass es mir erlaubt ist, zu sagen, dass wir alle stolz auf ihn sind und froh, dass er sich hier auf dem Boden der Vorfahren niedergelassen hat. Er hat mütterlicher- wie väterlicherseits beste Anlagen, aber genug davon. Natürlich braucht er eine Frau, aber ich glaube, dass er diese hier sofort hätte ziehen lassen müssen. Ich fand immer, dass sie sich aufführte wie ein unreifes Fohlen.

Ich befand mich an dem Abend, als Halldór sich früher schlafen gelegt hatte, im Fischerwohnheim. Man kommt natürlich ab und zu auf einen Kaffee vorbei und hört, wie es den Fischern geht. Sie hatten sich an diesem Tag vor dem Unwetter beeilt, an Land zu kommen, und die meisten waren niedergeschlagen. Auf dem Küchentisch lagen Trockenfisch und Seehundspeck und der Geruch des Seehundspecks mischte sich in die Küchengespräche von Ebbi und Bensi darüber, ob es besser sei, ein Echolot mit Papierschreiber oder ein Bildschirmecholot im Boot zu haben. Ebbi hatte erst neulich in einen Farbbildschirm aus Reykjavík investiert, ihn aber nicht anschließen können, und dass die Anleitung auf Englisch war, half auch nicht, denn das kann hier keiner so richtig.

Bensi sagte, das sei reine Geldvernichtung gewesen und das einzig Wahre sei, die alten, einfachen Papiermessgeräte zu verwenden, die man leicht bedienen und selbst reparieren könne. Ebbi hielt dagegen, dass Bensi bald nirgendwo mehr Papier für seinen Tiefenmesser bekommen würde, dieser veraltete Schrott würde nicht mehr hergestellt, und er sei sowieso in der alten Zeit stecken geblieben. Bensi sagte, er könne genauso gut Klopapier für sein Messgerät verwenden, er bekäme wenigstens mehr Lotwerte auf sein Scheißhauspapier als Ebbi auf seinen toten Bildschirm.

Halldór war schweigend dagesessen und hatte gegessen, aber dann hatte er sich plötzlich vom Tisch erhoben, geräuspert, als müsse er einen Frosch im Hals loswerden, und gefragt: Warum müsst ihr immer so gegensätzlich sein?

Bensi und Ebbi sahen erst einander verwundert an und dann zu Halldór: Was meinst du mit gegensätzlich?

Ich meine das, was ich sage: gegensätzlich, uneinig. Ihr könnt nie auch nur über irgendeine Sache einer Meinung sein. Verdammt noch mal, fügte er hinzu, ihr seid wie Retour- und Vorwärtsgang, wenn einer losfährt, fährt der andere rückwärts, und so ist das ein endloses, verdammtes Auf-der-Stelle-Treten, so lange, bis man krepiert.

Mein lieber Halldór, antwortete Ebbi mit einem Ausdruck von Verwunderung und sah ihn mit einer gewissen Unterwürfigkeit an, wir besprechen die Dinge doch nur.

Bensi war das jedoch peinlich und er schwieg wie ein nordischer Mann (es ist schon berichtet worden, wie sehr er Jón Sigurðsson, dem Freiheitskämpfer, ähnelt). Nun ja, plötzlich geriet Halldór in Rage, dass es ärger nicht ging, und sagte, jetzt reiche es, die beiden hätten doch eher über die Haushälterin reden sollen, die sie alle zum Narren gehalten hätte. Dann sprach er die folgenden harten Worte, die danach noch lange in der Luft hängen sollten: Ist das der Kern des Lebens hier heroben: zwei Küstenfischer in einem mausetoten Fjord, stinkend wie ersoffene Kormorane, die einander dauernd widersprechen?

Dann schoss er in sein Zimmer und knallte die Tür hinter sich zu. Wir wussten, dass jeder Versuch, ihn jetzt anzusprechen, sinnlos war. Das hätte nur den gegenteiligen Effekt gehabt. Er war so empfindlich wie das schwache Flämmchen einer Kerze geworden, und er hat mir später ja auch im Vertrauen gesagt, dass er allen Lebenswillen verloren hatte. Halldór blieb über eine Woche lang in seinem Zimmer und kam nur bei Nacht heraus, um zu essen, und die anderen achteten darauf, vom Abendessen immer etwas in der Mikrowelle zurückzulassen. Es hatte zwischendurch immer solche Tage bei Halldór gegeben, aber das war ungleich ärger und traurig, zu sehen, wie diese blöde Stute aus Reykjavík ihn in eine Depression gezwungen hatte, die von allerhand Selbstzweifeln begleitet wurde.]

Der Pfarrer wird heimgesucht und Aufmunterung auf Hneitistaðir

Im Westen braute sich am Donnerstagabend etwas zusammen, und es gab steile Wellen in den Buchten. Die Böen rissen Gischttürme aus dem Fjord, und wenn es am ärgsten war, dann fiel der Wind zwischendurch ab und sammelte Kräfte, dann ein neuer Windstoß, und die Wolken rasten über den Himmel wie Autos, die zum Kaffeekränzchen im Frauenverein unterwegs sind. Warm.

Es ist wohl schon eine Weile her, dass ich beschlossen hatte, den Mann des Geistes, den Pfarrer, zu besuchen. Ich wollte jemanden, der mich verstand, jemanden, der zuhörte, und endlich tat ich es und fuhr mit dem Lada von Bensi hinaus.

Manche finden, dass dieser Pfarrer ein seltsames Geschöpf unter der Sonne ist, und das kann man auch aus seinem Namen ablesen, der sich aus den Wörtern »Sól«, Sonne, »m« und »undur«, Wunder, zusammensetzt. Der Pfarrer ist irgendwie weder noch. Er ist weder jung noch alt, weder männlich noch weiblich, nicht Gott und auch nicht ganz Mensch.

Ich kann mich an eine Antwort des Pfarrers erinnern, als Gulli, ein Küstenfischer von weiter drinnen, eines Frühlings von hier aus auf Seehasenfang ging. Gulli war ganz in Ordnung und immer sauber und gepflegt. Rauchte nicht und trank nicht und es kam einem vor, als sei er von einem anderen Stern.

Eines Tages, als der Pfarrer am Ende des Piers stand,

um sich frischen Fisch zu besorgen, gekleidet in einen gelben Damenmantel, der von einer Vogelscheuche stammte, darüber trug er eine Jacke und Ohrenschützer auf dem Kopf, da fragte Gulli, wer das denn eigentlich sei, denn ein Pfarrer konnte das nicht sein. Der Pfarrer dürfte hingehört haben, als Gulli seine Beleidigung ausstieß, denn er drehte sich zu ihm und rief vom Ende des Piers, dass er eine einzige offene Wunde sei, und du – du bist das Salz der Erde, sagte der Pfarrer und starrte auf Gulli.

Gullis Meinung über ihn besserte sich auch nicht, als wir ihm ein paar harmlose, lustige Anekdoten über den Pfarrer erzählten, wie zum Beispiel von damals im Herbst, als er die Trockenfischproduktion beschleunigen wollte. Da hatte er sich ein großes Hitzegebläse organisiert und von uns einen Haufen Katfisch und Schellfisch bekommen und wollte immer noch mehr. Es ist nämlich so mit unserem Pfarrer, dass er manchmal sehr gerne reich werden möchte, und es dann wirklich darauf anlegt. Der Pfarrer nahm den Katfisch aus und hängte ihn auf Holzsparren in sein Wohnzimmer, drehte das Gebläse voll auf und schloss die Tür. Vierundzwanzig Stunden später kam es zur völligen Überhitzung seines Hauses, die Fensterscheiben barsten und das Holz in seinen Türrahmen dehnte sich so aus, dass man die Tür zum Wohnzimmer aufbrechen musste.

Da fragte Gulli, der Mann aus dem Inneren unseres Fjordes, warum man hier so einen Pfarrer hätte, es wäre wohl klüger, sein Pfarrer käme ab und zu hierher nach Norden, um Seelsorge zu betreiben. Ich erinnere mich, dass daraufhin um ihn herum alle in den Booten peinlich berührt waren und zu Boden starrten und der Gemeindevorsteher, der gerade Steingewichte an Seehasennetze hängte, mit ernster Miene in seine Netze blickte und 180 Grad von der Frage weg sprach, wie die Leute das hier so machen, wenn falsch gefragt wird: Und wer, glaubst du, will so einen armen Kerl dann anstellen?

Ich parkte das Auto vor dem Zaun und wurde von Frieden erfüllt, als ich an aufgetürmten Netzkugeln und alten Autowracks vorbeiging.

Der Pfarrer überflog gerade fluchend den Brief irgendeiner Naturschutzbehörde aus Reykjavík, und stieß hervor, dass, wenn er nicht sein Grundstück säuberte, die Behörde dies auf seine Kosten veranlassen würde.

Das sind piekfeine Hämorrhoidenärsche in ihren Büros in Reykjavík, die sich darüber aufregen, dass hier ein paar alte Autos draußen auf der Wiese stehen. Die glauben wohl, das sei das größte Problem der Welt, wetterte er weiter und schaltete die Kaffeemaschine ein. Ein paar alte Autos auf der Wiese, und da wird die Erde wieder froh, wenn wir nur die alten Autos auf der Wiese loswerden. Was für eine verdammte Blödheit. Sie sollten einmal in ihren Herzen aufräumen. Versteht das wirklich keiner, dass alle Qualen der Welt in der Unnatur des menschlichen Herzens beginnen und enden? Die ganze Gesellschaft lebt in einer Schieflage. Warum haut niemand auf die eigentliche Wurzel dieses Problems, statt dem ganzen grünen Umweltschutzblabla? Wagen die Leute es nicht, ihrem eigenen Problem zu begegnen: dem menschlichen Herzen? Nein, Halldór, jetzt trinken wir einen Kaffee.

Der Kaffee war ziemlich stark und der Pfarrer schenkte immer wieder nach und fragte nach dem Fischfang, und ich spürte, wie ich mich innerlich aufregte, weil ich nie auf den Punkt kam. Schließlich versuchte ich, nach dem Gefühl zu greifen, das ich dem Pfarrer anvertrauen wollte, und nicht anders als ein ertrinkender Mann versucht, sich an einem Rettungsboot festzuklammern, sagte ich, dass ich mich in die Haushältergöre verliebt hätte, aber sie habe mich ausgelacht und sei mir aus dem Weg gegangen, sie sei seelenlos wie eine Lachmöwe und hätte mir kein Mitgefühl geschenkt. Dass ich keine Hoffnung mehr hätte, in diesem Fjord jemals irgendeine Frau zu finden, und so weiter.

Aha, sagte der Pfarrer mit der neuen Stimmfärbung, mit der er auch in Messen spricht, und nahm die Füße von dem Treibholzklotz in seiner Küche. Kein Mitgefühl, soso.

Ich weiß jetzt, woher diese Frau kommt. Sie kommt aus der Mitgefühlslosigkeit von Reykjavík und außerdem ist sie ein Erzeugnis der Jetztzeit, die auch lieblos ist. Was für ein Mensch, glaubst du, kommt aus so einer Gesellschaft dort unten in Reykjavík? Dieses Pack, das bei Tag verschwitzt ist vom Stress und dem vielen Telefonieren. Das abends fernsehglotzend da liegt und Pillen gegen die Depression frisst und Schwierigkeiten hat, die Plastikfolie von der Pizza zu reißen! Wie soll aus all dieser Geistlosigkeit ein reines Herz sprießen können? Lass diese Ecstasyschlampen aus Reykjavík in Ruhe, sagte der Pfarrer.

Die Jetztzeit ist einfach ein fetter Idiot, mein lieber Halldór. Du kannst hinunter an den Strand spazieren und auf eine angeschwemmte Tonne einprügeln, das ist genauso ergiebig wie der Versuch, aus der Jetztzeit etwas Intelligentes herauszubekommen. Wir können froh und dankbar sein, dass wir hier sein dürfen.

Da sagte ich, sie habe mir das Herz gebrochen, als sie mich irgendeinen Küstenfischer genannt hätte, als verdiente ich nicht, eine Freundin zu haben so wie andere, sondern wäre auf ewig dazu verdammt, ein Außenseiter zu sein, und dann wurde ich weinerlich, dort an diesem Küchentisch, und spürte meine Stimme schwinden. Ich hätte Warmherzigkeit und intelligente, aufmunternde Worte gebraucht, dass mir einer sagte, dass mit mir alles in Ordnung sei, aber der Pfarrer setzte in derselben Tonart fort:

Armseliger, moderner Mann, der sich danach verzehrt, geilen Sex mit Blondinen zu haben und Geld wie Heu. Der mit leeren Augen auf die Aktienkurse starrt, schwindlig und hirnleer vom Mediengewäsch. Armseliger, moderner Mann, der nicht weiß, dass er genau dort zum Narren gehalten wird, wo er glaubt, sein eigener Herr zu sein, der seinen Träumen folgt, aber nicht weiß, dass sein Traum ein Konstrukt seelentoter Großstadtkinder in Amerika ist. Armseliger, moderner Mann, der weder die Natur kennt noch sein eigenes Seelenleben. Armseliger …

Da stand ich auf und sagte, dass ich nicht hierhergekommen sei, um mir Reden über irgendeine verdammte moderne Zeit anzuhören, und ging hinaus.

Der Pfarrer rief mir hinterdrein, dass man schon draufkommen würde, dass das das Krebsgeschwür sei, wenn man nur tief genug bohren würde, die meisten Menschen wären dabei, sich voneinander zu entfernen und gemein zu einander zu sein. Der Kommerzialismus entziehe den Menschen die Menschlichkeit.

Mir ist es verdammt noch mal gleich, was auf der Welt passiert, sagte ich draußen vor dem Haus, ich brauche deine Hoffnungslosigkeit nicht, ich möchte einfach nur leben und teilhaben an der Welt!

Der Glaube ist dabei, auszusterben, und der Geist siecht dahin in allen Geschöpfen, das muss man verstehen, um die Entwicklung aufzuhalten …, schrie der Pfarrer von den Stufen herunter, aber ich hörte nichts mehr, denn jetzt schloss ich die Autotür. Da saß ich einige Zeit und es ging mir schlecht, kein Zweifel, und ich wollte aussteigen und etwas sagen, um den Pfarrer zum Schweigen zu bringen, aber ich fand die Worte nicht. Als ich darüber nachdachte, spürte ich in mir, dass etwas an diesem Augenblick verbogen war, es war eine Art Schieflage in der Luft, die ich nicht ausgleichen konnte. Ich blickte zurück und da stand dieser sogenannte Seelsorger immer noch auf dem Platz vor dem Haus, schweigsam, mich aus schwarzen Augen anschauend, die von den tiefen Schatten der Schlaflosigkeit umrandet waren, wie ein erhitztes Tier, das bereit ist, zuzubeißen. Oder vielleicht eher ein wenig hilflos ist. Oder beides auf einmal.

Ich schüttelte den Kopf und startete das Auto und war verdammt noch mal froh, wegzukommen. Ich fuhr den Weg entlang zur Abzweigung Richtung Hneitistaðir und beschloss, dort auf einen Kaffee vorbeizuschauen. Immer noch war mir nach Aufmunterung oder sogar nach ein wenig Trost. Anna und Grímur nahmen mich freundlich in Empfang wie auch sonst immer, und wie von Zauberhand lag bald Pfannkuchenduft in der Luft und Grímur erzählte Witze und lustige Geschichten von den Leuten auf den Nachbarhöfen, vor allem über den Pfarrer, und das Doppelkinn von Anna wackelte und die alte Sigurveig saß am Herd und sagte Gott Allmächtiger. Und wie ich da so am Hocker in der Kochnische saß, geschah es, dass ich plötzlich meinte, nicht mehr als Mensch an einem bestimmten Ort zu sein, ich war plötzlich nur noch ein Nerv, der in der Luft, die alles umhüllt, eine reiche Freude wahrnahm, die sich vollkommen grundlos einstellte. Als wäre ich aus der Zeit gerissen worden wie ein Rochen aus einem Seehasennetz. Ich erhob mich aus den Beschwernissen der Wirklichkeit und vergaß, was mich quälte.

Was quält mich?

Ist irgendetwas los?

Was ist das Problem?

Wenn man so fragt, gibt es keine Antworten, denn in Wirklichkeit gibt es nie ein Problem. Mein Leben ist vollkommen. Mein Leben ist frei von Ungereimtheiten und hat nichts Verrücktes, und da schwebte ich durch die Luft, eingehüllt in Pfannkuchenduft, und vergaß auf meinem Hocker sitzend alles außer Gott, den Allmächtigen, und das so wundervoll schwingende Doppelkinn und wurde eins mit irgendetwas anderem und erlangte Teilhabe am Leben und am Himmel darüber.

Dann ging ich in das obere Stockwerk und besuchte den alten Jónmundur. Jónmundur lag auf dem Krankenbett, seit ich zum ersten Mal hierherkam, und seine Kräfte schwinden von Jahr zu Jahr. Jetzt ist er rechts halbseitig gelähmt nach einem Hirnschlag links, aber er kann mit dem Stock klopfen und sich mit der rechten Hand bemerkbar machen. Davor, als der alte Jónmundur noch besser beisammen war, erzählte er manchmal abenteuerliche Geschichten, die er erlebt hatte, und an seine Geschichte vom Kampf mit dem Seehund kann ich mich am besten erinnern.

Es war so, dass er sich als abendliche Ertüchtigung angewöhnt hatte, auf die kleine Insel hinüberzuschwimmen, die direkt vor der Küste liegt, und manchmal auch quer über den Fjord, und wenn er das tat, besuchte er ab und zu auch die in Kúvíkurnes auf einen Kaffee. Bei einem dieser abendlichen Schwimmausflüge flitzte ein fetter Seehund, der ihn für ein Seehundweibchen hielt, ganz nahe zu ihm hin. Es dauerte nicht lange, bis der Seehund sich an ihm rieb und ihn arg bedrängte, es war nämlich gerade Paarungszeit, und auf den Seehundplätzen war heftiges Kopulieren im Gange. Jónmundur sah nur einen Ausweg, nämlich das Vieh zu umarmen und herauszufinden, wer stärker war, und nachdem er unter den Flossen guten Halt gefunden hatte, zwang er den Seehund auf den Grund, und da wälzten sie sich so lange im Tang, bis sie auftauchen mussten, um zu atmen. So ging das zweimal auf und ab und beim dritten Tauchgang auf den Meeresboden, sagte er, habe er gespürt, wie ein eigenartig abgehacktes Zittern den Seehund erschütterte, sodass die Speckschicht in Wellen ging, und als er auftauchte, um zu atmen, aber der Seehund nicht kam, wusste er, dass das die Todeszuckungen gewesen waren. Jedes Brett der hölzernen Stufen knarrte, und das Knarren vermengte sich mit Jónmundurs Kampf gegen den Seehund, den ich klar vor meinem geistigen Auge sah. Aber jetzt wieder zur Wirklichkeit.

Sein Bett ähnelte am ehesten einem großen Bottich, in dem Bücher, Zeitungen, Magazine und alte Radios obenauf schwammen, und mittendrin lag er in einem zerschlissenen Pyjama und ein Buckel so groß wie ein Kissen stand aus seinem Rücken. Der alte Jónmundur schien mir nicht viel Aufmerksamkeit zu schenken, er blickte angestrengt aus dem Fenster, durch das er Skuggabjörg und die Heljarschären und bis in das Förumannatal sehen kann, und ich dachte bei mir: Was er wohl in dieser Landschaft sieht? Vielleicht etwas, das man erst sieht, wenn man es zwanzig Jahre lang angeschaut hat?

Er reichte mir die Hand und leise sagte er etwas. Ich musste mich ganz zu ihm hinunterbeugen und mein Ohr an seinen Mund führen, um zu hören, was er sagte, so schwach war seine Stimme. Der alte Jónmundur bat mich, etwas für ihn aufzuschreiben, und nachdem ich seine Verse aufgeschrieben hatte, bat er mich, sie zu behalten. Das ist eigentlich ein recht seltsames Gedicht und es enthält keinen Reim, aber ich bin auch nicht sicher, ob ich alles richtig verstanden habe. Dennoch fanden es alle ganz lustig, als ich es unten in der Küche vorlas. Es rührte mich, dass er mir seine Verse geschenkt hatte. Vielleicht haben sich ein paar Rechtschreibfehler eingeschlichen, aber ich habe sie jedenfalls so niedergeschrieben:

Es spielt keine Rolle,
wenn du mitten im Vers stirbst,
solange du ihn vollendet hast.

Es spielt keine Rolle,
wenn du nicht die ganze Strecke schaffst,
solange du ans Ziel kommst.

Und es ist ganz gleich,
wenn du die Liebe vermasselt hast,
solange du nur geliebt hast.

Als Gusi am Sperrwochenende zum Fischen fuhr

Heute untertags mäßiger Wind aus Südost und Sonnenflecken, die auf dem Strand umherlaufen, aber jetzt, da ich diese Zeilen kurz nach Mitternacht schreibe, sitzen die Wolken auf den Bergen und es zieht aus Norden.

Ja, es ist wohl ein Sperrwochenende und uns Männern mit Hakenfischereilizenz ist es verboten, uns zu ernähren. Deshalb fand ich es amüsant, heute Morgen von einem glucksenden Motorgeräusch geweckt zu werden; irgendjemand war dabei, Fischcontainer aus der Verarbeitungshalle über den Vorplatz und auf den Pier zu ziehen. Als ich hinunterkam, betankte Gusi gerade die »Seeadler« und der Listermotor schnurrte.

Das gefällt mir heute verdammt gut, Burschen, spiegelglatte See und dennoch eine schwache Brise draußen, ein Fischschwarm unter dem Bug, überall Seevögel und dazu ein Wal im Norden und sicher Massen an Strandaalen in der Strömungsrinne.

Ist das nicht Wahnsinn?, sagte Ebbi aus seinen frisch erwachten, verwunderten Augen hinter der zusammengeklebten Brille; was ist, wenn sie bei der Fischereibehörde Wind davon bekommen, die bringen dich um.

Umbringen, kam von Bensi, sie können keinen töten, überhaupt nicht, und fügte sofort hinzu, dass es am besten wäre, sich Kaffee zu kochen und sofort hinauszufahren. Gusi schnappte sein Kaffeezeug und sagte, als er die Leiter hinunterstieg: Ich weiß nicht mehr, auf welcher Seite der Wahnsinn ist. Ich bin von hier aus fünfzig Jahre lang hinausgefahren und dennoch habe ich kein einziges Kilo Fangquote, und wie können Menschen in Reykjavík, die noch nie in die salzige See gepisst haben, den Fisch hier draußen besitzen? Die Natur hat mir genug verboten in diesem halben Jahrhundert, ich brauche keine Sperren von den Männern in Reykjavík. Es ist der Urheber der Fische, der das alles hier geschaffen hat, und das Erste, was er zu mir sagte, als ich heute Morgen erwachte, war, ich sollte aufs Meer hinauskommen und fischen.

Du bist sturer als der Teufel, Dufgus Tímóteusarson, sagte Kalli, während er auf den Pier pinkelte. Ich warf Gusi die Trosse zu, er steckte den Kopf aus dem Fenster seines Cockpits wie ein ordentlicher Kapitän und befahl uns, loszulassen, er würde jetzt auf den Fischgründen nachsehen. Dann tuckerte die »Seeadler« an der Mole entlang hinaus.

Ebbi machte sich große Sorgen und glaubte, dass dieses Gerede über den Urheber der Fische Gusi in eine verdammte Dummheit stürzen würde. Vielleicht hatte Ebbi nicht verstanden, dass Gusi Gott meinte? Aber wie immer das nun sei, Ebbis Angst war nicht so weit hergeholt.

Es muss noch vor Mittag gewesen sein, als irgendein Mensch ohne Gewissen Gusi verpfiff, denn in den Mittagsnachrichten wurde berichtet, dass das Küstenwachtschiff Ægir, das auf einer Übung in der Selabucht lag, einem Kleinboot entgegengesandt worden sei, das verdächtigt wurde, an einem Sperrtag zu fischen. Kalli glaubte, das sei irgendeiner von den verdammten Ringwadennetzfischer-Idioten gewesen, der das gemeldet hätte, und ging in der Küche auf und ab und fauchte London Docks-Zigarrenrauch aus den Nasenlöchern. Es herrschte eine gewisse Anspannung bei uns in der Küche und ich spürte, wie die Verbindung zwischen uns, die wir hier zurückgeblieben waren, stärker wurde.

Am Nachmittag fuhren wir weiter nördlich nach Kúvíkurnes, von wo man die offene Bucht sehen konnte, und Bensi hatte den großen Feldstecher dabei. Da sahen wir, wie sich der alte Gusi in der Strömungsrinne auf dem Hámundarrücken treiben ließ, umgeben von Vogelschwärmen und Sonnenschein.

Der Graue näherte sich von Norden, es war das Küstenwachschiff Ægir, und verdammt noch mal, das war wahnsinnig spannend, und als Ebbi vermutete, dass sie Gusi abschleppen würden, die Männer auf dem Küstenwachschiff, und ihn in den Hafen ziehen, da nahm ihm Bensi den Feldstecher weg und wollte ganz sicher wissen, dass sie nicht abschleppten, sondern Gusi mitsamt seinem Boot an Bord hieven würden, denn sie hätten so gewaltige Kräne auf diesen Küstenwachschiffen. Endlich fuhr das Schutzschiff ganz nah heran, sodass das graue Ungetüm über Gusis kleinem Boot hoch aufragte. Sie diskutieren, sagte Ebbi mit dem Feldstecher in der Hand.

Gusi selbst erzählte später, dass der Kapitän an Deck gekommen und überaus freundlich gewesen sei und gefragt habe, ob er den Motor abdrehen wolle. Sie einigten sich darauf, dass Gusi seinen Fang beenden und dann freiwillig an Land zurückfahren solle, da er ja mit den Fischereibestimmungen nicht vertraut sei, und das tat er auch. Der Kapitän sagte, es sei unverständlich, dass Männer wie er nicht in Ruhe hinausfahren dürften, und wünschte Gusi das Allerbeste.

Er hat sie abgeschüttelt!, tönte Ebbi, als das Küstenwachschiff davonsegelte und wir sahen, dass Gusi dabei war, die Leinen einzuziehen.

Als die »Seeadler« an Land kam, standen sowohl die Polizei als auch ein Auto von der Fischereibehörde auf dem Pier. Da war eine ziemliche Spannung, und plötzlich war Leben in dem kleinen Kaff.

Jói und Frikki, die Polizisten aus dem inneren Fjordbezirk, waren zum Plaudern aufgelegt, und sie empfanden dies offensichtlich als ungewöhnlichen Einsatz. Frikki ist zwei Meter groß und hat ein Doppelkinn so groß wie ein Scheibtruhenrad, aber Jói ist dünn wie ein Schuhriemen, und deshalb werden sie hier in der Gegend Dick und Doof genannt. Die Fischereibehördemänner waren zwei an der Zahl. Jener, der der Chef war, hatte dünnes Haar und scharfe Augen, er trug eine Brille und schaffte es, aus dem Schädelknochen direkt durch die Nase zu sprechen. Der andere war fetter, glatzköpfig. Der Dünnhaarige rief zu Gusi hinunter, dass er zum Auto heraufkommen solle, damit ein Protokoll aufgenommen werden könne, und bat ihn, seine Fischereizulassung, das Küstenschifffahrtspatent und die Bootspapiere bereitzuhalten.

Nehmt die Trosse, Burschen!, rief Gusi und warf das glitschige Tauende auf den Kai, sodass der Mann von der Fischereibehörde einen Satz zurück machte.

Bist du dir im Klaren, dass du gegen das Gesetz verstoßen hast?, rief der Mann von der Fischereibehörde. Gusi sagte, er habe gelernt, dass das Land auf Gesetzen errichtet werden solle, und nicht durch Ungesetze zerstört, denn so stehe es schon in der Njáls-Saga, und dass die Gesetze, von denen er spreche, Ungesetze seien, weil sie dazu führten, dass kleine Dörfer auf dem Land ausgelöscht würden. Er sagte, dass in der isländischen Verfassung schwarz auf weiß geschrieben stehe, dass der Fisch um das Land herum Eigentum aller Isländer sei und dazu dienen solle, die Siedlungen im ganzen Land am Leben zu erhalten. Das dürfe er alles so in sein Protokoll schreiben.

Gusi kam die Treppe herauf und ließ den Wasserschlauch in das Boot hinunter, aber als der Fischereibehördemensch sah, dass er nicht sofort kam, rieb er Gusi unter die Nase, dass er eine Festnahme riskiere, wenn er die Amtshandlung behindere. Da ging der Alte im Ölzeug, der fünfzig Jahre lang von hier aus auf das Meer hinausgefahren war, zu den Fischereibehördemännern hin und sagte etwa so:

Ich sage jetzt einfach wie der alte Ingjaldur auf Hergilsey in der Gisla-Saga: Ich habe schlechte Kleider, doch habe ich nichts dagegen, sie zu schonen. Dann setzte er sich in seinem Ölzeug zur Protokollaufnahme in das Polizeiauto.

Es wurde beschlossen, den Fang des Tages, der aus einem kleinen Container Kabeljau und einem Container Köhler bestand, zu beschlagnahmen. Der Gemeindevorsteher erhielt die Anordnung, sich zum Kran zu begeben, denn er war der einzige beeidete Wiegemeister im Ort, und nachdem er den Fang gewogen hatte, fuhr das Polizeiauto im Retourgang heran und der Container wurde in das Auto gehievt. Ich und Kalli waren im Boot bei Gusi, um das Deck zu waschen, als wir hörten, wie der Nasenlochsprecher dem anderen befahl, hinunterzusteigen und die Hakenfischereibefugnis und die Bootspapiere zu holen.

Kalli und ich standen vor der geöffneten Luke, als sich der Glatzkopf näherte. Ihr werdet doch nicht dem alten Mann die Hakenfischereibefugnis wegnehmen, sagte Kalli mit südlicher Brise in der Stimme.

Die Polizei am Amtshandeln zu behindern, kann bis zu sechs Monate Gefängnis bedeuten, schallte es vom Pier herunter. Der Fischereibehördemensch kam näher und ich wich zurück, aber Kalli legte seinen Arm um den Glatzkopf, so als wäre dieser eine Stripteasetänzerin, und sagte mit unterdrücktem Schluchzen, dass man den Männern hier verbieten würde, sich zu ernähren. Der Fischereibehördemensch riss sich los und Kalli sprang in den Backbord-Verschlag und murmelte etwas über die Kriminellen in Reykjavík und so etwas würde in diesem Land Demokratie genannt.

Gusi bat ihn, sich zu beruhigen. Als endlich die Papiere fertig ausgefüllt waren, sagten sie, dass das nur ein temporärer Entzug der Fanglizenz sei, aber wenn er versuche, ohne die Hakenfischereibefugnis hinauszufahren, würde das eine lebenslange Sperre nach sich ziehen.

Jói und Frikki, die Polizisten, hockten ziemlich peinlich berührt im Wagen, dann folgten sie dem Auto der Fischereibehörde, hintendrauf Gusis Kabeljaus wie festgenommene Verbrecher.

Wir stellten uns im Kreis um Gusi auf, der sich am Pier auf den Treibholzstamm gesetzt hatte und sich eine Pfeife stopfte.

Das sind nichts als verdammte Seeteufel, nichts als verdammte Großmäuler. Es waren kleine, rote Flecken auf seinen Wangen, die ich zuvor noch nie gesehen hatte.

Sie können die Linzenz nicht lange zurückhalten, die verdammten Gespenster, sagte Kalli auf den Fjord hinaus. Dunkle Wolkenkissen formierten sich auf dem östlichen Himmel.

Vielleicht stimmt es, was der Grönländer sagte, dass wir glauben, dass wir Fische fangen, aber in Wirklichkeit werden wir gefangen, gab Gusi von sich und entzündete seinen Borkum Riff. Ich klopfte ihm auf die Schulter und alle Leute waren der Meinung, dass sie die Lizenz nicht lange einziehen würden. Sie würden nur versuchen, den Männern Angst einzujagen, um ihnen Gehorsam beizubringen. Das weiß man nicht genau, sagte Gusi. Ebbi und Bensi waren in Reichweite stehen geblieben, während das alles vor sich gegangen war, und Ebbi, der offensichtlich am schwersten betroffen war, sagte, er habe gewusst, dass dieses Geschwätz über den Urheber der Fische Gusi nichts als Unglück bringen würde. Unglück!, sagte Bensi, der nie weiter als einen Schritt entfernt war; das trifft es überhaupt nicht, es geht nur darum, dass Männern verboten wird, hinauszufahren, und einer musste der Sündenbock sein.

Seid besonnen, Burschen! Es bricht der Reichtum in Reykjavík kaum zusammen, weil ein gebrechlicher, alter Mann aufhört, verkümmerten Fischen nachzujagen, sagte Gusi, der Borkum Riff rauchte, erhob sich von dem Baumstamm, drehte sich zu uns und sprach: Was ist, helft ihr mir nicht, abzuladen?

Der Alte hatte doch tatsächlich 800 Kilo in den Seitenverschlägen versteckt, die niemand bemerkt hatte.

Binni auf Vígurnes rief etwas später im Fischerwohnheim an und meldete, dass zwei Polizisten im Retourgang zum Flutdamm unter den Kambar gefahren seien und dort Kabeljaus ins Wasser warfen. Er sah es deutlich durch den Feldstecher, und zwei Männer standen dabei und sahen zu. Es werden wohl die Mantelmöwen gewesen sein, die den verbrecherischen Kabeljau seiner endgültigen Strafe zuführten.

Jetzt sind die Gipfel im Norden mit schweren Wolken beladen und das Fenster deutet dies als Zeichen für Nordlage, denn es pfeift Uuuh. Ob es nicht am besten wäre, man legte sich hin? Bensi hatte von vier Weibern, fett wie die Seehunde, geträumt, die sich an ihn heranmachten, und das ist ein Vorzeichen für vier Tage Unwetter, wenn nicht vier Wochen.

Hier wird von der internationalen Promiskuitätskontrolle berichtet

Pfeifen durch das Fenster und Regenschauer auf den Halbinseln weiter draußen, aber heller im Fjordinneren. Demnach Nordost.

Gestern Abend war ich gerade am Einschlafen, als mir vorkam, dass es unten klopfte. Ich ging zur Tür und draußen standen zwei ernst dreinblickende Männer in schwarzen Anzügen. Sie sagten: Wir kommen von der internationalen Promiskuitätskontrolle.

Hast du die Papiere?

Ich ging in das Zimmer und holte die Papiere, stand eingeschüchtert vor diesen Männern und reichte sie ihnen. Da begannen beide zu lachen, bis der eine von ihnen sich zu mir beugte und sagte: Du kommst nicht weit mit deiner Steuererklärung, mein Freund.

Dann nahmen sie mich mit in ein schwarzes Auto, das mit laufendem Motor auf dem Platz vor dem Haus stand, und fuhren mit mir eine kurze Weile. Im Auto war ein kleiner Fernseher. Auf dem Bildschirm war eine splitternackte Frau, die sich lautlos im Bett wälzte, schwitzend, sodass ihre Haut glänzte, und dazu sprach eine erklärende Stimme wie in einer Fernsehdoku über die Heugewinnung: Frau Sigriður erlebt gerade einen lautlosen Orgasmus wie ein Fisch tief unten im Meer.

Wir hielten vor einem riesigen Verwaltungsgebäude mit mächtigen Säulen. Dort wurde ich gegenüber von drei Männern in schwarzen Talaren und mit grauen

Lockenperücken, so wie Árni Magnússon sie trug, platziert, und sie sprachen folgendermaßen zu mir:

Die Liederlichkeit deines Denkens hat die Grenzen des Geziemlichen überschritten und daher haben wir unsere Aufseher nach dir geschickt.

Ich hielt dagegen, dass ich doch nicht für sexuell ausschweifend gehalten werden könne, wo ich seit ewig langer Zeit keine Frau mehr berührt hätte.

Sie antworteten: Das Äußere und das Innere sind ein- und dasselbe. Wir wissen genau, wie du die Haushälterin wiederholte Male in deinen Gedanken entkleidet hast, und fragten: Wie würdest du es finden, zu jeder Zeit und Unzeit von irgendeiner Frau ausgezogen zu werden? Und findest du es da seltsam, dass sie am Ende vor dir Reißaus genommen hat? Außerdem wurden hier in den Akten wiederholte Versuche zum Geschlechtsverkehr mit einem Mädchen vermerkt, welches in einem Club künstlerische Tanzvorstellungen hält.

Ich antwortete wahrheitsgemäß, dass ich nur die Konturen ihrer Brust hatte berühren wollen. Ich hatte keine dunklen Begierden. Mein Verlangen war rein!

Reines Verlangen, äfften sie mich nach und lachten. Wir wissen überdies, dass du mit Absicht dein geistiges Auge durch den Anblick pornografischer Videos verunreinigt hast, in denen so weit gegangen wurde, dass eine Frau gleichzeitig drei Männern ihre Aufmerksamkeit geschenkt hat.

Ich versuchte mich zu verteidigen, und sagte, dass Kalli diese Videos noch aus seiner Zeit als Trawlerfischer habe, aber sie antworteten diesmal noch augenbrauenschwerer, das sei eine schwache Entschuldigung, wo ich es doch gewesen sei, der zugesehen habe. Jetzt war der linke Schwarztalar rot geworden vor Zorn und rief mit kreischender Stimme und furchtbarer Grimasse: Das Einzige, wonach deine Gedanken gierten, war, sie zu fick'n, sodass die Brüste hüpfen.

Sag mir, sprach der in der Mitte, ohne eine Miene zu verziehen, glaubst du nicht, dass die Haushälterin ein Mensch mit Gefühlen und einer Seele ist so wie du? Antworte direkt!, fügte er hastig hinzu.

Ja, doch, natürlich, natürlich hat sie Gefühle, zirpte ich so leise wie eine Gryllteiste, ohne meine Existenz vor dieser Behörde auf irgendeine Weise rechtfertigen zu können.

Da herrschte Schweigen im Raum und ich sackte irgendwie in mich zusammen, während sie miteinander flüsterten. Sie blätterten in ihren Unterlagen.

Dann urteilten sie mit, wie ich fand, beispielloser Härte: Wir sind genötigt, dich als unrein zu verurteilen und dich von jeglicher Liebe zu einer Frau auf unbestimmte Zeit auszuschließen, so lange, bis ein anderes Urteil gefällt wird. Dann knallte der Hammer auf den Tisch. BUMM!

Da erwachte ich.

Ein Tag in Gedanken über die Wolken

Böen aus West, aber zwischen ihnen nur eine Brise, starke Wolkenbewegung in großer Höhe. Als uns vor ein paar Tagen das Unwetter aus Norden überfiel, vergaß Kalli, sich telefonisch an Land zurückzumelden, und am Computer sieht es nun aus, als sei er zehn mal vierundzwanzig Stunden auf See gewesen. Das wären ganz schön viele Mitternachtstouren auf einmal. Seit damals kämpft er gegen die Fischereibehörde um seine aberkannten Fangtage.

Es ist einfach furchtbar, wie schlecht es ihm seither geht. Hier in diesem Fjord ist deshalb jeder Zweite mit der Fischereipolitik auf Kriegsfuß.

Sollte ich eines Tages auf die Heljarschäre krachen und ersaufen, dann wäre das Schlimmste für mich, in diesem Tagebuch nichts über Wolken geschrieben zu haben.

Es ist nicht unwahrscheinlich, dass ich ein freundschaftliches Gefühl für dieses Phänomen entwickelt habe, und zwar, weil an Unwettertagen wie heute das Himmelsgewölbe aus nichts anderem besteht als aus dahinjagenden Wolken.

Vielleicht ist alles, was man über Wolken schreibt, nur Gewäsch und Blödsinn, aber sie sind dennoch dort oben, und während man auf die hoch treibenden Wolkenbänder im Westen schaut, tut man nichts anderes. Man hängt nicht über dem Motor und tauscht eine Ölleitung aus, man tut nichts anderes auf dem Weg zurück an Land, man regt sich nicht über die

Hungersnot in Nordkorea auf. Man schaut nur auf die Wolken.

Manche von ihnen sind wie schwarze Wolle mit hängenden Zotteln, die rasch dahinzieht, andere fangen aus irgendeiner Richtung Licht ein, sie sind nach allen Seiten prall gefüllt wie die Brust einer Frau und haben weibliche Haut. Manche hetzen dahin und dehnen sich aus, andere vergehen mit der Zeit, sodass man sie nicht festhalten kann. Manche zerreißen, andere bewegen sich aufeinander zu. Es gibt Wolken, die selbstständig sind und sich von ihrer Herde abspalten, und es gibt all die anderen, die man nie sieht, weil sie breiten Wänden angehören, die sich über den Horizont ausbreiten. Bei Südlage sind die Pölster dick, doch manchmal leuchtet abends fröhlicher Mondenschein, wenn sie nacheinander am Mond vorbeiziehen und ihn verdecken, dann glitzert das Meer in der Bucht, und wer weiß, ob nicht unsere Vorfahren in diesem Sturmland tausend Jahre lang Sklavenarbeit verrichtet haben, nur damit wir die Wolken anhimmeln können. Zumindest in diesem Fjord, wo die Männer fischen und keine Haushälterin haben.

Das, was ich meine, ist: Während man auf die Wolken schaut, tut sich bei einem nichts anderes, und vielleicht ist es ein bisschen crazy, das zu sagen, aber mir geht es immer viel besser, wenn ich die Wolken betrachte. Es ist so, als würde sich etwas völlig anderes ereignen. Man wird an Land gespült wie ein Stück Holz und atmet leichter, als wäre man in einer anderen Zeit. Der Atem wird großartig, man ist frei von Gedanken und man muss vielleicht nicht tausend Jahre Herrlichkeit sehen, so wie in Büchern und Kinofilmen, sondern nur eine Sekunde von dieser anderen Art von Zeit erleben. Es ist einem für ein paar Augenblicke alles gleichgültig, obwohl das Leben vielleicht ein völliger Verhau ist. Wenn man in die Wolken schaut.

Und wenn man aufgehört hat, aufs Meer hinauszufahren, und tot ist und zu einem Geistwesen geworden ist; was bleibt einem da noch anderes übrig, als sich auf eine solche Wolke zu setzen und nackten Mädchen zuzuschauen, die Violinsonaten spielen und Mangos essen? Und wenn man auf der Wolke dahinschwebt, lässt man sicher die überirdische Haarpracht in der leichten Brise, die von den Bergen aufsteigt, flattern und man glänzt dann irgendwie und ist gut drauf und wird von den endlosen Wolken gekitzelt, und die Kollegen rudern auf den Wolken ringsumher in dem ewigen Blau dahin, und man ruft und fragt, wie es bei ihnen auf ihren Wolken so ist.

Aber bevor man es noch weiß, ganz plötzlich, bekommt man Lust auf Salzfleisch oder muss pinkeln, und da sind dann keine Wolken mehr. Und bald beginnt wieder die Fangsaison, auf den Tag genau in einer Woche, und dann heißt es wieder aufstehen um fünf Uhr früh, Wetter prüfen, Cornflakes, Kaffee für die Thermoskanne aufgießen, Fischcontainer an Bord hieven, Diesel tanken, ablegen, hinausdüsen, suchen, auslegen, einholen, suchen, Schwärme aufspüren, einholen, an Land zurückfahren, abladen, essen, schlafen und hoffen, dass man bald wieder Kontakt mit den Wolken bekommt.

Kapitel von dem belesenen Mann aus Bolungarvík und dem Pfarrer

Stürmischer Wind aus Ost und Starkregen.

Der Pfarrer hat eine ziemlich schwere Zeit momentan. Verdammt noch mal, wenn er nicht sogar, um es direkt zu sagen, ganz tief unten ist. Es war auf dem Harmonikatanz, dem letzten dieses Sommers, dass der Pfarrer stattlich gewandet aus der Dämmerung gekommen ist, aber es ist eigentlich gar nicht seine Art, auf Tanzveranstaltungen zu gehen. Dieser Ausflug zum Tanz nahm ein abruptes Ende.

Es war so, dass Ármann, ein belesener Mann aus Bolungarvík, der früher einmal von hier aus aufs Meer fuhr, unversehens mit einer kleinen Flasche Whisky draußen vor dem Gemeindesaal stand und über Religion sprach. Ármann sagte, er hätte sich bei den Asengläubigen eingeschrieben. Manche meinen, er habe schlecht über den Pfarrer geredet, aber ich habe das nicht mitbekommen. Was auch immer an der Sache dran ist, ich hege den Verdacht, dass der Pfarrer etwas Derartiges gehört haben wird, als er sich näherte.

Ármann sagte, dass Religion nur eine Verschwörung von Machtbesessenen sei, um Menschen zu unterwerfen. Der Pfarrer ging direkt auf den Bolwikinger zu und sah ihn mit Ringen unter den Augen an, ernst, schweigend.

Wozu irgendeiner Bewegung angehören, irgendeiner Machtinstitution, die Begriffe wie Sünde und

Erlösung geschaffen und sie viele Jahrhunderte lang nur dazu eingesetzt hat, um die Menschen zu unterdrücken? Ich kann meinen Glauben selbst gestalten, setzte der Bolwikinger fort. Ich brauche keinen zornigen Gott über mir. Religion ist von Menschen gemacht worden wie alles andere auch, es ist nicht möglich, das zu verleugnen, sagte er mit einem milderen Ton, warf dem Pfarrer den Ball zu und lachte auf, so als fürchte er sich vor der finsteren Miene des Pfarrers oder als hinge sein Herz nicht mehr an dieser Sache.

Du musst keiner Glaubensgemeinschaft angehören, sagte der Pfarrer. Dein Glaube ist vollkommen und unabhängig. Du solltest dich besser in den Jökulfjorden als Einsiedler niederlassen und heilig werden, als hier zu stehen und Mist zu reden. Du hast andererseits nichts vom Kern des Glaubens verstanden. Du bist dir der Schönheit echten Glaubens völlig unbewusst, in deiner Arroganz und deinem Hochmut.

Jetzt begann der Pfarrer sich aufzuregen und starrte auf den Mann aus Bolungarvík, der wiederum auf den Gehsteig glotzte und zwischendurch nein, nein und das stimmt nicht sagte.

An dieser Stelle kam mir vor, der Pfarrer sollte es gut sein lassen, aber er machte weiter in seiner Direktheit, ganz so wie damals bei dem Parlamentsabgeordneten. Ein paar Leute hatten sich um dieses kurzweilige Gespräch des Heiden und des Christen geschart, und Ebbi und Bensi standen links und rechts des Bolwikingers. Sie bildeten auf diese Art eine Dreiung, was auch immer das sein mag. Der Pfarrer sagte, so weit ich mich erinnern kann:

Du verurteilst Menschen dafür, einer Glaubensgemeinschaft anzugehören, aber in Wirklichkeit verurteilst du andere dafür, nicht deiner Glaubensgemeinschaft anzugehören. Und deine Gemeinschaft ist die der intellektuellen Realisten, die herausgefunden haben, dass der Mensch nichts anderes ist als irgendein Käfer. Und du hasst den, der deine Weisheit nicht anerkennt.

Das habe ich nie gesagt! Wann hätte ich das sagen sollen?, kam die Antwort von dem Bolwikinger, der versuchte, sich zu verteidigen.

Es fällt dir nicht auf, du Intelligenzler, dass du dich einem anderen, fanatischeren Glauben verschrieben hast – und dieser Glaube heißt Fundamentalismus. Du willst die Gläubigen der Sehnsucht und der Hoffnung berauben, die du selbst abgeworfen hast, als du dich auf die Seite des Realismus geschlagen hast. Lass mich dir nur sagen (und der Pfarrer deutete mit dem Finger auf den Kopf des Mannes), dass du dich in deine kindischen Dichtereien verbissen hast. Deine Realität ist genauso dahergedichtet, nur noch schlechter gereimt.

Du stehst hier vor dem Gemeindesaal, bist nicht einmal von hier, und fängst an, aus deiner historischen Jauchegrube zu sprühen, um andere dazuzubringen, ihren Glauben an Gott und die Menschen aufzugeben, und du verkündest Opferfeste und Gymnastikübungen mit irgendwelchen nackten Freyjas. Du stehst hier vor dem Gemeindesaal und hältst eine Hasstirade auf die Religion, aber du weißt nicht, dass ich dich schon längst zusammengeschlagen hätte, gäbe es hier keine Religion.

Hör mal, pass auf, was du sagst!, stöhnte es aus dem Bolwikinger hervor, der im Gesicht ganz rot geworden war, und Bensi und Ebbi hielten ihn fest und versuchten, so gut sie konnten, den Pfarrer zu beruhigen, und sagten abwechselnd na, na und na, was für ein.

Da sagte der Pfarrer etwas, bei dem wir, die um ihn herumstanden, erschraken, und ich kann diese Worte nicht vergessen, so sehr brannten sie sich mir ein. Der Pfarrer sagte: Du willst mich in Wirklichkeit töten, mich ans Kreuz nageln, nur dafür, dass ich glaube und hoffe, dass es etwas Besseres gibt. Dann sagte er: Der Glaube siegt und du, du kannst zur Hölle fahren!

Dann ging der Pfarrer auf den Bolwikinger los und es hagelte Ohrfeigen.

Der Bolwikinger sank zu Boden, aber die Menschen rundherum standen und glotzten. Keiner sagte auch nur ein Wort. Da hörte man ein Mädchen im Hintergrund sagen: Der Pfarrer hat Ármann zusammengeschlagen. Ein anderer sagte, dass dieser Mann in eine Anstalt gehöre, und meinte damit sicherlich den Pfarrer.

Der Mann aus Bolungarvík schien eher einen seelischen Schock davongetragen zu haben als einen körperlichen; er saß in den Armen der beiden Brüder und griff sich an die Lippen, als könne er nicht glauben, was sich gerade ereignet hatte. Der Pfarrer war offensichtlich betroffen, aber sichtlich auch zornig. Er wandte sich zu den Leuten, die herausgekommen waren und jetzt vor dem Tor des Gemeindesaals standen:

Worauf, zum Teufel, glotzt ihr? Verdammt noch mal, ihr seid alle mitsammen armselig und halbwarm.

Lasst mich in Ruhe. Mit meiner Hoffnung. Mit euch! Dann war es irgendwie unklar, in welche Richtung er wollte, er ging auf die Leute zu und dann zurück und begann zu schluchzen und rief, er habe richtig gehandelt, und bat uns, ihn in Ruhe zu lassen. Irgendwelche wollten ihn noch besänftigen und Svandís von Skarð versuchte, ihn zu umarmen, und sagte mit milder Stimme: Ach, versuchen wir doch alle, zu uns selbst gut zu sein.

Wozu?, brüllte ihn der Pfarrer an und stieß ihn von sich.

Es war, als wären wir alle zu seinen Feinden geworden, und dann heulte der Landrover auf und der Pfarrer raste vom Gemeindezentrum davon, hinaus in die dichte Dämmerung, aus der er gekommen war. Der arme Kerl.

Zweite Kurzgeschichte

Sperrwochenende. Schwacher Wind aus Norden und harmloses Wetter, sehr geeignet, um Kabeljau aus dem Meer zu ziehen.

Hatte gestern eine glänzende Idee zu einer neuen Kurzgeschichte, aber es war so wie beim ersten Mal. Alles verhedderte sich zu einem feierlichen Knoten und die Hand wurde steif und so saß ich gestern Abend lange da und starrte auf den ersten Satz dieser großartigen Geschichte:

> *Sein Motorboot, das frisch gestrichene, fuhr mit unverdächtiger Würde in unseren kleinen Hafen ein, nichts ahnend von den gewaltigen Ereignissen, die auf es zukamen …*

Dann folgte nichts mehr. Eigentlich sollte es eine spannende Geschichte werden, so wie die erste, aber viel realistischer. Sie sollte in einer Küstenstadt in einem kleinen Fjord draußen auf dem Land spielen, wo die Männer Fischfang trieben und landeinwärts Bauernhöfe standen, wie man das auch aus der Wirklichkeit kennt. Da kommt ein Fischer ins Dorf, der sollte Ari heißen, er bekommt einen Platz im Fischerwohnheim und parkt beim Genossenschaftsladen. Die Leute aus dem Ort beäugen den Ankömmling zuerst skeptisch, aber es dauert nicht lange, bis er die Sympathie und die Herzen aller in dem Dorf gewinnt, denn er ist ein fantastischer Sänger und spielt Gitarre.

Mitten im Dorf gibt es einen fairen Baumarkt, und daneben befindet sich ein kleines Restaurant, dort kocht ein Riese von zwei Metern Länge, der ist wohl mit der Dame aus dem Genossenschaftsladen zusammen. Es sollte allgemein bekannt sein, wie eifersüchtig der Kochriese auf alle ist, die der Genossenschaftsladendame Aufmerksamkeit schenken. Es wird sogar behauptet, er sitze oft bei der Dame an der Kassa und knurre die Kunden an, zu denen sie zu freundlich ist.

Aber dann spricht sich herum, dass die Genossenschaftsladendame heimlich einen Mann von auswärts trifft, man hätte sie hinter den gestapelten Fischcontainern schmusen gesehen. Drei Tage lang ist es ununterbrochen wunderbar warm und schön, und die Leute fangen an, sich darüber zu wundern, dass das Motorboot von Ari am Pier vertäut liegt. Endlich geht einer der Küstenfischer in sein Zimmer im Wohnheim und findet eine Botschaft, des Inhalts, dass er sich nach Reykjavík habe begeben müssen und für unbestimmte Zeit wegbleibe.

Währenddessen lädt der Kochriese zu einem großen Gelage ein, obwohl das eigentlich gar nicht seine Art ist. Er lädt alle hohen Herren der Stadt ein, ebenso die Arbeiter aus dem Gefrierhaus und einen Mann, der professioneller Vorkoster ist und deshalb Essen-Jón genannt wird. Der Koch hatte in der Zeitschrift *Unser Jahrhundert* ausgegraben, dass es genau 170 Jahre her war, seit der Ort das Stadtrecht bekommen hatte, und das ist der Anlass. Man muss nicht weiter ausführen, dass alle höchsterfreut sind über das Fleischgericht, und Essen-Jón sagt, er habe noch nie so zartes Fleisch von so ausgeprägtem Charakter gekostet.

Ein anderer Küstenfischer bleibt dem Fest dennoch fern. Er war ein kunstfertiger Dichter, der sich auf seine Fahnen geheftet hatte, kein Fleisch zu essen. Er schleicht sich daher in den großen Gefriercontainer unten am Hafen und kramt nach gefrorenem Blumenkohl für die Suppe. Da kommt plötzlich ein Windstoß und die Tür fällt zu, sodass der Container fast zur Gänze geschlossen ist, aber dann hört der Dichter ein geisterhaftes Pfeifen, als entferne sich ein Schrei im Frost. Das veranlasst ihn, unter den verdächtigen, aber geschickt aufgeschichteten Lammhälften zu suchen, denn da muss ein fetter Fisch unter dem Stein liegen! Da findet er einen schwarzen Müllsack (das Pfeifen wird stärker und eine Wolke zieht vorbei und legt den Mond frei) mit einer menschlichen Hand.

Da sieht er, was es mit alldem auf sich hat, er platzt in das Gelage und wirft die blaugefrorene Hand auf den Tisch, an dem gerade der Koch steht und die Suppenteller anfüllt, und ruft: »Du hast die Hand vergessen, Kollege!«

Da steht Essen-Jón vom Tisch auf und spricht die berühmten Worte: »Ich sehe nun deutlich, dass ich mir heute Abend besser Salzfleisch gekocht hätte.« Danach hängen allen die Speichelfäden aus dem Mund, denn sie verstehen, dass sie Ari, den Küstenfischer, gegessen haben.

Ich bin mir darüber im Klaren, dass die Geschichte schon wieder vom Essen handelt, und wieder werden Menschen grundlos reingelegt und müssen dabei einen Blödsinn essen. Aber was macht das schon. Ich werde diese Geschichte sowieso ebenso wenig aufschreiben wie die andere.

Gestern flogen die Gänse an der Küste entlang Richtung Süden, den Nordsturm im Schwanzgefieder, und immer, wenn ich den Formationsflug der Gänse sehe, sucht mich das Gefühl heim, ich könnte, da wo ich jetzt bin, nicht hingehören. Dass hier Stillstand herrschte und Lähmung und irgendwo anders wäre Leben und Bewegung. Dass das Schicksal nicht will, dass ich im Geirmundarfjörður bin, sondern an einem anderen Ort, an dem ich mich öffnen kann und strahle und richtig gut bin.

Was soll man sonst an einem Ort machen, an dem es nicht einmal eine Haushälterin gibt und das Fernsehen dauernd ausfällt oder der Strom? Bin ich vielleicht im Krieg mit dem Schicksal, das Gott mir zugeteilt hat?

Kurze Reflexion über das Sexualleben von Seehundweibchen, das Wetter und die Laune

Gestern Westwind und ich sah dem Gras zu, wie es sich im Sonnenschein wellte, als ich draußen auf dem Gvendarfelsen lag und die Flügel in der trockenen Westbrise ausbreitete wie ein Kormoran, und die Worte in meinen Gedanken reichten bis ins Herz. Die Wolken trieben nach Osten und knappe kleine Wellen aus Westen platschten auf den Schotter am Strand, ganz ohne die Schwere der Hochseedünung.

Fragte überhaupt jemand danach? Wohin trieben die Wolken? Was platschte? Woher kam der Wind? Wer stand hinter dem Container? Wo fuhr Ebbi dagegen? Wo wurde ein Nerz gesichtet? Was vergammelt im Schlachthof? Wer verschwand? Was kam? Wann? Wie?

Der Westwind fiel gestern Abend zusammen und die Wolken verdichteten sich zu einem einheitlichen Grau.

Da erinnerte ich mich, dass ich einmal das Liebesspiel von Seehunden beobachtet hatte, die auf einer Schäre weiter im Norden lagen. Ich habe seither immer wieder darüber nachgedacht, ob Seehundweibchen den Sex mit den Männchen genießen. Kann es sein, dass sie irgendeine Glückserschütterung verspüren, wenn sich diese fünfhundert Kilo schweren Kolosse auf sie draufwälzen, sie in den Nackenspeck beißen und ihnen den Kopf so weit nach hinten ziehen, dass den Weibchen das Blut aus dem Hals strömt und sie in ihrer Hilflosigkeit nichts anderes tun können, als mit den Vorderflossen zu winken, die an die Hände kleiner Kinder erinnern und an Gummihammer.

Allerdings ist es ein kleines Zeichen von Erbarmen, dass die Natur die Weibchen mit einem Spermasack ausgestattet hat, in dem sie das Sperma des Seehundmännchens aufbewahren und auf das Ei sprühen können, wenn es reif ist. So brauchen sie nur einen Anlauf, um befruchtet zu werden, wie die Frauen in den Büchern von Laxness, aber das sexuelle Ritual bleibt dennoch nichts anderes als Vergewaltigung und Körperverletzung, wie auch immer man die Sache betrachtet.

Oder empfindet das Seehundweibchen diese Körperverletzung als eine Art Qual, die es erdulden muss, um den Lauf des Lebens zu erfüllen?

Wohl kaum, es sei denn, Seehundweibchen wären masochistisch veranlagt wie Menschen in Amerika, die sich in Sexleder kleiden, einander mit der Peitsche traktieren und dabei Lust empfinden. Da sind Menschenfrauen gegenüber Seehundweibchen schon ziemlich privilegiert; dass sie direkt Lust empfinden können, wenn das männliche Tier den Stahl poliert. Doch was können Seehundweibchen schon tun? Sie können nicht lesbisch werden und auf die Straße gehen und demonstrieren wie Menschenfrauen.

Wenn irgendwelche Geschöpfe auf der Welt Grund dazu haben, lesbisch zu werden, sind das die Seehundweibchen. Sie sind total unterdrückt durch die Hand der Natur und haben keine Aussicht auf Revolte.

Und sind es eigentlich nur die Menschenfrauen, die sich gegen die natürliche Rollenverteilung auflehnen können? Das ist im Grunde der Unterschied zwischen Frauen und Seehundweibchen: Frauen haben protestiert, Seehundweibchen nicht.

Zäh fließender Nordostwind, die Schauerzungen treiben geifernd in den Fjord.

Ich habe alte Frauen gehört, die den Westwind mit einem cholerischen Mann verglichen haben, der schon beim geringsten Anlass zornig wird, aber wenn man genau darüber nachdenkt, dann ist die Weströmung auch die wärmste und bringt den meisten Sonnenschein. Vielleicht ist es so, dass man, würde man sich immer aufregen und es allen zeigen, auch im ewigen Sonnenschein lebte. Stattdessen lässt man sich, so wie alle anderen auch, täuschen, man erstickt jede innere Regung im Keim, um die meiste Zeit des Jahres mit Nordwestwind zuzubringen.

Einkaufstour in die nächste Stadt und Besuch beim Pfarrer

Ich fuhr am Freitag mit Bensis Lada fjordeinwärts in die Stadt, weil es wegen der Nordostströmung für die nächsten Tage mit dem Fischfang schlecht aussah. Ich musste auf die Bank und so weiter, und Dósi wollte mir eine Elektrospule leihen, weil die, die ich vorne auf dem Boot habe, die Leine nicht mehr selbstständig auf- und abwickelt. Ich brachte meine kaputte Elektrospule in die Werkstatt von Hilmar Ding-Dó, den man hier so nennt.

Hilmar sprach laut wie immer und fragte, ob es dort oben im Norden in der Einschicht ein paar Fotzen zum Vögeln gebe, und dann lachten die anderen in der Werkstatt ihr primitives Lachen, und Playboybabes waren an allen Wänden rundherum. Ich sagte, dort seien genug Schafe.

Da hat plötzlich Hilmars Mobiltelefon geklingelt, und es war wahnsinnig lustig, zu beobachten, wie sich dieser grobe Kerl in einen Mann mit besten Manieren verwandelte und flüsterte: Ja, mein Liebling, das mache ich natürlich, mein Schatz, ich mache hier fertig und dann komme ich sofort.

Das Gute an den Schafen ist nämlich, sagte ich, dass sie nichts von einem verlangen, im Gegensatz zu Frauen.

Ich checkte in dem Gästehaus ein, in dem Dósi wohnte, allerdings war er nicht zu Hause, und schaute am Abend in der Bar vorbei, aber es wäre klüger gewesen, gleich nach Hause zu fahren. Da kamen die, mit denen ich mich auf der Tanzparty geprügelt hatte, die auch mit der Haushälterin zusammengewesen waren, Kiddi, Palli und die anderen, und begannen, mich anzumachen, und sagten, ich sei ein Schlappschwanz, weil ich nicht einmal eine Haushälterin hätte halten können, die sich in die Einschicht nach Norden gewagt hätte.

Da kam Guðmundur, der Barkeeper, und sagte, dass sie gleich alle abhauen könnten, wenn sie vorhätten, sich wie Idioten aufzuführen.

Lass dir von diesen Trotteln keine Angst einjagen, sagte er zu mir, wie ich da an der Bar saß und mein Bier schlürfte. Die alte Jukebox dröhnte weiter hinten im Saal. Er war wirklich herzlich zu mir.

Ein komisches Gefühl befiel mich und ich fragte ihn, was der Sinn des Lebens sei.

Guðmundur war Fischer auf einem Trawler gewesen, bevor er die Bar kaufte. Seine Oberarme waren mit Ankern und Frauennamen tätowiert und seine Antworten waren sehr klar. Er sah mich mit zusammengekniffenen Augen an und sprach mit strenger und lauter Stimme, so als hätte ihn das Leben nicht einmal auf eines seiner Knie gezwungen:

Wenn es Gott gibt, dann hat das Leben Bedeutung, wenn es keinen Gott gibt, dann hat es keine Bedeutung. Und ganz gleich, ob es Gott gibt oder nicht, der Mensch braucht einen Gott.

So sprach Guðmundur mit seinen Ankern und polierte die Gläser. Er redete wie ein ernst zu nehmender Mann.

Ich fuhr am Samstag wieder zurück nach Norden. Im Inneren des Fjordes herrschte eisige Dunkelheit, denn die Wolken hatten sich zusammengebauscht und ein nasskalter Sturm schaukelte das Auto auf der Straße. Der Weg kreuzte kleine Bäche, die über ihre Ufer getreten waren, und in keinem der Häuser, an denen ich vorbeifuhr, waren Anzeichen von Leben. Ich war deshalb gezwungen, beim Pfarrer anzuhalten, denn aus seinem Küchenfenster drang Licht. Der Pfarrer kochte Kaffee und wir saßen eine Zeit lang in der Küche, er sagte kaum etwas. Wir schwiegen lange, ohne dass es unangenehm gewesen wäre.

Hast du irgendwann, fragte der Pfarrer und seufzte, hast du irgendwann eine Elfenfrau gesehen?

Nein, eine Elfenfrau hatte ich noch nie gesehen.

Weißt du, was einem sofort in den Sinn kommt, nachdem die Elfenfrau verschwunden ist?

Keine Ahnung. Vielleicht, dass sie schöner ist als andere Frauen?

Das Erste, das einem in den Sinn kommt, wenn sie verschwindet, ist das Bewusstsein, dass man diese Begegnung nie beschreiben und daher nie mit einem anderen Menschen teilen wird können. Die Illusion fällt – man ist allein auf der Welt.

Und da hast du mein Seelenleben. Man teilt diesen wunderschönen Anblick mit einem Gelehrten, und er findet rasch heraus, dass man in Wirklichkeit geschlafen hat und die Frau die sogenannte eigene Anima ist, und dann hört er nicht mehr zu und fragt nicht mehr. Die Worte erreichen ihn nicht mehr.

Andere quatschen Unsinn und sagen, es müsse gut sein, mit einer Elfenfrau zu schlafen. Keiner fragt. Keiner fragt, ob ihr Blick zärtlich gewesen war oder anders als der einer Menschenfrau. Denn genau so war es, ihre Augen sprachen zu mir ohne Worte und sagten, dass sie mich völlig verstanden hätten, und sie liebten mich vollkommen, trotz all der Fehler, die ich habe, denn vielleicht trägt man an seinen Fehlern keine Schuld. Das versteht man, wenn man sein Leben irgendwie wie von außen sieht.

So ist mein Leben, mein lieber Halldór. Ich nehme Dinge wahr, die wahrzunehmen ich nicht erbeten habe, und ich kann mit niemandem darüber sprechen. Ich spüre, dass jemand in Reykjavík seine Frau wie ein Ungeheuer erlebt, das er fortwährend beschwören muss, und wenn sie lange Zeit nichts gefordert hat, weder Möbel noch elektrische Geräte, beginnt er in seinem Herzen zu fürchten, dass jetzt ein großer Wunsch im Anmarsch ist – ein neues Haus zum Beispiel. Und der Mann macht sich Sorgen um sein Haushaltseinkommen und hinterzieht Steuer und betrügt, wie er nur kann, um zu dem Snobklub der Reichen zu gehören, aber die Angst nagt jeden Tag an ihm. Der Mann wird von seiner Kultur hinters Licht geführt, denn er weiß es nicht besser. Und ich nehme wahr, wie die Seele in seiner Brust verkümmert. Ich nehme wahr, wie seine Seele an dieser Kultur stirbt.

Ich habe nur einen Wunsch, und das ist, gegen die Dummheit gewappnet zu sein und gegen den Schmerz, der die Menschen quält. Aber es wird einfach immer schlimmer, stöhnte der Pfarrer.

Ich wusste nicht, was für einen Reim ich mir auf diesen Monolog des Pfarrers machen sollte, der genauso depressiv war wie der Regen, der auf die Fensterscheibe trommelte. Ich sagte ihm, dass man, obwohl man allein sei, immer noch die Wellen habe, um ihnen zu lauschen, und auch wenn man das Gefühl hatte, ausgegrenzt zu sein von allem und jedem, käme vielleicht eines Tages wieder die Sonne hervor, und dann spüre man, dass die Sonne einem Gutes tun wolle, und dann sei das Wollgras im Moor wie ein Freund.

Du bist ein guter Mensch, mein lieber Halldór. Und du bist gar nicht dumm, sagte der Pfarrer.

Manchmal habe ich den Eindruck, deine Seele habe das große Geheimnis des Lebens entdeckt. Vielleicht bist du der Anführer am Rande der bewohnbaren Welt, auf den die Generationen gewartet haben. Du bist nicht so dumm, wiederholte er ein ums andere Mal, und schien plötzlich leicht und froh. Doch gleich wurde er wieder todernst und sah auf den Küchenboden und nahm die Ohrenschützer, die oberhalb der Ohren in seinen schwarzen Haaren steckten, ab.

Menschen haben sich die sogenannte Gesellschaft zusammengedichtet. So hat keine Affenart auf der Erde eine so große Sensibilität entwickelt, um zu spüren, wann der Einzelne sich außerhalb der sogenannten Gesellschaft befindet. Das Erste, das Kinder lernen, ist die Angst, ausgeschlossen zu werden. Dadurch ist es ihnen unmöglich, die Welt wahrzunehmen, wie Kinder das sollten. Sie werden von Modeikonen und Sportidolen ihrer Jugend beraubt und später von Sinnlosigkeit gequält, wenn die Gesellschaft sie in den endlosen Kampf gegen die Banken jagt. Und die Menschen vergessen die Leere und ihre Schulden bei den Banken nicht, außer während ihres abendlichen Orgasmus.' Die meisten Menschen sind von sich selbst und ihren eigenen Kindern, die ihre Gehirne auf Smartphonegequatsche und Ecstasy rösten, weit entfernt, im mittleren Alter sind sie vom permanenten Verlangen nach mehr Geld ganz gefühllos geworden, von der Möbelgier und der Sexsucht, und deshalb nicht mehr in der Lage, das Leben als etwas anderes wahrzunehmen als Geld und Fleisch, und die Geschichte endet mit verbitterten Alten, die den Jungen nichts Intelligentes zu sagen haben, und die Sonne scheint auf dieses ganze Pack und verliert pro Sekunde vier Millionen Tonnen ihrer Masse, indem sie diese mangelhafte Historie vorantreibt, und man kann sich bei genauerer Betrachtung fragen, ob sich das alles wirklich auszahlt.

Ist das nicht der Sinn des Lebens, fragte ich, an dem allen teilzuhaben, wofür sollen wir denn sonst leben?

Der Pfarrer antwortete: Wir sollten nicht für etwas leben, sondern im eigentlichen Sinn leben. Wir sollten unser Selbst in Fasern spalten und mit dem Blau vereinigen, das hinter den schwarz gewordenen Bergen liegt. Wir sollten eintauchen in die Dunkelheit des Unbekannten und alles in uns abtöten, das eigensinnig ist, sodass wir mit dem Großen verschmelzen können, wir dürfen nichts tun und alles in Gottes Hand legen.

So war es beim Pfarrer, als wir auf dem Platz vor seinem Haus standen und die Dunkelheit sich über den Fjord senkte und der Himmel zwischen den Bergen dunkelblau wurde. Ich begleitete ihn in den Schafstall und half ihm, die Schafe zu füttern.

Komisch. Der Pfarrer.

Von der Fischerei und ein Traum

Wenn man morgens auf seinem Boot durch die Fjordmündung fährt, erstreckt sich vor dem Steven das offene Meer und das Gehirn in einem drinnen beginnt zu murren und fluchen, wenn es keine Fischereinachrichten im Radio gibt, an die man sich halten kann. Da kann man aus dreierlei wählen: weiter Richtung Osten fahren, nach Süden ins Seichte oder nach Norden auf die Rücken. Und eines ist sicher – wenn mein Gehirn beschließt, nach Süden zu fahren, nehme ich Kurs auf Nord. Es ist mir nicht klar, ob es meine Erfahrung ist, nichts zu fangen, wenn ich dem Kopf folge, oder ob es hier um eine tiefe Verbindung mit dem Fisch geht.

Das Fischgefühl beginnt im Magen, findet seine Erfüllung im Herzen und strömt von dort in die Hände. Auch wenn das Fischgefühl nur eine Einbildung ist, die man hat, so ist es doch eine ziemlich nützliche Einbildung, denn ich hätte das Fischen schon längst aufgegeben, wenn ich mich nur auf mein Hirn verlassen müsste. Man muss an etwas glauben und sich daran vorwärtsarbeiten. Wenn man keine Vorstellung davon hat, wo der Fisch sich aufhalten könnte, dann gibt man auf und fährt zurück an Land. Und das Gehirn weiß nicht, wozu man aufs Meer hinaussollte. Es kann nur sagen: Segle heute nach Süden, denn gestern bist du nach Norden gefahren und hast nichts gefangen, oder fahr nach Osten, denn da hast du letztes Jahr um diese Zeit etwas gefangen. Das Hirn kann nicht mehr als das.

Gestern Nachmittag schaufelte es hohe Wellen und gegen Abend brach ein Geheul aus Osten los. Die meisten hatten erfolgreiche Touren, bis auf Gusi natürlich, der immer noch keine Fischereierlaubnis hat. Die Sache ist in Arbeit, sagen sie beim Amt.

Gusi kam am Abend nicht auf den Pier, wie er es gewohnt ist. Es lastet schwer auf ihm, glaube ich, dass er nicht hinausfahren darf.

Ich hatte den ganzen Tag nicht eine Gräte bekommen, bis das Fischgefühl mich auf Gusis und meine geheimen Fischgründe führte, die Munaðaruntiefe. Es ist fast so, als gehorche der Fisch an dieser Stelle anderen Gesetzen und beiße an, wenn andere Kabeljaus im Meer die Leinen nicht einmal anschauen. Ich bekam einen kleinen Anschlag auf dem Echolot an der Westkante, zog östlich an und ließ über der Untiefe die Leine treiben. Und so etwas ist mir noch nie passiert. Sobald das Meer westlich dieser Stelle tiefer wurde, begann es unter allen Elektrospulen gleichzeitig zu zappeln. Ich erhöhte die Zugkraft, sodass die Leinen ächzten und knarrten und das Meer unter dem Boot ganz weiß wurde, als noch fünf Faden Fangleine auslagen. Da war ein fetter Kabeljau an jedem Haken, sodass die Leine von selbst nach oben trieb, und so ging es zehn Minuten lang, aber plötzlich war es vorbei mit dem Fischefangen. Da lenkte ich noch einmal nach Osten und ließ das Boot mit eingeschaltetem Autopiloten treiben, während ich die letzten Fische, die ich an Bord gezogen hatte, ausnahm.

So holte ich bei jedem Zug um die 300 Kilo herauf, bis ich dem Unwetter davon an Land fuhr. Das machte insgesamt siebzehnhundert Kilo aus. Und die Berge waren auf dem Weg zum Hafen noch schöner als in der Früh.

In dieser Nacht hatte ich einen furchtbaren Traum: Ich träumte, dass ich genau an demselben Ort trieb und die Leinen in die Tiefe ließ, und alles war wie in der Wirklichkeit. Da spürte ich plötzlich etwas wie ein übernatürliches Wesen an Bord meines Bootes. Ich nahm seine Anwesenheit wahr, sah nichts, aber spürte, dass es etwas wollte. Mir kam vor, dass es mich aus vielen Richtungen gleichzeitig anstarrte, und da fiel mein Blick auf das Meer und ich sah, wie es weiß wurde, wie wenn ein großer Wal sich in der Tiefe aufbäumt. Und er kam näher. In meiner Angst band ich das Fischmesser an das Gaff und stach damit auf das Monster unter mir ein. Es begann zu bluten und bluten, viel mehr, als ich geglaubt hätte. Ich hatte es nicht so stark verletzen wollen, nur abschrecken. Aber ehe ich mich versah, war das Wasser um das Boot herum rot geworden, und auch das ganze Meer, und die Wellen, die an den Klippen brachen, waren rot, und da erwachte ich.

Der Dichter nimmt Abschied

Gestern ließ der Wind nach und das Meer beruhigte sich, das war gut für die Leinen. Viel Futter und Scharen von Alken weiter draußen. Ich ließ in der schwachen Nordlage austreiben und ab und zu kam etwas daher, sodass ich schließlich um die 600 Kilo heraufzog. Guter Fisch, Kalli rammte sich einen Haken in den Schenkel und fuhr an Land.

Die jungen Mantelmöwen sind schon von den Brutfelsen hergekommen. Diese zukünftigen, silbern glänzenden Verbrecher, die ich nicht ausstehen kann. Ich schaffte es, drei von ihnen mit Gekröse an die Reling zu locken, wo ich sie mit dem Gaff erschlug, sie rupfte und das Brustfleisch mit Pilzen briet. Als ich am nächsten Morgen aufs Klo ging, schien es mir, als kämen junge Mantelmöwen aus mir heraus, und ich gebe zu, dass mir das einen Extrakick gab, nachdem ich selbst einmal gesehen habe, wie eine Mantelmöwe vier Entenküken auf einmal verschlang und dann vor der Eiderente davonflog, die im Kreis schwamm und sich nicht auskannte.

Als ich heute mit der Ölzufuhr des Motors beschäftigt war, kam der Dichtermann, um sich zu verabschieden. Dieser Mann des Geistes, der diesen Sommer Hilfsdienste für den Pfarrer übernommen hatte, zusätzlich zu der Dichterei, war ein wenig traurig und unsicher, was seine Zukunft betraf. Er sagte, er wisse nicht, ob er weiterhin Bücherwissenschaft studieren oder zu arbeiten beginnen solle.

Ich bin nichts, sagte er und ging an Bord. Ich habe drei Jahre an der Universität studiert und die einzige Arbeit, die ich bekommen kann, ist putzen oder Würste verkaufen. Aber euer Pfarrer, der ist ein unentdeckter Meister, sagte der Dichtermann.

Du kannst in Reykjavík einen neuen Gedichtband herausgeben, warf ich ein.

Herausgeben, äffte er mich nach und hob das Senkblei unter einer der Spulen auf, ich bekomme gar nichts herausgegeben. Ich habe zwanzig Leidernein-briefe in meiner Lade. Ich bin nicht gut genug. Zu pornografisch, sagen sie. Muss mehr mit der Bildsprache arbeiten, die Gedichte sind zu introvertiert und so weiter. Ich bin nur ein Amateur. Ich bin nicht sexy genug, um bei einem Verlag ein Buch herauszubringen. Man braucht mindestens Silikonbrüste und muss sich als Person exponieren und offen sein. Ich habe meine Bücher selber herausgegeben, für das Geld, das ich damit verdient habe, Böden zu wischen, und ehrlich gesagt, habe ich nicht mehr genug Geld für die Druckkosten, seit ich aufgehört habe, in Bars zu verkaufen. (Das war, nachdem er von den Trawlerfischern verdroschen worden war, weil seine Gedichte keine Reime hatten.)

Und dann haben auch die Verwandten längst aufgehört, mir etwas abzukaufen. Sie verstehen nicht, was ich meine. Die einzigen Menschen in diesem Land, die mir als Dichter irgendein Mitgefühl gezeigt haben, waren die Stripperinnen in einem Klub, wo ich einmal versucht habe, Gedichtbände zu verkaufen. Manche kauften mir sogar etwas ab, obwohl sie aus Polen stammten.

Wohin gehst du?

Ich fahre nach Reykjavík, sagte der Dichtermann mit der Brille und den Haaren, die wirr vom Kopf abstanden, und werde meine Gedanken mit Pincodes, Gerüchten und Alltagsgeschwätz eindrecken. Ich fahre zur Hölle, und dann lachte er und fügte hinzu, dass er uns noch gern besuchen habe wollen, bevor er dorthin führe, und schwang sich auf den Pier.

Ich sagte ihm die Wahrheit, dass Dichter hier im Geirmundarfjörður immer willkommen seien, den manche sogar ein Paradies nannten. Bensi führte ihn zum Bus.

Ich dachte, dass die, die so gewandt in der Sprache des Geistes sind und Gedichte schreiben, auch die Glücklichsten im Leben wären. Ich glaubte, dass ein Dichter zu sein bedeutete, im ewigen Blau auf einer Wolke zu treiben und einen durchgeistigten Haarschopf im Aufwind der Berge flattern zu lassen. Aber ... `[Undeutlich. Ich fragte bei Halldór nach, aber er konnte seine eigene Schrift nicht lesen – Sigurlína.]`

Nordost.

Gusi wird heimgesucht und Fisch für den Kochtopf

Immer noch steifer Ostwind mit heftigem Regen hier auf der Halbinsel und ungewöhnlich hoher Seegang, also muss es draußen ganz schön heftig sein. Die Kegelrobben sind hier herein in die Buchten geflüchtet und liegen auf allen Schären wie fette Menschen auf dem Badestrand.

Als ich gestern zu Gusi ging, mit frischem Fisch für seinen Kochtopf, lag er im Bett und sagte, er sei irgendwie schlapp. Er stand dennoch auf und machte Kaffee und hielt sich wacker wie ein Mann. Jedoch war nicht zu übersehen, dass das Licht und die Lebenskraft aus seinen hellblauen Augen verschwunden waren, stattdessen erinnerten sie an die eines verwundeten Alkenvogels, mit diesem Dunkel aus Verwunderung darin, das einen dazu bringt, sich seiner Qual zu erbarmen.

Ich brachte ihm etwas vom Katfisch zum Kochen und ich glaube, dass er ein wenig fröhlicher wurde, als wir beisammensaßen und redeten. Er erzählte mir wieder einmal die Geschichte seiner Geburt in diesem Fjord.

Nein, mein lieber Dóri, damals gab es weder Fernseher noch Telefone, aber die Menschen – dann streckte er seine Hand aus und neigte den Kopf, um die Worte zu unterstreichen: Die Menschen lebten damals dennoch nicht ohne Kommunikation.

Gusi kam auf die Welt, als Winterdunkel und Tiefschnee schwer auf Island lagen. Seine Mutter und die

Hebamme auf Eyvindarnes waren offensichtlich gute Freundinnen, und es wird gesagt, dass die Hebamme es bis hinaus auf die Halbinsel geschafft habe, an dem Abend, als die Zeit der Entbindung gekommen war. Denn da zog natürlich ein Schneesturm aus Norden auf, und es gab nur zwei Wege von Eyvindarnes nach Geirmundarfjörður. Einerseits konnte man über das sogenannte Skarð gehen, eine kleine Heide, die sowohl an der Küste wie im Landesinneren dicht von Bergen begrenzt wird, oder man konnte die ganze Halbinsel außen entlanggehen. Die Hebamme von Eyvindarnes versuchte zuerst den Aufstieg nach Skarð gemeinsam mit zwei Begleitern auf Skiern, aber auf der Heide war es wegen des Schneetreibens aus Norden so kohlrabenschwarz, dass man nichts vor Augen sah, sodass sie umdrehen mussten. Als Nächstes, so wird berichtet, schüttelte die Hebamme die Begleiter ab, die versuchten, sie zurück auf den Hof zu zerren, denn sie fanden es völlig abwegig, bei diesem Wetter die Heide zu überqueren. Die Alte ging direkt zum Meer hinunter. Nichts konnte sie aufhalten.

Das war ein extremer Schneewinter, erklärte Gusi, die Schneewächten ragten auf das Meer hinaus, und die Hebamme wusste, dass sich bei so hohem Seegang, wie er gerade herrschte, das Meer in den Schnee eingrub, sodass sich zwischen Strand und Schneewand ein Korridor bildete, durch den man bei Ebbe gehen konnte. Das wusste die Hebamme und daher kämpfte sie sich am Strand zwischen den Elementen die ganze Halbinsel entlang, um dem Ruf des Lebens im nächsten Fjord, dem Geirmundarfjörður, zu folgen.

Gusis Vater, Tímóteus, war Vorarbeiter auf dem Haifischfänger »Ófeigur« und an diesem schicksalsreichen Abend lagen sie in einer windstillen Bucht nördlich von Skaufaselsvík und die Stimmung war sicher betrübt. Gusi sagt, dass er schon als junger Mann mit einem alten Fischer gesprochen habe, der an diesem Abend als Maat gemeinsam mit Tímóteus auf der »Ófeigur« gewesen war, und der Alte hatte gesagt, sie hätten genau gewusst, wann Gusi auf die Welt gekommen sei. Da habe der Vorarbeiter Tímóteus sich unter dem Segel vorne beim Steven im Schlaf gewälzt und immer denselben Satz wiederholt: Er ist so stark um die Schultern, er ist so stark um die Schultern. Und das stimmte genau, denn das war genau an dem Abend, als Gusi geboren wurde.

Und siehe da, als die Leute auf dem Hof längst aufgegeben hatten, zu versuchen, jemanden nach der Hebamme auf Eyvindarnes zu senden, trat diese aus dem Blizzard von Norden heraus und erschien auf dem Hof, völlig zugeschneit, nachdem sie unter dem Eisüberhang entlanggekrochen war, und klopfte ihren Schal ab. Die Alte kam gerade im letzten Augenblick. Sie nahm den Knaben in Empfang, der so stark um die Schultern war.

Da huschte ein frisches Leuchten über Gusis Miene, als er dasaß und davon erzählte, er habe lauter gebrüllt als der Nordorkan draußen, sodass man es den ganzen weiten Weg bis nach Eyvindarnes habe hören können. Dann bildeten sich um seine blauen Augen tiefe Falten und wir lachten und rauchten zusammen. Das war schön.

Dann begann ich in einem Fotoalbum zu blättern, das auf dem Küchentisch lag, und sah Zeitungsausschnitte über den Trawlerfischer, der mit Kopfverletzungen mit dem Hubschrauber auf die Unfallstation geflogen worden war. Ich schloss das Album gleich wieder.

Er war ein verdammt guter Seemann, der Benjamín, dein Vater, sagte Gusi.

Nicht gut genug, um ihm zu ersparen, einen Hebekran auf den Kopf zu bekommen, antwortete ich.

Ich fand es unangenehm, plötzlich in diese Zeit hineingezogen zu werden, mit der ich nicht allzuviel zu tun haben wollte. Gusi erzählte:

Ich kann mich an ihn erinnern, als wir gemeinsam mit der »Bliki« auf Leinenfang fuhren. Da wurde der Fisch auf die Männer aufgeteilt, und Benjamín zog manchmal Fisch für zwei an Land und man sah seine Hände kaum beim Ausnehmen. So schnell war er, und dann erzählte er noch die Geschichte, die davon handelte, dass mein Vater als junger Mann mit Kapitän Grímur hinausgefahren war. Sie fingen Octopus mit der Handspule, diese Geschichte habe ich schon mindestens hundert Mal gehört. Grímur rief immer, dass Papa sich jetzt vorsehen solle, und dann ließ er die Octopusse Tinte sprühen, sodass sein Overall ganz befleckt war. Plötzlich hatte Papa einen fetten Octopus auf dem Haken und brachte ihn in Position, sodass die Tinte direkt in das lachende Gesicht von Kapitän Grímur spritzte.

An die Männer erinnert man sich und an alles andere, du denkst manchmal an ihn, nicht wahr?

Dieselben Bruchstücke von Erinnerungen schlichen in meine Gedanken. Ich, zwölf Jahre alt, vor der Unfallabteilung des Krankenhauses mit Mama, und wir laufen den Männern nach, die mit der Bahre aus dem Hubschrauber kommen, und er liegt da und ist blutüberströmt und verwirrt, die Haare blutverschmiert, und verschwindet in der Notaufnahme. Die Türen werden geschlossen.

Ich hatte ihn nicht gekannt. Er war immer auf dem Meer gewesen. Ich weiß nicht, wer er war, sagte ich, aber Gusi erzählte weiter seine berühmten Geschichten von Papa.

Es muss toll sein, über seine Geburt eine solche Geschichte erzählen zu können, dachte ich mir, als ich mit dem Lada von Bensi durch das Grau aus Osten fuhr und die fetten Menschen betrachtete, die sich draußen auf den Schären wälzten.

Die zweite Messe des Pfarrers

Wetter? Es gibt kein Wetter. Nur Millionen Tonnen von diesem Grau, das jeden einzelnen Halm in diesem Bezirk biegt. *Aus Norden hart trieb er heran* und dichter Regen. Starke Brandung drinnen in den Buchten und die Eiderenten hocken ganz oben auf dem Strand und sind eine leichte Beute für den Polarfuchs. Betrüblich wenige Junge haben es in diesem Jahr geschafft, zu überleben, sowohl der Fuchs als auch die Mantelmöwe fordern ihren Tribut. Genug davon.

Es war wenig zu tun an diesem Tag des Herrn, also fuhren wir vier Seelen im Lada von Bensi zur Vereinigung mit dem Heiligen in die Kirche.

Der Pfarrer musste sich nach den Ereignissen auf dem Harmonikaball dafür verteidigen, wie er den Mann aus Bolungarvík fertiggemacht hatte. Es gibt Stimmen, die behaupten sogar, dass der Bischof sich in die Sache eingeschaltet und höchstpersönlich einen Bericht des Pfarrers angefordert habe. Jetzt müsse man abwägen, ob er Kragen und Talar behält.

Ich finde es in Ordnung, einen Pfarrer zu haben, der den Menschen eine aufs Maul haut, solange ihm die Menschen nur wichtig sind. Und ich muss sagen, dass ich zum ersten Mal das Gefühl hatte, seine Predigt zu verstehen, und vielleicht hat dieser Mann ja eine große Last der Erkenntnis zu tragen. Und ist es da ein Wunder, wenn er Menschen eine aufs Maul haut?

Der Pfarrer begann über das Licht der Welt zu sprechen und brachte die Frage vor, warum in der Welt der

Menschen so viel Dunkelheit herrsche, wo doch Christus das Licht der Welt sei. Er erklärte es damit, dass die Menschen sich nicht an die Gesetze Christi hielten. Denn dazu ist Christus auf die Erde gekommen: Um das Gesetz zu erfüllen, und wenn die Menschen das Gesetz erfüllten, dann brauchte es keinen Christus. Aber so sei es nie gewesen. Er sprach über die Gesetze hinter allem Sein, die Gesetze, denen die Menschen nicht folgten. Stattdessen bauten die Menschen noch mehr psychiatrische Kliniken, absolvierten noch mehr Therapien, vergrößerten die Gefängnisse, erfanden neue Drogen und wanden sich in unnötigen Schmerzen. Der Pfarrer sprach wieder einmal über die Philosophen, als wären diese der Ursprung allen Übels, und über Untersuchungen auf dem Mars, über Genetik und alle möglichen falschen Propheten. Er sagte, dass alle Probleme der Welt der Dunkelheit des menschlichen Herzens entsprungen seien, und im Herzen des Menschen sei auch die einzige Heilung der Welt zu finden. Als die Predigt voranschritt, wurde der Tonfall des Pfarrers inniger, seine Augen glänzten feucht aus den dunklen Ringen der Schlaflosigkeit, und plötzlich sprach er von dem Wunsch, dass Gottes Liebe und Zuneigung am Ende alles besiegen möge. Danach wurden wir gesegnet und Bensi und Ebbi sangen wie nie zuvor. In der Holzkirche. Und die Brandung draußen untermalte jeden einzelnen Vers.

Kurzes Kapitel über den Vorfall

[Ich sehe mich gezwungen, von jenem Vorfall, der sich hier in unserem kleinen Dorf ereignet hat, zu berichten, damit die nächsten Kapitel die Leser nicht ohne Vorwarnung treffen, aber Halldór schreibt nichts darüber.

An diesem Schicksalstag stand der Wind aus Norden und Nordosten, die Sicht war zunächst relativ gut, verschlechterte sich aber, je weiter der Tag voranschritt, und es herrschte ziemlicher Wellengang. Die Prognose war nicht eindeutig, sodass die Küstenfischer an Land verblieben. Alle außer Dufgus.

Dieser hatte die Taue gelöst und tuckerte zeitig in der Früh leise an der Mole vorbei hinaus, doch keiner von uns im Fjord schenkte Dufgus Beachtung, als er aufbrach. Als ich um acht meinen Morgenkaffee im Genossenschaftsladen gegenüber vom Fischerwohnheim einnehmen wollte und erzählte, Dufgus sei aufs Meer gefahren, sah ich, dass dies die Männer völlig überraschte.

Nein, so etwas, jetzt hat der Alte seine Lizenz wieder, sagte Ebeneser, und wir reimten uns zusammen, dass Dufgus es nicht mehr ausgehalten hatte und deshalb hinausgefahren war, immerhin war er seit der berühmten Tour an dem Sperrtag fast einen Monat lang festgesessen. Plötzlich war es, als sei Halldór vom Blitz getroffen worden. Er stürmte hinaus und hinunter in sein Boot, ohne seine Cheerios fertig zu essen. Er kam zehn Minuten später zurück und bat Bernharð um den großen Feldstecher, denn er wollte auf die Halbinsel hinaus, um nach der »Seeadler« Ausschau zu halten, und bat die, die mitwollten, sich zu beeilen. Jetzt war zwar ein frischer Wind aus Norden aufgekommen, aber nichts, worüber man sich Sorgen hätte machen müssen, und immer noch herrschte keine Unwettergefahr für die kleinen Motorboote.

Da rannte Halldór wieder in die Küche und bat die Leute, sich zu beeilen, er sagte, dass Dufgus nicht auf seinen Funkspruch geantwortet habe. Jetzt verstanden wir, dass Halldór irgendeine böse Vorahnung hatte. Als sie zurückkamen, war ich gerade im Genossenschaftsladen und machte Inventur. Eine ähnliche Berserkerwut habe ich noch nie gesehen. Halldór war aus dem Auto gestiegen, er rannte und blieb erst bei seinem Boot stehen, in das er sofort hineinsprang. Ich ging hinaus und konnte gerade noch mit Ebeneser sprechen, der am Pier stand, während die anderen ablegten, und da erst verstand ich den Ernst der

Lage. Die »Seeadler« fuhr innerhalb von zwei Seemeilen östlich der Heljarschäre im Kreis, sie segelte so mit den Wellen in der Seite, dass wir Gewissheit hatten, dass Dufgus Tímóteusarson keine Kontrolle über sein Boot hatte.

Wir befürchten das Schlimmste, sagte Ebeneser mit erstickter Stimme, die ich bei ihm noch nie gehört hatte. Die beiden Brüder Ebeneser und Bernharð standen draußen an Deck, als Halldór volle Kraft voraus aus dem Hafen raste. Jetzt werde ich nicht versuchen, zu beschreiben, was die Männer fühlten, ist mir doch selbst die Erzählkunst nicht in die Wiege gelegt worden, aber Bernharð antwortete auf meinen Anruf, denn ich wollte wissen, wie sich die Dinge entwickelten.

Sie alarmierten sofort die Funkstation Westfjorde und schilderten den Vorfall, aber Dufgus war seiner Meldepflicht in der Früh nicht nachgekommen. Als sie sich nach einer Stunde der »Seeadler« näherten, hatte der Seegang zugenommen. Halldór fuhr an die »Seeadler« heran und rief gerade nach Dufgus, als ich noch einmal mit Bernharð telefonierte. Halldór hatte sich den Seerettungsanzug angezogen und ein Tau um die Körpermitte gebunden und Ebeneser hatte das Steuer übernommen. Das war ein ziemlich gefährliches Unterfangen bei so starkem Wellengang, und die »Seeadler« war unberechenbar, da keiner am Steuer stand, aber Halldór war todesmutig und sprang hinüber an Bord. Bernharð sagte, dass er sich verrechnet habe und außen auf der Reling aufgekommen sei, aber die Brüder waren hier nicht einer Meinung. Es war ein glücklicher Zufall, dass Halldór stark wie ein Bär ist und sich so festhielt, dass er sich trotz der Brecher an Bord des Boots ziehen konnte.

»Es ist keiner auf diesem Boot«, hörte man kurze Zeit später im Funk.

Als Nächstes begann die Suche, die bei so kleinen Motorbooten von Anfang an wenig Anlass zur Hoffnung gab. Die Funkstation Westfjorde sandte sofort einen Rettungsfunk los, und wenigstens hielten zwei Garnelenboote aus den Djúpaál im Norden in den Fjord und ein Ringwadennetztrawler, der relativ in der Nähe war. Es war unmöglich zu sagen, wann und wo der Mann über Bord gefallen war, aber Strömung und Wellen gingen irgendwie in eine Richtung, scharf nach Süden. Halldór war aufgefallen, dass der Handlauf zum Cockpit fehlte, und ich glaubte zu verstehen, dass es jener Handlauf war, an dem man sich festhält, wenn man auf die Querbank steigt oder um in das Cockpit oder den vorderen Teil des Bootes zu gelangen. Es ist eng und ziemlich gefährlich, bei hohem Seegang auf diesen alten, offenen Holzbooten herumzuklettern.

Halldór sprach davon, dass er bereits vor langer Zeit gesehen hätte, dass dieser Handlauf rostig und alt war und es nur eine Frage der Zeit war, wann er brechen würde. Jetzt wurde der Wind stark und die Brüder begannen darüber zu sprechen, dass man die Suche den großen Booten überlassen solle. Karl erwachte und fuhr auf seinem Boot hinaus, um ihnen zu helfen, drosselte aber den Motor in der Fjordmündung, denn er wagte sich nicht weiter hinaus bei diesem Wetter. Ebeneser sagte am Telefon, er habe verdammte Angst, denn es waren Brecher zu beiden Seiten des Bootes, und nicht zuletzt hatte er Angst, dass Halldór auf dieser kleinen Nussschale, die die »Seeadler« war, etwas zustoßen könne. Sie sagten, sie hätten ihn in den Wellentälern verschwinden sehen, und er schien nie mehr aufzutauchen. Endlich rief Ebeneser nach Halldór und sagte, es sei nicht klug, wenn sie sich alle bei diesem Wetter umbrächten. Jetzt müssten sie an Land und die großen Boote übernehmen lassen.

Aber es war, als wollte Halldór nicht akzeptieren, was geschehen war. Es verging eine halbe Ewigkeit, in der die »Seeadler« hinter den Brechern verschwand, bis sie erneut in die Höhe schoss. Der Mann wollte weder den Unfall akzeptieren noch den Wellenwahnsinn rund um diesen Winzling von einem Boot, das in ein Wellental nach dem anderen eintauchte.

Die Brüder waren um etwa elf Uhr an Land gefahren, zugleich war der Ringwadennetztrawler in das Gebiet gekommen und hatte zu suchen begonnen. Halldór sagte, er wolle noch an einem Platz suchen, den er Munaðaruntiefe nannte, bevor er an Land komme.

Dicke Wolken hingen tief über dem Pier im Geirmundarfjörður an diesem Tag, als die kleinen Motorboote eines nach dem anderen einfuhren; die Brüder mit Halldórs Boot, Halldór auf der »Seeadler« und Karl auf dem seinen. Die anderen sagten, sie hätten eine geschlagene Stunde in der Fjordmündung auf Halldór gewartet, und das sei nicht das Angenehmste gewesen.

Die Männer versammelten sich. Halldór bezeichnete es als seine eigene Armseligkeit, nichts unternommen zu haben, um diesen Handlauf zu reparieren, aber Karl und Ebeneser sagten, dass er sich keine Vorwürfe machen dürfe, hier sei ein Unfall passiert und es gebe keinen Schuldigen. Er solle nicht so einen Blödsinn reden. Jetzt sah ich, dass Ebeneser zornig auf Halldór war, weil dieser so lange draußen geblieben war. Bei genauerer Untersuchung der »Seeadler« zeigte sich, dass der Handlauf zu beiden Seiten aus der Befestigung herausgebrochen war.

Dufgus hatte sein Kaffeezeug bei sich gehabt und es in das Cockpit gestellt, einen alten verrosteten Thermosbehälter und eine Blechschachtel mit ein paar Schnitten Brot, und Ebeneser fragte, wer jetzt sein Kaffeezeug nehmen solle.

Diese einfache Frage war in Wirklichkeit nicht so einfach. Sie war beladen mit tiefen Gefühlen und jetzt erst schien es, als würden die Männer verstehen, was geschehen war.

Es gab keinen Gusi mehr unter uns.

Weitere Boote nahmen ab Mittag an der Suche teil, aber wegen der Dünung gab es für kleine Boote nichts mehr zu tun. Leute vom Unfallkommando aus dem Fjordinneren kamen sofort am nächsten Morgen, nachdem die Suche keinen Erfolg gezeitigt hatte, und gingen die Küstenlinie vom Geirmundarfjörður und bis ganz nach Süden hinaus ab.]

Halldór schreibt über den Handlauf

Ich hätte das wissen müssen. Warum hatte man nichts unternommen? Ich hatte davon geträumt, und warum konnte ich mich verdammt noch mal nicht dazu aufraffen, für den alten Mann einen neuen Handlauf an das Steuerhaus anzuschrauben? Ich hatte darüber noch mit Gusi gesprochen. Dass man sich auf den alten nicht verlassen könne. Und dann hat er sich daran festgehalten bei dem hohen Seegang.

Ist man so vollkommen verlassen von aller Vernunft? Ist man wirklich so mit sich selbst beschäftigt und mit nichts als sich selbst? Er, der mir mit allem geholfen hatte, ihm konnte ich nicht einmal bei dieser einen Sache helfen, die ihm selbst nicht auffiel. Er wird während der Fahrt nach vorne gewankt sein, um die Boje hereinzuholen. Es ist so verdammt sinnlos. Warum bin ich nicht in der Früh aufgewacht und habe ihm gesagt, dass es nicht klug sei, zum Fischen hinauszufahren? Genauso, wie er immer auf mich aufgepasst hat?

[Die Suche brachte keinen brauchbaren Erfolg. Boote aus allen Dörfern am Selaflói suchten mehr als achtundvierzig Stunden lang alle Gebiete südlich der Heljarschäre und auch weiter drinnen ab. Leute vom Seerettungsverein Ingólfur Arnarson gingen die Strände entlang und suchten mit einem speziell ausgerüsteten Rettungsboot einen ganzen Tag lang.

Außerdem nahmen Leute aus dem inneren Bezirk an der Suche teil und es wurden alle Strände abgegangen weit bis hinein, mindestens bis Sólvík im Hafursfjörður. Die Strömung hätte den Mann fjordeinwärts bis ganz ins Innere der Bucht getrieben haben können, das kann unmöglich ausgeschlossen werden. Es war sofort am ersten Tag klar, dass der Mann in dem kalten Meer nicht lange überlebt haben konnte, nachdem er es nicht geschafft hatte, ein Rettungsboot zu Wasser zu lassen. Er ist aller Wahrscheinlichkeit nach plötzlich über Bord gefallen, und es kann sein, dass Halldór den Nagel auf den Kopf getroffen hat mit seiner Erklärung, Dufgus sei im Boot vermutlich nach vorne gegangen und habe sich auf den Handlauf gestützt, der nachgegeben habe.

Nirgendwo fand man auch nur eine Faser von dem Mann, weder von seiner Kleidung, weder eine Haube noch irgendetwas anderes, aber die Leute gingen Tag für Tag eine Woche lang die Strände entlang in der Hoffnung, irgendeinen Hinweis zu finden. Halldór ging einige Zeit nach dem Schock in den Krankenstand, er schreibt darüber nichts in seinem Tagebuch. Die beiden Verwandten Halldór und Dufgus standen einander sehr nahe, wie schon berichtet wurde.]

Über die »Seeadler«

Dichter Nebel aus Ost. Das seltsamste Ereignis geschah hier gestern früh. Wir glaubten sogar lange Zeit, dass sich hier irgendjemand einen Spaß erlaubt hätte und die Sache sich von allein aufklären würde, aber Tatsache ist, dass die »Seeadler« verschwunden bleibt. Das Boot ist nicht länger am Pier vertäut. Irgendjemand dürfte es aus dem Hafen auf hohe See hinausgefahren haben.

Bensi war der Einzige, der aus dem Schlaf erwachte, er sagte, er habe sich im Bett aufgesetzt, als er hörte, dass der Lister-Motor angeworfen wurde. Das war zeitig in der Früh. Er sah aus dem Fenster hinaus und es kam ihm vor, als sehe er etwas Graues vorüberhuschen, die Fellhaube von Gusi vielleicht, aber er war sich nicht sicher. Bensi war jedenfalls so verschlafen gewesen, dass er sich nur gewundert hatte, dass der Mann auf See hinauswolle bei diesem Wetter, und er sagte, er habe dann noch eine Weile vor sich hingedöst, wisse aber nicht, wie lange. Doch plötzlich war er hellwach, als ihm einfiel, dass Gusi ja bereits tot war und daher nicht aufs Meer hinausfahren konnte, und da kam er und weckte uns alle auf.

Was immer Bensi da gesehen hat oder nicht, das Boot bleibt verschwunden mit Mann und Maus, und weder die Funkstation Westfjorde noch die von Síldarfjörður haben irgendeine Meldung der »Seeadler« erhalten. Es wurden alle näheren Häfen und Piers alarmiert, an denen man anlegen könnte, aber nirgendwo hat irgendjemand etwas gesehen, und die meisten finden das alles recht lächerlich. Es wird telefoniert und erzählt von dieser Sache und die Männer fangen zu lachen an und sagen, dass niemand ein Küstenfischerboot stehle.

Natürlich stiehlt niemand ein Küstenfischerboot. Wie ein Auto. Aber Tatsache ist, dass das Boot nicht mehr hier und auch nicht im Hafen auf Grund gesunken ist. Irgendjemand ist mit der Nussschale davongesegelt.

Der, der das getan hat, soll seine Strafe bekommen. Das ist eine unglaubliche Respektlosigkeit gegenüber Gusis Andenken, aber mir fällt keiner ein, der so etwas getan haben könnte.

Wir wissen allerdings, dass die vom Volkskundemuseum weiter drinnen schon lange ein Auge auf das Boot geworfen hatten, aber ein Küstenfischerboot zu stehlen und es dann im Museum zu zeigen, klingt nicht nach einem ausgeklügelten Plan. Wir haben an ein paar Männer aus den Suchmannschaften gedacht, die vor wenigen Tagen hierher gekommen sind, und zweifellos waren da ein paar verdächtige Gestalten darunter. Aber wohin könnten sie gefahren sein? Ist jemand ein so großer Kretin, einem gerade Verstorbenen sein Boot zu stehlen?

Er wird doch nicht etwa selbst gekommen sein, um das Boot zu holen.

Er, wer?

Na, Gusi.

Bist du völlig verrückt geworden? Ach, verdammt, fang nicht an, irgendeine Wiedergängergeschichte zu erfinden!

Sind die schlechter als andere Geschichten?, sagte der Zweite.

Man weiß nicht mehr, was man glauben soll. In den letzten Tagen war ganz brauchbares Wetter, um auf der »Seeadler« hinauszufahren, sodass er es quer über den Meerbusen geschafft und auf der anderen Seite, auf dem Skagatá, angelegt haben könnte, wenn er zusätzlichen Diesel dabeigehabt hätte. Aber von dort sind auch keine Nachrichten gekommen. Die Männer riefen beim Radiosender an, und wir ließen Sigursteinn, den Gemeindevorsteher, für uns sprechen. Er drückte es so aus, dass sich die unglaublichste Sache ereignet habe, und wir hier in diesem Dorf nicht verstehen könnten, wer einem Mann, der bei einem furchtbaren Unglück neulich über Bord gefallen sei, sein Boot stehle. Dann fügte der Gemeindevorsteher hinzu, dass einer aus dem Fischerwohnheim am Kai erwacht sei und gesehen habe, dass ein Mann an Bord ging, aber die Sicht sei zu schlecht gewesen, um den Mann zu identifizieren. Die Meldung kam jetzt in den Abendnachrichten und es ist ein wenig merkwürdig, dass der Geirmundarfjörður jetzt plötzlich im Rampenlicht steht. Unser Fjord, der da liegt, wo alle Wege enden, weit von den Hauptstraßen des Landes. Auch wenn das Wetter auf dem Meer morgen gut sein sollte, gehe ich nicht vom Telefon weg, für den Fall, dass man das Boot sichtet.

Schlechte Wetterprognose.

Ein Traum und ein Besuch beim Pfarrer

Nordwest. Ich träumte, ich würde draußen auf dem Kúvíkurnes stehen und durch Bensis Feldstecher nach dem Wetter schauen, und da öffnete sich plötzlich der Himmel und rothaarige, strenge Frauen in Netzstrümpfen kämen auf Putten dahergeritten, die pfnausten wie ein fetter Mann beim Sockenanziehen.

Ich fragte eine aus der Schar: Wo ist Gusi?

Sie antwortete seltsam und ich erinnerte mich immer noch daran, als ich erwachte. Sie sagte: »Du kannst fragen, aber ich antworte mit Nebelbänken.«

Immer noch sind keine Nachrichten zu uns gelangt, weder von der »Seeadler« noch von Gusi, obwohl schon fast eineinhalb Wochen vergangen sind, seit das Boot verschwunden ist. Gestern Abend machte ich mich auf, um den Pfarrer zu besuchen, und es ging ihm recht gut, wie mir schien. Unterhalb seines Wohnhauses war ein ganzes Netz an den Strand gespült worden, und er machte sich Hoffnungen, es für mehrere Hunderttausend verkaufen zu können, denn es war völlig unversehrt und nirgends zerrissen. Das war für die heutige Zeit ein Glückstreffer, gerade so wie ein gestrandeter Wal für unsere Vorfahren, aber der Haken an diesem Netz war, dass es genau auf der Grenze zwischen Ásmundarstaðir und dem Grundstück der Kirche angetrieben worden war.

Wir sprachen über Gusi und ich erzählte ihm die Geschichte von Gusis Geburt und davon, wie ich als Jugendlicher zum ersten Mal hierhergekommen und mit dem Großonkel aufs Meer hinausgefahren war, in jenem Sommer, nachdem Papa gestorben war. Wie er mir die Handgriffe beibrachte und mir die Fischgründe zeigte; wie diese und jene Berge zueinander und in welchem Winkel der Leuchtturm zum Gipfel stehen musste, dann wäre ich auf diesen bestimmten Fischgründen und da könne ich so sicher auf Fische treffen wie auf Menschen in einem Haus. So redete er.

Wie er mir später half, ein Boot zu finden, mir immer sagte, dass ich tapfer sei, wie er ein Netzbord für mich baute und einen Maschinenschuppen und mir die Handspule und eine Fangleine borgte, als ich sie brauchte. Wie er die großen Kabeljaus Riegel nannte, die Wolken mit fetten, nackten Frauen verglich und immer über den Urheber der Fische sprach. Dass er immer so hilfsbereit war, ein Fels in der Brandung. Es war, als stünde ihm jeder Mensch nahe und wäre ein einzigartiges Wunderwerk, das es mit besonderer Sorgfalt zu behandeln gälte. Der Pfarrer und ich fanden heraus, dass alle schönen Theorien der Welt genau darauf abzielten, Menschen wie Gusi zu erzeugen. Früher war ich wurzelloser Seetang, jetzt war ich zumindest eine festgewachsene Braunalge, und das hatte ich alles ihm zu verdanken. Dann sagte ich, dass Gusi mich eigentlich gerettet habe.

Dich gerettet? Wovor?, fragte da der Pfarrer und verdrehte den Kopf wie ein Goldregenpfeifer oder die alte Sigurveig auf Hneitistaðir.

Wovor?

Ich spürte einen Klumpen im Magen und meine Gedanken gingen rückwärts in der Zeit, aber ich sagte nichts. Wenn ich im Nachhinein darüber nachdenke, liegt die Frage des Pfarrers schwer und grau auf meiner Brust. Ich möchte selbst gern wissen, was ich auf sie zu antworten vorhatte. Aber wie dem auch sei, es war an diesem Punkt, dass ich mein Anliegen vorbrachte. Ich fragte den Pfarrer, ob er nicht ein kleines Gedicht über Gusi schreiben könne, eine Art Nachruf, weil er ja an so etwas gewöhnt sei und andere Dichter aus Reykjavík über ihn sagten, er sei ein so großer Dichter. Ob er nicht etwas über einen alten Seemann zusammenfügen könne, und dann könnte man dieses Gedicht später bei der Gedenkfeier vorlesen.

Ich kann nicht dichten, antwortete der Pfarrer, und habe es nie gekonnt. Es ist unmöglich, Gedichte zu machen, und das habe ich auch dem jungen Kerl gesagt. Das müssen die Leute verstehen. Außerdem habe ich ewig lang nicht mehr ans Dichten gedacht und seitdem geht es mir viel besser. Nein, ich kann kein Gedicht machen und schon gar nicht zulassen, dass andere es den Leuten vorlesen. Ich kann nichts versprechen, lieber Halldór, ich bin ein heruntergebrannter Docht. Wir sehen ja, was wird. Du bist in den Ziegenstall gekommen, um Schafwolle zu holen, mein Freund. Warten wir ab.

Halldór geht zum Pfarrer und bittet um ein Gedicht

Nicht eine Spur von Gusi oder der »Seeadler«. Keine Wetterlagen zum Hinausfahren. Ein heftiger Nordsturm mit hohem Wellengang fegte am Donnerstag über uns hinweg. Ich wusste, dass das kommen würde. Die Eissturmvögel waren am Tag davor so gierig gewesen, sie müssen gespürt haben, dass aus dem Wind ein großes Unwetter würde. Schaut bei den meisten traurig aus. Kalli traf am tiefen Grund auf einen Schwarm und schaffte 900 Kilo. Er war so glücklich, dass er feuchte Augen bekam, jedes Mal, wenn er am Pier davon erzählte. Er kam vorhin in den Laden und war so fröhlich, dass er sich sogar ein Eis gönnte.

Ich habe über das nachgedacht, was ich dem Pfarrer erzählt habe, nämlich dass Gusi mich gerettet hatte. Wovor hat er mich gerettet?

Was mache ich andererseits in diesem Fjord des Todes?

Ich fuhr gestern Abend noch einmal kurz zum Pfarrer und er war in einem solchen Ausnahmezustand, wie ich ihn noch nie gesehen habe. Es blitzte etwas Tierisches in seinen Augen, die geweitet waren, als sehe er Gott, den Allmächtigen, über die Bucht gehen, und er sprach über das Ende der Menschheit. Dass das Menschliche im Tier im Begriff sei, zu sterben. Gefragt wurde: Bist du nicht gern Pfarrer?

Gern, gern, seehasengern ..., und dann schnitt er

eine Grimasse mit seinem Gesicht und wurde wieder todernst und ruhig.

Er sagte, dass er niemandem von Nutzen sei, nicht mehr als eine alte Kirche. Dass es viel sinnvoller wäre, die Bänke aus den Kirchen des Landes hinauszuwerfen, Matratzen hineinzuschaffen und den Menschen zu erlauben, wie Affen zu kreischen, denn nichts anderes seien die Menschen, und sich über ihre tausendjährige Unterdrückung aufzuregen. Das würde sie viel glücklicher machen, als wenn man immer dieses Gottesdienstgelabere über ihnen ausschüttete.

Zu Gott höflich zu sein bedeutet, Gott zu hassen.

Ich bin krank, mein lieber Halldór. Und dann sackten seine Schultern zusammen und er blickte eine Weile regungslos auf den Küchenboden.

Dann setzte er seine Ohrenschützer auf und ging in die Speisekammer und ich machte mich fertig zum Gehen. Aber er kam nicht heraus. Ich sagte also zu ihm in die Speisekammer hinein, dass es wohl am besten wäre, ich ginge wieder, und vorher fragte ich noch, ob er schon etwas für Gusi gedichtet habe.

Nicht gedichtet. Nicht gedichtet. Der Pfarrer schlichtete Konservendosen vor- und rückwärts.

Ich stand eine Weile im Türspalt. Niemand sagte etwas. Als ich aufbrach, rief er mir hinterdrein, dass er zumindest seine Reimkunst aufgefrischt habe.

Reimkunst? Brauchte es das?

Dufgus Tímóteusarson war ein Mann aus Anlaut- und Endreim, und deshalb muss ein Gedicht über ihn Anfangsstäbe und Endreime haben. Nicht, dass ich dichten könnte. Habe es nie gekonnt, mein lieber Halldór. Ich bin nur ein niedergebrannter Docht. Diese Dose sollte hier nicht stehen.

Ich fühlte mich ziemlich komisch nach diesem Besuch. Es war so wie früher, man wird in irgendeine Welt hineingezogen, die voller Schatten und Unruhe ist. Ich verstehe diesen Pfarrer nicht, der über die Schönheit des echten Glaubens spricht und dann so merkwürdig ist.

Erinnerungen an Dufgus Tímóteusarson

Keine Nachrichten von der »Seeadler«. Das Boot bleibt verschwunden und die Spuren sind perfekt verwischt, sodass der Dieb damit davonzukommen scheint. Nichts wurde an der Küste angeschwemmt, weder der Wollpullover noch die graue Fellmütze. Bald halten wir eine Gedenkfeier ab. Wir hier im Geirmundarfjörður und andere Menschen, die Gusi gekannt haben.

Ich saß heute im Haus des Lesevereins und schaute auf den Fjord hinaus.

Schaute den Berghängen dabei zu, wie sie im Schneetreiben aus Norden weiß wurden, und dachte an meinen Großonkel. An den Mann, der mir beigebracht hatte, in den Wolken zu lesen, und mir sagte, dass jede Windrichtung ihre Farbe habe. Süd- und Südostwind seien zeitig morgens flachwolkig, rötlich und orangefarben über der Bucht, und da sei es sicher, dass es kurz nach Mittag heftig zu wehen beginnen würde, was das Meer dunkel oder sogar schwarz färbte. Dass der Westwind gelb mit weißen, dicken, hochtreibenden und lebhaften Wolken sei und der Nord- oder Nordostwind grau und manchmal graubraun, mit niedrigen Wolken, und dass er sich ankündige, indem er weiße Wolkenbänke auf die Bergspitzen setze, und die Ostlage schließlich sei tiefrot und dann dunkelgrau, wenn sie Kraft aufnehme mit dazugehörigem Tosen und heftiger Brandung. Wie er lachte und seine hellblauen Augen in himmelschreiendem Gegensatz zu seinem faltigen und wettergegerbten Gesicht standen, als schaffe die Zeit es nicht, sie zu fassen, denn sie gehörten einer anderen Zeit an. Wie er seine klare Ruhe behielt, selbst wenn die Leinen voller Fisch waren. Und die Pfeife und der Borkum Riff. Immer derselbe war er, immer verlässlich, immer warmherzig.

Ein Gast kommt aus dem Schneesturm

Nordoststau seit gut einem Monat. Die Männer können sich an nichts Ähnliches erinnern. Und dennoch ist es jedes Jahr so, dass die Winde auf Nordost drehen.

Die Leine ist bereit und ich habe zwanzig Eimer angeködert im Gefrierraum stehen. Immer noch lässt das stille Herbstwetter auf sich warten. Habe begonnen, die Treib- und Grundtaue von den Seehasennetzen abzuschneiden.

Ach ja. An diesem Abend war das Fernsehen ausgefallen und die anderen spielten wohl etwas in der Küche. Ich saß in der Telefonecke und sah den Schnee auf dem Parkplatz dahintreiben und da dachte ich, dass sich in diesem Fjord nichts mehr ereignen würde. Alle Zugvögel waren verschwunden. Keine Touristen, die kommen und uns sagen, dass das hier das Paradies sei. Der Dichtermann weg. Keine Gäste mehr. Dósi ist weg und Gott sei Dank auch die Haushälterin. Gusi verschwunden und die »Seeadler«. Schnee über allem und ein Pfeifen im Fenster. Alles, was man in seiner Vorstellung mit Leben verbindet, war völlig aus diesem Fjord verschwunden. Und was geschieht da?

Kam da der Landrover des Pfarrers mit Vollgas aus dem Schneegestöber? Stürzte der Pfarrer in das Wohnheim zu uns herein und sagte, dass er keine Zeit habe, zu bleiben? Nahm er dennoch eine Tasse Kaffee an? Waren die Augenringe seiner Schlaflosigkeit ungewöhnlich auffallend?

Sagte er: Friede sei im Heim?

Der Pfarrer plauderte. Die Leute machten sich Sorgen, weil man nichts in seine Boote bekam und es keine Aussicht auf besseres Wetter gäbe.

Pfarrer: So viel hat es noch nie gestürmt, dass es nicht auch wieder aufgehört hätte. Der Herr lässt uns nicht verhungern, verdammt noch mal, und dann lachte der Pfarrer.

Ich folgte ihm zum Ausgang, und als der Pfarrer die Tür in den Nordsturm öffnete, weiß ich nicht, was ich mir dabei gedacht habe, aber ich fragte ihn noch einmal, ob er nicht etwas über Gusi gedichtet habe. Der Pfarrer war schon halb im Schneesturm draußen, als er mir durch den Türspalt zurief, er könne nicht dichten, es sei Wahnsinn, ihn zu bitten, ein Gedicht zu verfassen.

Nein, das kann sein, sagte ich leise.

Da drehte er sich um und kam die Stiegen herauf zurück, er steckte die Hand in die Gesäßtasche und reichte mir ein zusammengefaltetes Stück Papier. Der Pfarrer wurde ganz betreten und blickte auf die Treppe hinunter, als hätte er mir etwas gegeben, das ihm viel bedeutete.

Das ist keine Dichtung, mein lieber Halldór, nur ein paar Verse, die ich zusammengeprügelt habe und die du gegen deinen Schmerz nehmen kannst. Von mir gibt es nichts mehr. Ich bin ein heruntergebrannter Docht. Wirf es weg.

Der Pfarrer sprach in dieser Tonart weiter gegen den Schneesturm auf der Treppe an, während ich die Verse las, und je mehr er auf diese schlechten Zeilen fluchte, desto besser verstand ich, dass er mir ein großes Opfer dargebracht hatte und eine gewaltige Anstrengung.

Versprich mir, niemand diesen Schwachsinn lesen zu lassen, sagte er und verschwand mit seinem Landrover in die Dunkelheit und das Schneegestöber hinaus, aber kaum hatte ich die Verse gelesen, hatte ich schon beschlossen, sie den Männern im Fischerwohnheim zu zeigen. Wir sind alle der Meinung, dass diese Verse der allerbeste Nachruf auf Gusi sind, und vielleicht ist es gut und richtig, die Zeilen des Pfarrers auf die letzte Seite zu schreiben und damit dieses Tagebuch zu beenden:

Stand im Fischblut, focht mit Ägir,
nahm Dorsche aus und lacht'.
Augen blau, die breiten Schultern,
kannten des Meeres Macht.

Klein schon saß als Kind am Ruder,
sah der Meere acht.
Ehrenpreis erhielt er keinen,
nur Grabes nasse Nacht.

Du, der Walzer tanzt im Wetter,
fingst Fisch aus Gottes Hand,
Weh du nun gleich Wind der Sonne
durchs Meer – in bess'res Land.

ZWEITES BUCH

Das neue Tagebuch wird mit Erzählungen aus dem Winter eingeweiht

Der Winter verging, wie die Winter hier im entferntesten Norden dieses Landes eben vergehen. Schneetreiben droben auf den Bergkämmen und dröhnende Wellen an der Küste, Schneewolken, die über die Bucht züngeln, oder plötzlicher Nassschnee, dazwischen mildes Wetter mit Windstille, und sogar die Sonne der kurzen Tage, die ein wenig Wärme spendet. Ich konnte mich nicht aufraffen, Tagebuch zu schreiben, gab es doch mitten im tiefen Winter so wenig zu berichten. Ich dachte mir zu meiner Unterhaltung ein paar Geistergeschichten aus, aber es war wie früher, als ich sie zu Papier bringen wollte, verlief alles im Sand.

Man muss wie eine Frau leben, die von ihrem Ehemann, der Alkoholiker ist, verprügelt wird, um in diesem Land zu überleben. Abwechselnd wird man vom Wetter buchstäblich geprügelt, oder man wird dazu genötigt, tagelang im Haus zu bleiben, aber wenn der Wind nachlässt, und da spreche ich nicht einmal von der Schneeschmelze oder von spiegelglatter See im Frühling, da vergisst man, wie der Winter auf einen hingedroschen hat. Und man verzeiht sogar, bis zum nächsten Mal.

Machte ein paar gute Touren, als es im Dezember stiller war, und es gab eine Woche, in der eine große Ladung mit dem Küstencargoschiff von hier aus dem Geirmundarfjörður abgeholt wurde. Ich zog zwölf Tonnen an Bord, der Fisch kam unweit der Grenze von Kúvíkurnes herauf. Kalli hatte fünfeinhalb Tonnen und war begeistert von sich selbst. Bensi und Ebbi köderten Tag und Nacht für mich an, wenn es etwas zu fischen gab, und es kann gut sein, dass sie in der Zwölftonnenwoche sogar einer Meinung waren, so erledigt waren sie.

Ich fuhr über Weihnachten nicht nach Reykjavík, obwohl Mama mir in den Ohren gelegen war, zu kommen. Sagte, ich wolle versuchen, gleich nach den Feiertagen ergiebige Touren zu fahren und einen guten Preis zu erzielen. Aß geräucherten Lammschinken beim Gemeindevorsteher und seiner Frau mit Kalli und den beiden Brüdern.

Es war dennoch kein Seewetter vor Ende Januar. Mama sandte mir die gesammelten Gedichte von Jónas Hallgrímsson. Jónas, finde ich, ist ein ganz anderer Dichter als die, die ich kenne, denn man hat das Gefühl, er habe niemals versucht, zu dichten, man hat den Verdacht, dass das einfach in der Badewanne aus ihm herausgeflossen ist. Man gleitet ohne Anstrengung durch seine Worte. Er sagt: »Gewähre Herr, zu leben nur, einen Sommer mir in der Natur«, er spricht über die Blumen, als seien sie Menschen, und sprengt die Ketten des Denkens. Ich sprenge die Ketten des Denkens nicht. Verglichen mit Jónas bin ich so gut wie tot. Andererseits hängte ich auf dem Lesevereinsfirst Katfisch und Schellfisch auf, und drinnen im Leseverein bin ich am Ostfenster auf dem *Lazy Boy* gesessen, den Dósi und ich letztes Jahr nach Norden geschafft haben, und habe zu den Annalen, zu *Fjölnir* und *Leben in den Tälern* von Guðrún frá Lundi Trockenfisch gekaut. Sie hat ein Doppelkinn gehabt, von dem ich sicher bin, dass es geschwabbelt hat, während sie über Leidenschaften im Hrútatal geschrieben hat. Sie hat große Hände gehabt und Knöchel, die beim Halten des Bleistiftstummels weiß geworden sind, ein breites, ernstes Gesicht, die Augen dunkel und tief. Ich sehe sie in Nationaltracht vor mir.

[Hier spricht Halldór natürlich über die Bibliothek des Lesevereins des Hneitistaðirbezirks, gegründet 1910, in der er im Winter und wenn das Wetter keine Fischtouren zulässt, all seine Freizeit verbringt. Halldór bekam die Erlaubnis, Trockenfisch auf dem Südfirst des Hauses aufzuhängen, und den hat er dann seinen Leseproviant genannt. Der *Lazy Boy*, von dem er spricht, ist ein Stuhl, dessen Lehne man umlegen kann. Ob Halldór nicht schon jedes Buch in dieser Bibliothek zweimal gelesen hat oder dreimal? Ich hatte den Schlüssel zum Leseverein früher in meiner Verwahrung, gab aber vor langer Zeit auf, ihm bei jedem Wetter aufzusperren, und daher hat nun er die Schlüsselgewalt. Das ist nun einmal so mit Büchern, dass sie nichts wert sind, es sei denn, jemand liest sie, und daher ist es ganz richtig, wenn der Bücherwurm in unserem Dorf über sie verfügen kann. - Sigurlína]

Ende Januar begann mein Motor zu stottern, und es war unangenehm, bei hohem Seegang als einziges Boot mit stotterndem Motor unterwegs zu sein. Es war schon wieder die Ölleitung, die verlegt war, und zwei der hintersten Düsen waren kaputt, sodass ich über einen Monat warten musste, während sie bei der Generalvertretung Ersatzteile bestellten. Ich werde, wie es im Gedicht heißt, »aufgehalten von einer betrügerischen Maschine«.

Wir legten am 1. April die Seehasennetze aus und es begann ganz gut. Ebbi fuhr mit mir hinaus und wir holten 150 bis 200 Kilo Rogen pro Tour, aber das hielt nicht lange an. Gegen Ende des Monats drehte der Wind auf Nordost mit extremer, wie wir fanden, beispielloser Kälte. Die Netze lagen auf dem Skeljanesgrund in geringer Tiefe, und da liegen sie immer noch und werden wahrscheinlich völlig ramponiert sein, falls ich sie irgendwann wieder nach oben ziehen können sollte.

Jetzt schlechtes Wetter aus Süden, aber warm und die Schneewechten werden kleiner. Ich weiß, dass es nicht mehr lange dauert, bis wir wieder verzeihen – so wie die Alte ihrem Alki-Ehemann.

Die Straße wird nach der Schneeschmelze geöffnet – Dósi kommt

Südwest und manchmal Wind aus West, stürmisch von den Bergkämmen, weniger windig weiter draußen.

Der arme Ebbi und ich haben jetzt schon die zweite Woche lang alle Hände voll zu tun. Als der Wind auf Südost drehte, kam himmlisch warmes Wetter zum Heraufholen der Seehasennetze, und die Seetangstiele und die Algenblätter haben uns das Boot gefüllt. Wenn sich die Menschen nur dazu aufraffen könnten, Algen zu essen, dann wären wir hier stinkreich und könnten ein Luxushotel mit Jacuzzis bauen. Dennoch ist es komisch, dass manche dieser Netze heil waren, denn wir haben immerhin 50 Netze im Meer ausgelegt.

Die Schneeschmelze war intensiv, der Goldregenpfeifer hat begonnen, sich auf den Hauswiesen zu verteilen, wenngleich noch in Scharen, und erst vorgestern wurde der Weg hierher zu uns in den Norden geöffnet, diese gewundene Schlange, die ursprünglich ein Pferdeweg war und die uns mit der Kultur verbindet.

Und die Kultur ließ nicht auf sich warten.

Das erste Auto war der Pick-up von Dósi, er hatte eine Ladung aus Reykjavík mit, und wir sangen ein Willkommenslied. Als wir eine Kiste Bier geschlachtet hatten, wurde Dósi ernst und sagte, es gebe eine Sache, die er mit uns besprechen müsse. Ja, Dósi sagte, dass er durch Vermittlung einiger Leute Kontakt zu einem spiritistischen Medium aufgenommen habe. Das sei ein gutes Medium und »kein Fake«, wie er sich ausdrückte. Viele finden, dass Gusis Verschwinden im letzten Herbst immer noch ein ungelöstes Rätsel ist, und daher meinte Dósi, dass es richtig sei, dieses Medium dazu zu bewegen, hierherzukommen und zu versuchen, mit Gusi Kontakt aufzunehmen.

Kontakt?

Na ja, diese Medien fielen in Trance und könnten verstorbene Menschen erscheinen lassen.

Bensi: Wahnsinnig gefährlich, so ein Geisterzauber. Der Mann ist gestorben. Das kann niemand ändern.

Ebbi: Verdammtes, ewiges Gegen-alles-Sein. Nie darf man etwas tun, um das Leben zu ehren. Natürlich muss man versuchen, Kontakt aufzunehmen. Kann es irgendjemandem schaden, Kontakt aufzunehmen? Vielleicht käme Dufgus hervor und gäbe sich zu erkennen, und wäre das nicht eine seelische Erleichterung für alle?

B: Seelische Erleichterung?

E: Ja, seelische Erleichterung. Du weißt sicher nicht, was das bedeutet, denn du bist definitiv seelenlos.

Und so weiter.

Es ist eines der Wunder der Welt, wie es diese beiden Brüder miteinander aushalten, wo sie doch immer gegeneinander sind. Und ich, der ich mich stets heraushalte, bin irgendwie immer dazwischen und sage nichts. Dennoch würde es nicht schaden, ein Medium zu uns herzuholen, um der Sache auf den Grund zu gehen.

Das sagte ich.

Ein Pottwal wurde vor ein paar Tagen auf dem Hámundarnes angetrieben. Die Bezirksverwaltung, allen voran der Bezirksvorsteher, hat darauf bestanden, die Zähne aus dem Monstrum herauszusägen, bevor andere es tun, und damit dem Bezirk diesen gewaltigen Wert zu sichern. Das war ein alter Geist mit einem Schädel voller Lebertran und sein Penis wedelte in der Luft.

Wir ließen die Stellenanzeige »Haushälterin gesucht« noch einmal in der Zeitung erscheinen. Es schadet nichts, etwas zu versuchen, und es bringt nichts, aufzugeben. Zumindest Gusi hätte das nicht getan. Und hier im Fischerwohnheim gäbe es genug zu tun für eine Haushälterin. Hier wurde zum Beispiel der Boden nicht mehr aufgewaschen, seit die letzte wegging.

Der Geistermann kommt in den Geirmundarfjörður und versucht, Kontakt aufzunehmen

Es ist, als schwebe hier im Dorf nach dem vorgestrigen Besuch ein heiliger Geist über den Wassern. Es hatte die Tage davor Süd- und Südweststurm gegeben, als Dósi mit dem Geistermann von drinnen aus dem Fjord kam. Der Geistermann war genau genommen den ganzen Weg von Kjalarnes hergekommen, in der Nähe von Reykjavík, aber er absolvierte im Nebenberuf Besuche im ganzen Land, vor allem dort, wo es galt, mit frisch verstorbenen Personen Kontakt aufzunehmen.

Wir waren nicht frei von allerhand Erwartungen, als Dósi mit dem Pickup vor dem Haus vorfuhr. Der Geistermann trug einen hellen Mantel und Cowboystiefel, er war etwa sechzig, und hatte eine braune Weste an.

Er war untersetzt und rauchte Zigarillos und schwitzte die ganze Zeit auf der Stirn und war rot im Gesicht, und ich kann mich lose daran erinnern, dass der Mann im Gesicht nicht sehr durchgeistigt aussah.

Aber ich erinnere daran, dass man oft mit den Netzen am besten fängt, die am unfischigsten aussehen, und so war ich entschlossen, der Sache mit offenem Sinn zu begegnen. Ich muss dennoch sagen, dass seine Augen irgendeine himmelsstille Trauer in sich trugen, bei den wenigen Malen, bei denen er dem Blick nicht auswich, wenn man mit ihm sprach.

Der Mann hatte einen weiten Weg zurückgelegt und musste sich in das Zimmer der Haushälterin legen, wo er sich bis zum Abendessen ausruhte.

Wir tun unser Bestes, sagte er mit tiefer Stimme, als Ebbi mit seinen großen, staunenden Augen hinter den dicken Brillengläsern fragte, ob der Geistermann versuchen wolle, für uns Kontakt aufzunehmen.

Tatsache war, dass der Mann schon etwas getrunken hatte, als er im Dorf ankam. Dósi sagte, dass er sich unterwegs aus dem Flachmann gestärkt habe, er habe das »seine Herztropfen nehmen« genannt. Er habe gesagt, dass er zu so etwas eigentlich keine geistige Kraft mehr habe, und dafür zu mitgenommen sei, seitdem gequälte Seelen und böse Menschen durch ihn in Erscheinung getreten seien, und es brauche lange Zeit, sich von solchen Auren zu reinigen, denn diese legten sich einem auf die Brust und beraubten einen des Seelenfriedens und der natürlichen Atmung.

Er sei jetzt in Wirklichkeit nicht mehr als Medium tätig, das sei einfach nur so eine merkwürdige Geschichte gewesen hier im Norden, mit dem Verschwinden des Mannes und danach des Bootes, dass er beschlossen habe, sich zum letzten Mal zu öffnen. Danach, so sagte uns Dósi, wolle er zu trinken und zu rauchen aufhören und sich nur dem Fliegenknüpfen für seine Angeln und der Gärtnerei zuwenden. Hier im Geirmundarfjörður würde sein absolut letztes Mal sein.

Es hatte begonnen, stärker aus Südwest zu wehen und in Strömen zu regnen, als die Dämmerung sich auf den Fjord senkte. Ein roter Hilux-Geländewagen fuhr im Dorf vor und parkte am Genossenschaftsladen. Der Gemeindevorsteher sagte, das sei ein Mann aus Reykjavík auf Reisen und er miete sich einen Schlafsackplatz. Er war sonst nicht erpicht auf Unterhaltung, dieser Mann aus Reykjavík, aber er sagte, er ziehe es vor, im Frühjahr zu reisen, wenn die Natur zum Leben erwachte, erzählte der Gemeindevorsteher. Die Wolken rasten dahin und nahmen die Gestalt von allerhand Ungeheuern an, bevor sie sich im Himmel auflösten und verschwanden. Jetzt wurde das Meer in die Luft gewirbelt, und wenn es so stürmt, ist es eine gegessene Sache, dass das Umspannwerk weiter drinnen im Fjord den Strom hierher nach Norden kappt, und die Reservestromversorgung schafft nicht mehr, als die Kühlcontainer gefroren zu halten. Aber der Stromausfall würde uns die Geisterstimmung sicher nicht verderben.

Der Küchentisch wurde in die Mitte der Raumes gerückt und Kerzen wurden angezündet, und da saßen wir alle in einem Kreis um den Tisch, ich, Kalli, Ebbi, Bensi, Dósi, der Gemeindevorsteher und die Gemeindevorsteherfrau und der Geistermann, und hielten einander an den Händen und sollten uns Gusi vorstellen. Lange Zeit schien es unmöglich, Kontakt mit irgendeiner Seele aufzunehmen, bis der Geistermann mit seiner tiefen Stimme zu sprechen begann:

Wir suchen nach einem erstklassigen Mann, Dufgus Tímóteusarson, der von Geirmundarfjörður aus zur See fuhr, bevor er sich von der irdischen Bühne durch die Astralsubstanzen in neue Welten verfügte. Wir suchen nach einem Seemann aus Island …

Dann begann der dicke Körper des Mediums zu zucken und nach Luft zu schnappen, sodass seine roten Wangen schlugen, und der Küchentisch begann zu wackeln und ich sah Ebbis Augen größer und größer werden. Dann wurde der Geistermann wieder normal und alles wurde still, bis auf das Sausen im Fenster, und ich habe noch nie so viel Spannung in Gesichtern gesehen wie jetzt in denen der beiden Brüder, die den Mann mit den roten Wangen anstarrten:

Jaggu, seid gegrüßt, liebe Jungs, sagte eine scharfe Stimme, die aus einem Kassettenrekorder zu kommen schien, verborgen im Magen des Geistermannes, und die mit seiner eigenen Stimme nichts gemeinsam hatte. Jaggu, jetzt müssen wir nur hart genug rudern, Jungs, und ruderruder Keppelarsch, ha ha ha, ruderruder Keppelarsch und das Licht in der Kammer ist ausgegangen, ha ha ha, ruderruder Keppelarsch ...

Nein, hört mal, flüsterte Ebbi, das kann nicht Gusi sein.

Da ging durch den Körper des Geistermannes ein Ruck und er neigte den Kopf hinunter und wurde wieder still.

Wir versuchen es noch einmal, sagte der Geistermann, jetzt mit seiner eigenen Stimme.

Als Nächstes kam Gunnbjörn, der Fischer, zum Vorschein und dann eine neue Stimme und neue Bewegungen des Geistermannes. Gunnbjörn hatte Nachrichten an uns, er wünschte sich genug Haifisch zu essen und geräucherten Lammschinken, denn bei ihm gebe es so etwas nicht, leider. Er erzählte von der Fischerei auf seinem Planeten, wo alle Boote aus Glas seien und das Meer kristallklar, sodass Männer es genießen würden, die Fische unter dem Kiel zu beobachten, und im Bootshaus säßen, um Früchte zu essen, und sie hätten so große Widerstandskraftmotoren in den Booten, dass diese in die Luft gingen und dann langsam über der Meeresdecke schwebten, wenn man die Drehzahl erhöhte.

Aber Dufgus, fragte Ebbi, hast du Dufgus Tímóteusarson dort, wo du bist, beim Fischen getroffen?

Nein, er hatte ihn nicht getroffen, aber er könne auf einem anderen Gebiet weiter südlich von ihm unterwegs sein.

Damit war die Geschichte zu Ende.

Südlich, sagte Bensi, wie, verdammt nochmal, konnte dem Mann einfallen, Gusi sei südlich von ihm unterwegs?

Kannst du es bitte noch einmal versuchen?, fragte Ebbi mit seinem kindlichen Eifer, aber der Geistermann sagte, das bringe nichts, wenn Personen nicht sofort in Erscheinung träten, dann wäre es nicht möglich, sie gleich danach wieder herbeizurufen. Vielleicht wäre es möglich, in einem halben Jahr einen Kontakt herzustellen, vielleicht in zwei Jahren. Wir könnten versuchen, im Herbst ein anderes Medium zu bekommen, und es dann noch einmal probieren, er könne uns eines nennen. Hiermit höre er mit dem Mediumsjob auf.

Und so endete diese Geistersitzung, zumindest formal, und der Gemeindevorsteher und seine Frau gingen nach Hause. Der Geistermann fuhr nun erneut fort, sich mit Schnaps zu stärken, und Dósi hatte eine

Kiste Bier mit, das wir den ganzen Abend lang schlürften, und wir spielten Karten und plauderten, und mit dem Geistermann war die Unterhaltung nach ein paar Gläsern eigentlich ganz lustig.

Jaja, abgesehen davon, dass der Geistermann sich bald in sein Stockbett legte, und kurz nach Mitternacht war ich selbst im Bett, denn ich kann mich noch an die Radiokurznachrichten erinnern. Und hiermit sollte die Geschichte über die spiritistische Sitzung zu Ende sein, aber, verdammt noch mal, man könnte glauben, dass man ein Märchen erzählt, wenn man das hier alles aufschreibt.

Es wird kurz vor Sonnenaufgang gewesen sein, zwischen vier und halb fünf, als ich aufwachte, weil Kalli im Türspalt stand, in der Unterhose, die Haarsträhnen wild in der Luft, und diese Worte sprach:

Der Landfernsprecher läutet.

Ich sprang auf und die meisten waren schon hinaus auf den Gang gekommen, wo diese braune Holzbox hing, der schon mindestens 20 Jahre lang niemand mehr Aufmerksamkeit geschenkt hatte, und da schlug der Klöppel auf die beiden Glocken, dass der Staub abfiel, und da sah ich es selbst: Der alte Landfernsprecher läutete!

Bleibt ruhig, Leute, sagte der Geistermann, der als letzter herauskam, während er sich die Hosenträger richtete.

Hängt dieses Telefon irgendwie am Netz?, fragte der Geistermann.

Am Netz? Der Landfernsprecher war schon seit Jahrzehnten nicht mehr am Netz gehangen, das heißt, seit wir Telefon bekommen haben, denn damals wurden die Landfernsprecher abgehängt.

Das kann eine Verbindung sein, Leute, wir müssen die Sache jetzt richtig angehen, sprach der Geistermann.

Nein, so etwas, war die Nummer hier bei uns nicht genau drei kurze und drei lange Töne?

O ja, Bensi war sicher, sich zu erinnern.

Dann ist das für uns, sagte der Geistermann und zeigte, dass er alles unter Kontrolle hatte. Ich brauche einen Freiwilligen, der abhebt.

Hör mal, ist es nicht am besten, wenn du selbst abhebst, das ist immerhin ein Anruf von draußen, wir verstehen nichts von so etwas.

Geht nicht, sagte der Geistermann. Sie wollen offensichtlich meine Begabung als Medium nicht nutzen, da sie diese Methoden anwenden, außerdem habe ich euch schon gesagt, dass ich aufhöre. Einer von euch muss abheben.

Eine Zeit lang sagte niemand etwas und ich bekam einen dumpfen Herzschlag, wie wenn man plötzlich etwas Schweres an der Spule hängen hat, und so sahen wir einander an.

Was, wenn das jetzt ein unreiner Geist ist?, fragte Bensi.

Ach, fang nicht an, kindisch zu werden, sagte Ebbi darauf, und bevor Bensi noch dagegenreden konnte, ging Ebbi zum Fernsprecher, einfach so, in wollener Unterhose, mit der zusammengeklebten Brille, nahm den Hörer ab und sagte: Ha, hallo, ja, guten Tag!

Guten und gesegneten Tag, sagte eine milde Männerstimme und lachte leicht und singend hinterdrein und so laut und deutlich wurde gesprochen, dass sogar ich hörte, was gesprochen wurde, als ich da direkt neben dem Telefon stand.

Mir wurde aufgetragen, euch wissen zu lassen, dass Dufgus Tímóteusarson unversehrt ist. Er kann einfach nicht weg momentan.

Ebbi ließ den Hörer ruhig hinabgleiten und drehte sich zu den anderen, mit ihren vor Staunen geweiteten Augen, und sagte: Gusi ist unversehrt.

Unversehrt, hauchten die anderen, was bedeutet das? Nun, rede du mit dem Mann, du hast ja Verbindung zu denen.

Das wird nicht schaden, sagte der Geistermann und gab grünes Licht für weitere Gespräche. Ebbi wandte sich wieder zum Telefon und lauschte.

Wieder kam dieses warmherzige, singende Lachen, aber dann wurde gesagt: Der Dufgus ist wahnsinnig tüchtig, seit er hier angekommen ist, und zieht ziemlich viel Fisch herauf.

Ebbi wiederholte für die anderen, aber niemandem fiel etwas Besseres ein, als nach dem Wetter zu fragen.

Und wie ist bei euch in letzter Zeit das Wetter gewesen?, fragte Ebbi in den Hörer.

Die Stimme summte und sagte, dass das Wetter meist recht gut gewesen sei. Bei Tag sei es windstill und wolkenlos, aber abends wehe eine milde Brise vom Meer.

Ebbi wiederholte. Die anderen schwiegen.

Tja, das nenne ich gutes Wetter, murmelte Kalli vor sich hin.

Na ja, jetzt muss ich wohl das Gespräch beenden und mich um anderes kümmern, und ich wünsche euch ein gutes Leben!

Ebbi bedankte sich und sagte: Sei gesegnet, und legte auf.

Ahh, stöhnte Ebbi, als er den Hörer eingehängt hatte, ich vergaß, den Mann nach seinem Namen zu fragen.

Dann richteten sich aller Augen auf den Geistermann, als gehöre es zu seinen Pflichten, das Geschehnis zu erklären.

Das sind ganz neue Arbeitsmethoden bei denen, kam die tiefe Stimme des Geistermanns.

Vielleicht gibt es keine Nachfrage nach Medien mehr, wenn sie es schaffen, in das Telefonsystem einzudringen, warf ich in das Gespräch ein, um einen leichteren Ton anzuschlagen.

Für mich sind das erfreuliche Nachrichten, wenn man das so sagen darf, sagte der Geistermann und lächelte von einem Ohr zum anderen. Bensi war halb in die Box des Fernsprechers hineingekrochen, um zu sehen, was darin sei, als Dósi vorschlug, die Situation zu nutzen und Kaffee zu kochen, und diese Idee aus der Wirklichkeit nahmen alle freudig an.

Die Männer waren alle der Meinung, dass diesen Herbst kein weiterer Kontakt gesucht werden sollte, denn jetzt wüssten die Leute, was sie wissen mussten. Dósi fuhr den Geistermann kurz nach Mittag hinein zum Autobus. Vorher ließ er seinen Flachmann hier bei uns zurück und sagte, er höre hier und jetzt mit dem Trinken und mit seiner Tätigkeit als Medium auf, und er wäre zufrieden, dass wir Kontakt bekommen hätten, auch wenn es nicht durch ihn gewesen wäre. Jetzt würde er sich ganz dem Fliegenknüpfen hingeben, und wer weiß, vielleicht käme er einmal später zu uns zum Fischen.

Sei uns herzlich willkommen, sagte Ebbi und umarmte den Geistermann auf der Treppe. Kalli suchte getrockneten Katfisch für ihn zusammen und Bensi gab ihm getrockneten Seehasen und ein paar Seehasenmännchen, damit er nicht mit leeren Händen aus dem Wohnheim fuhr, aber das machte keinen Unterschied, denn der Geistermann kassierte den vollen Preis für seine Dienstleistung.

Immer noch Südwest.

Ein Traum, Jónmundur wird heimgesucht

Als der Ostwind zusammenfiel, drehte das Wetter auf selten starken Sturm aus Süd und Südwest mit plötzlichen Schauern und Dunkelheit über der Bucht. Es ist wegen der Wellen jetzt schon die dritte Woche nicht möglich, nach den Seehasennetzen zu sehen.

Kalli und ich besoffen uns zum Wochenende, wir tranken einen todgiftigen, selbst gemachten Rotwein, den Kalli produziert hatte. Er war schlecht vergoren. Am Sonntag lag ich auf der Bank und dachte daran, einen Seetunnel vom Geirmundarfjörður hinüber in die Selabucht auf der Nordseite zu schaufeln und eine Turbine in das ganze Konstrukt einzusetzen, sodass in dem Tunnel, wenn er geflutet würde, eine gewaltige Sogkraft aus dem Meer entstehen würde, bis die Turbine pfeift und ich einschlafen könnte, und dann schlief ich tatsächlich fest ein. Aber da begann ich zu träumen, ich meinte, hier in der Gegend zu sein, und spürte, wie ich von der Bank abhob und hinausschwebte. Es liegt ein Schein auf dem Fjord und die Sonne strahlt durch mich durch und ich spüre, dass ich wie von magnetischer Kraft nach Hneitistaðir gezogen werde. Dann schwebe ich am Pfannkuchenduft vorbei, am schwabbelnden Doppelkinn und an Gott Allmächtiger, und laufe direkt hinauf unter das Dach zu dem alten Jónmundur, und ich kann mich erinnern, dass ich an ihn dachte, wie er aus dem Fenster blickt auf den Strand: Was siehst du, alter Mann?

Jónmundur drehte sich zu mir auf seiner Bettstatt,

und da erschrak ich heftig, als ich sah, dass er keine Augen hatte, und keine Augenlider, nur zwei dunkle Löcher, zu beiden Seiten der Nase. Seine Haut war bleich und die Falten, die das Leben in ihn gemeißelt hat, waren so auffällig wie die Schneewechten in den Rinnen. Außerdem hatte er sein Haar zu einer Schmalzfrisur gekämmt, was ungewöhnlich war.

Ich schrak durch meinen eigenen Schrei aus dem Schlaf, aber dem Traum folgte ein bleischweres Gefühl, auf das ich mir keinen Reim machen konnte. Ich war natürlich wahnsinnig verkatert und neben der Spur, wie es in diesem Zustand üblich ist.

Es passierte aber nicht mehr, als dass ich erwachte und Kaffee kochte und in ein Stück kaltes Salzfleisch biss, und mir war, als müsse ich unbedingt den alten Mann besuchen und nachsehen, wie es ihm geht. Mit wem sollte ich denn über das sprechen, was mich bewegt, wenn er gestorben wäre?

Der Südwind gab keine Antwort, als ich mit Bensis Lada nach Hneitistaðir kurvte. Anna war nicht zu Hause, aber Grímur kochte Kaffee und Sigurveig sagte Gott Allmächtiger. Auf dem Hocker.

Mir fiel ein Stein vom Herzen, als ich zu Jónmundur hinaufkam und seinen zerrauften Schopf sah und die Farbe in seinen Wangen, den Buckel unter dem alten, zerschlissenen Pyjama, und die Hände, so kraftvoll und doch auch so schwach. Wir schwiegen erst, so wie wir es gewohnt sind. Er sah eine Zeit lang aus seinem Fenster wie in dem Traum und ich setzte mich und schaute mit ihm. Nach einiger Zeit gab er Sätze von sich, die in mehrerlei Hinsicht seltsam waren:

so entstand sie
die landschaft
manche finden sie schön
die landschaft hat immer recht

Wir sahen zum Fenster hinaus. Manchmal finde ich, sagte ich, dass es mir nicht so geht, wie es mir gehen sollte. Dass ich nicht der bin, der ich bin. Ich finde, dass ich etwas verloren habe. Vor langer Zeit und ich sollte davonfliegen wie eine Gans, auf der Suche nach etwas, das diesen Mangel wieder ausgleicht. Vielleicht bin ich auf der Suche nach der sogenannten Liebe.

Das sagte ich ihm, dem Krüppel, denn so empfand ich, und nachdem er eine Weile in aller Ruhe über meine Worte nachgedacht hatte, begann er zu sprechen:

Das Leben ist keine Reise, sondern ein Für-ein-paar-Augenblicke-Stillstehen und die Erkenntnis, dass dieses Sein gemäß allen Berechnungen und aller Logik nicht möglich ist. Nur schwache Seelen jagen der Liebe nach und Menschen, die ihre Wurzeln verloren haben wie Treibholz. Menschen suchen die Liebe, denn irgendein inneres Chaos entfremdet sie der Liebe, die doch ganz natürlich in allem Leben liegt. Das Wellblech ist von den Schafställen geweht worden, aber niemandem fällt das auf als den Schafen. Alle Lebewesen, die zu existieren versuchen, sind Lebewesen der Liebe. Die anderen aber, die sich selbst oder den anderen verwehren, zu sein, die haben die Liebe verloren und suchen sie in den dunklen Winkeln der Welt.

Ich habe seit Langem die Natur hier draußen an der Küste beobachtet. Ich finde sogar, dass ich etwas von ihr verstehe. Aber das Denken und Verhalten der Menschen ist mir unergründlich. Ich bin zum Beispiel sicher, dass die Küstenseeschwalben, die hier auf den nackten Steinen brüten, wissen, dass sie an das Leben um sich herum gebunden sind, gebunden an die Sonnenstrahlen, die die Pflanzen im Meer zum Leben erwecken, gebunden an die Sandaale, die im seichten Wasser gedeihen, sodass die Jungen Futter bekommen und der Kreislauf des Lebens sich fortsetzt. Das Leben und die Liebe – das bedeutet, anderem als sich selbst verbunden zu sein, und so findet man sich selbst. Aber die Menschen wollen frei und unabhängig leben, nicht gebunden sein an etwas anderes als den eigenen Willen. Und es wird heutzutage so viel in den Läden gekauft, dass man glauben möchte, Gott sei gestorben. Und dann bleiben die Menschen auf sich selbst sitzen und sagen, dass Freiheit bedeute, die Welt zu regieren. Dann werden dicke Bücher geschrieben und endlose Debatten darüber geführt, warum es den Menschen immer häufiger wie vergessenen, verrosteten Containern auf dem Hafenkai geht. Die Menschen haben sich losgerissen von anderen, um sich selbst zu finden. Der Grashalm auf der Hauswiese – hat er so etwas schon gehört? Ein Funkgerät auf falscher Wellenlänge und alles Gerede ist umsonst. Wer sich nicht bindet, lebt nicht.

Mir wurde innerlich so warm, während ich Jónmundur zuhörte. Ich sagte, dass er mein bester Freund sei, und das zu hören rührte ihn. Aber wenn ich mich hierher an meinen Schreibtisch setze und dem Südsturm draußen lausche, da habe ich das Gefühl, dass es mir nicht besser geht. Und an wen bin denn ich gebunden, ein alleinstehender Mann auf seinem eigenen Fischerboot? An den Fischpreis? Vielleicht, aber das, was ich verdiene, geht für einen neuen Motor drauf, damit ich noch weiter hinausfahren kann, oder für Schnaps für mich selbst. Ich bin nicht einmal an mich selbst gebunden! Vielleicht existiere ich nicht. Aber warum geht es mir dann so beschissen? Irgendetwas in mir muss mir doch einen Hinweis darauf geben können. Ich gehe deshalb davon aus, dass es mich gibt. Was soll diese Schreiberei in dich, du eisigweißes Tagebuch, wenn man nicht einmal mit sich selbst verbunden ist?

Man sagt für morgen starken Ostwind voraus. Zweifle daran, dass ich hinausfahre, während er auf Ost dreht.

Davon, wie die depressive Phase beginnt [Auszug]

Böen aus Nord vom offenen Meer, niedrige Wolkendecke, Schneeschauer und schürfende Brandung. Kein Wort mehr über das Wetter. So gewöhnlich ist es und leer. Abwechslungslos.

Ich spüre, dass es beginnt, aber ich habe es mir nicht angewöhnt, meine Schreiberei in diesen Keller mit hinunterzunehmen.

Es beginnt, indem meine Seele zwischen dem Blau des Himmels und der Hölle hin und her schweift und alles in Bewegung ist. Ich schlafe ein als ein Geist des Nordens und erwache als ärmstes Würstchen der Nation. Und als Nächstes beginnt die Erde noch ganz anders an mir zu zerren. Als ich zwei werde. Dann finde ich, dass der Zweck alles Lebens auf der Welt nur der eine ist: mich zu zerstören. Alle Menschen wollen mich in die Schlangengrube stoßen, aber ich wehre mich und weiche zurück. Ich kann die Menschen nicht leiden und es ist mir gleich, ob anderen ein Unglück geschieht, ja, so durchtrieben schlecht werde ich, dass ich mich sogar darüber freue, aber gleichzeitig geißle ich mich selbst dafür, keine Gefühle zuwege zu bringen, wenn es anderen gut geht. Dann bedaure ich aus tiefster Seele, dem Spermium, das neben mir schwamm, seinerzeit nicht den Vortritt gelassen zu haben.

Ich werde zwei, sowohl ich als auch Ich, und das größere nimmt eine feste Peitsche und brüllt mich an, und ich plappere alles nach – dass ich nur Schellfischscheiße bin und ein Furz und schlimmer als ein Furz, denn ich zerstöre die natürlichen Ressourcen und das Einzige, was ich kann, ist, da, wo ich verrotte, die Erde anzureichern, und alles wird traurig und ich werde zum Beispiel tief bekümmert darüber, dass ich niemals Bischof werden kann und dass ich mein Hirn nicht verwende. Zusätzlich zu allem anderen Lächerlichen, das mir in den Sinn kommt, habe ich kein Ziel, wie wenn man auf ein Tier zielt, ich verweile nirgends, aber ich schwinge mich auf, alles in mir zu zerstören, wenn ich nur die Gelegenheit dazu bekomme, ich trete auf die kleine Birke hin, die ich auf der windgeschützten Seite in der Sonne eingesetzt habe, ich fülle das Kartoffelbeet mit grünem Schleim, hacke den Kaktus um, reiße die Blumen aus und trete auf die Birke hin, aber ich verschone die Knochenreste und das Unkraut und frage: Was für ein verdammter Vollidiot bin ich eigentlich?, und antworte mir selbst: Weil ich so ein Idiot bin und eine vollkommene Missgeburt, denn Gott würde auf mich hören, wenn ich nur nicht so unausstehlich wäre, und in mir drinnen abstoßend, und die Peitsche, ja die Peitsche, würde mich peitsch, peitsch auspeitschen, aber jetzt, leider, wird das nichts mehr mit mir, denn ich bin im Keller eingesperrt und fahre zur Hölle und laufe splitternackt durch die ewige Finsternis und suche Gnade, die es genauso wenig gibt wie ein Seil, um all den Wahnsinn hinter mir zu lassen und mich zu erhängen, und ja.

Ich bin etwas schlapp.

Könnte nicht irgendeine unbegreiflich gutherzige Frau mit einer Salbe kommen und mir über den Kopf streicheln und sagen, dass ich das Meine versucht habe, dass ich immer hinausgefahren bin, wenn das Wetter es zuließ, und wenn ich aufhöre, mich selbst zu geißeln, wird keiner sterben, und obwohl ich einen Spaziergang mache und den Küstenseeschwalben zulächle, wird die Welt sich weiterdrehen.

Das Problem ist, dass nie einer kommt, wenn man zwei wird, sondern dass dann alle verschwinden.

Vom Seehasenfang und dem Wetter

Der Wind ist einige Zeit auf Südost gelegen und das Wetter war freundlich, sodass man durch die Seetangfelder Richtung Norden tuckern konnte. Jetzt endlich hat der Frühling mit warmem Wetter das Steuer übernommen und die Eiderenten paaren sich.

Einige Kegelrobbenheuler haben sich in den Netzen verfangen und Ebbi und ich haben die Kiefer aus ihnen herausgesägt. Für die Kiefer bekommen wir in Reykjavík etwas Geld. Ebbi hat auch ein paar Häute toter Seehunde aufgespannt, die in Ordnung waren. Man sieht heutzutage nirgendwo mehr Seehasen, außer im ganz seichten Wasser, aber dort ist auch viel Tang. Jetzt schreitet der zweite Teil der Fangsaison voran und immer noch warten wir darauf, reich zu werden. Wir zogen gestern die Netze herauf.

Gestern Abend hatte Kalli Nachrichten für uns im Fischerwohnheim. Er sagte, dass er vor ein paar Tagen einen Anruf bekommen habe, er sei allein zu Hause gewesen, und das sei eine Frau aus dem Skagafjörður gewesen, die unsere Stellenanzeige in einer alten Zeitung gesehen habe und sich gut vorstellen könne, sich in diesem Job zu versuchen, und nach dem Wochenende komme sie.

Nach dem Wochenende?!

Kalli erzählte, er habe den Job der Haushälterin nicht in den Himmel gehoben, sondern gesagt, dass hier schon früher ein Mädchen gewesen sei, das nur einen halben Monat durchgehalten habe, aber es sei eben aus Reykjavík gewesen. Aber diese Frau war von dem Hof Litli Hóll nahe den sogenannten Elfenwegen in den oberen Tälern.

Ich verstehe nicht, wie eine Frau aus den grasbewachsenen Gegenden des Skagafjörður es hier an diesen wettergeprügelten Küsten aushalten soll. Gespannt? Natürlich bin ich gespannt. Sie kann ja nicht schlimmer sein als die aus Reykjavík, die letzten Sommer kam, und eines ist klar: Ich werde auf keine Weise versuchen, mit ihr in Kontakt zu kommen, und ich werde nichts anderes sein als ein Küstenfischer auf seinem Motorboot, der sie aus angemessener Distanz betrachtet.

Kallis Geländewagen, sein einziger Besitz, hatte sich angewöhnt, nicht zu bremsen, und das musste natürlich eins, zwei, drei in Ordnung gebracht werden. Auf dem Platz vor dem Garagentor hatte sich seit den letzten Schneestürmen aus Norden eine hohe Schneewechte aufgeschichtet. Wenn der Wind aus Nordost kommt, so wie das der Fall war, bilden sich auf dem Parkplatz Wirbelwinde und der Schnee sammelt sich an einer Stelle. Vor der Garage. Und Kalli hatte keine Zeit gehabt, die Schneewechte wegzuräumen. Nein, der Schnee sei so weich, meinte er, dass man durch ihn durchschneiden könne. Ebbi und ich waren gerade auf dem Platz damit beschäftigt, die Seehasennetze aus einer Wanne zu ziehen und zu entwirren, wir diskutierten hin und her, ob sich im Trockenfisch Maden eingenistet hätten und ob nicht eindeutig Westwind auf uns zukomme, der Bewegung der Wolken nach zu urteilen. Da begann die Show. Kalli nahm einen Anlauf nach dem anderen, aber nichts schien die Schneewechte zu durchpflügen, so wie er das geplant hatte. Nein, so was auch, stöhnte es aus Ebbi, jetzt probiert er es noch einmal und von weiter hinten! So ging es, bis Kalli im Retourgang fast bis an den Genossenschaftsladen zurücksetzte und dann Vollgas gab, und ich war völlig gelähmt, als ich diesen Vorgang beobachtete, und in dem Augenblick, als der Geländewagen mit irrer Geschwindigkeit durch die Schneewechte brach, wurde dem Lenker zweifellos bewusst, warum er eigentlich durch die Wechte wollte, nämlich um in die Garage zu gelangen, nämlich um die Bremsen zu reparieren, also keine Bremsen, und so legte der bremsenlose Geländewagen mit einem Knall das ganze Garagentor flach, denn niemand hatte daran gedacht, es zu öffnen, und endete unter dem First in einem Haufen von Holzsplittern und Werkzeug, das er gegen die ganze Wand gequetscht hatte. Das war unser Arbeitstisch gewesen. Kalli drehte den Motor seiner Geländekarre ab und öffnete die Autotür, blieb aber still sitzen, und als Ebbi und ich auf ihn zutraten, sagte er diesen herrlichen Satz einfach so vor sich hin, den Satz, der irgendwie den ganzen Schwachsinn zusammenfasste und in unserer Erinnerung verankert bleibt, solange die Hochkultur in diesem Fjord gedeiht, er sagte:

Verdammt, Mann, ich bin ein wenig schnell hineingefahren.

Etwas über die Vergänglichkeit der Welt und Wollgras

Sonnenwind aus Westen und die Türen zittern in den ärgsten Böen, sodass einem die Seele durchgelüftet wird. Kein Wetter, um aufs Meer hinauszufahren.

Als ich heute Morgen erwachte, erwachte in mir auch eine Frage, nach deren Antwort ich nun schon den ganzen Tag gesucht habe. Ich bin hier am Ostfenster im Lesevereinshaus gesessen und habe auf das Moor hinausgeschaut und daran gedacht, was die Welt einem wegnehmen kann, und was man besitzt, das einem niemand wegnehmen kann.

Und ich lenkte meinen Geist auf dieses Boot und sah, dass, wenn ich ein Jahr lang auf diesem Boot keinen Fisch finge, wenn ich krank würde zum Beispiel, dann wäre ich in Konkurs wegen des Kredits und die Bank würde, um meine Schulden zu tilgen, alles verpfänden, und noch dazu gibt es ja keine Fangquote und vielleicht dürfte ich dann nächstes Jahr nicht mehr als sieben Tage hinausfahren.

Und wenn man ein wenig Wertschätzung bekommt, wie zum Beispiel ich vom Gemeindevorsteher. Wenn ich mich nun sinnlos besaufe und ihn dafür beschimpfe, dass der Fisch so schlecht gekühlt wird, wenn er nach Reykjavík geschickt wird, dann würde ich seine sogenannte Wertschätzung verspielt haben. Wertschätzung ist nämlich nicht etwas, das einem gehört, und man kann sie mit Unvorsicht jederzeit vernichten. Und was ist mit einer Familie, hat man nicht immer eine Familie?

Ja, doch, die gehört einem. So lange, bis dein Vater einen Kran auf den Kopf bekommt und deine Geschwister wegziehen und dich jahrelang nicht anrufen und die Mutter sich einen anderen Mann findet, der mit dir nichts zu tun haben will, und sich distanziert, und plötzlich bist du allein in einem Fjord, so weit wie möglich entfernt von allen, mit denen du aufgewachsen bist. Und vielleicht hat man einen Freund, den man unterhaltsam im Gespräch findet und der treu ist, und man schwört einander ewige Freundesbande an einem geheimen Ort, und eine Woche später ist er aus dem Bezirk weggezogen, und wenn du ihn wieder triffst, ist er ein ganz anderer als der, mit dem du dich befreundet hast. Und was ist es dann, das die Welt einem nicht wegnehmen kann?

Man kann natürlich an einen Gott mit Vollbart glauben, aber ist es nicht das Gehirn, das dieses Bild zurechtgezimmert hat, und wenn Gott existiert, ist er dann nicht viel vollkommener als das Bild, das man sich von ihm gemacht hat? Und wenn dann ein neuer Gott statt des bärtigen kommt, wird dieser nicht ebenso eine Art Fehlkonstruktion sein, weil man herausfindet, dass auch ihn der menschliche Geist geschaffen hat? Dann braucht man sogleich wieder einen neuen Gott und so verliert man Gott andauernd, je mehr man darüber nachdenkt, und so scheint er auch niemand zu sein, auf den man sich verlassen kann.

Und was ist dann noch übrig, das einem keiner wegnehmen kann?

Wenn ich jetzt in diesem Westwind daran denke und auf das Moor hinausblicke, dann gibt es wahrscheinlich nichts, was die Welt einem nicht wegnehmen kann, wenn sie dazu Lust hat – mit Ausnahme der Bewunderung für das Wollgras im Moor. Mit seinen Haarschöpfen, weißer als Brandung und Engelsflügel, ist es das Feinste in dieser Landschaft. Und nichts darf danebengehen mit diesem Gottesbart. Wie dieses schwache Pflänzchen mit dem viel zu großen Kopf seltsamerweise in diesem sturmzerzausten Land existieren kann, von dem ich mich erinnere, dass es einer der Landnehmer eine öde Schäre nannte. Wenn das Haar des Wollgrases im Wind tanzen soll, wie das gewiss der Plan ist, dann braucht es genau richtig viel Wind, am besten aus verschiedenen Richtungen, und es muss an ein paar aufeinanderfolgenden Tagen trocken sein, damit die Haarzotteln, die sich gebildet haben, wenn Regen auf die weißen Häupter fällt, sich glätten können. Dann braucht es hartes Licht und am besten Abendsonne, damit sich die weißen Fasern des Wollhaares entfalten können und man sehen kann, welch wunderfeine Blume es ist, denn die Helligkeit verwandelt sich bei diesem Zusammenspiel in kleine Tropfen, die die Haare einfangen wie winzige Glitzerfische, und dieser linkische Kopf beginnt zu glänzen und wird eins mit dem Abendlicht. Das Weißhaar des Wollgrases ist ähnlich der Spinnwebe, die man erst sieht, wenn die Sonne daraufscheint. So beginnt das Haar des Wollgrases erst bei einer bestimmten Helligkeit zu leuchten, aber die meisten glauben, dass sie Wollgras wirklich gesehen hätten, obwohl sie nur bei wolkigem Wetter aus einem fahrenden Auto einen Blick daraufgeworfen haben.

Man kann nur darüber spekulieren, welch seltsame Weisheit darin liegt, ein Phänomen wie das Wollgras zu erschaffen, das noch dazu kaum jemals im optimalen Zustand ist. Ich habe erst einmal die bestmöglichen Bedingungen für Wollgras an einem Abend alle zusammenkommen gesehen, das war vor langer Zeit bei Westlage, als man nicht zum Fischen rausfahren konnte, und seither habe ich immer ein Auge auf das Wollgras gehabt. Außerdem scheint die weiße Flaumnoppe im Takt mit den Wolken zu leben und so Himmel und Erde zu verbinden. Und selbst wenn jemand käme und sagte, dass diese Blume idiotisch und kitschig sei, so wüsste man, dass diese Meinung falsch ist und nur die mangelnde Kenntnis desjenigen offenbart, der so etwas sagt. Denn das Wollgras ist das Einzige auf dieser Welt, das vollkommen frei von Nutzen ist, gleichgültig, wie man es betrachet. Die Schafe wagen sich nicht in das Moor hinaus, um es zu fressen, und selbst wenn sie Wollgras als Futter bekämen, könnten sie kaum viel davon kauen, denn die Haare würden sich zwischen ihren Zähnen festsetzen und sie am Gaumen kitzeln. Doch ist das Wollgras da, auch wenn es völlig nutzlos ist und wertlos für das Leben von Mensch und Tier. Und auch wenn die Bauern eine zusätzliche Schafquote bekämen und die Moore trockenlegen müssten, um mehr mähen zu können, und das Wollgras verschwände, dann würde das nichts ausmachen, denn die Verwunderung über das Wollgras würde in einem drinnen weiterleben, und auch wenn jemand später käme und sagte: »Wollgras!? Nein, so etwas hat es hier nie gegeben«, dann nähme einem das nicht die Bewunderung für dieses Phänomen, das einmal war. Man würde nur noch einsamer. Daher die Bewunderung für das Wollgras als das Einzige, das die Welt einem nicht wegnehmen kann.

Nein. Nie.

Die neue Haushälterin kommt

Kalter Nordwind, der gestern schwer wurde und die See mehr und mehr aufwühlte, während der Abend voranschritt, zusätzlich zogen mit Sturm drohende Wolkenbänke auf dem Nordhimmel zusammen. Schwer sind deine Lasten, Himmel.

Ebbi und ich schafften es, die Hälfte der Netze einzuziehen, denn sie waren ziemlich sauber, und hatten zwei Tonnen voll Seehasenrogen Feuchtwaage daraus.

Ich wusste nichts davon, dass Dósi gestern mit der neuen Haushälterin von der Busstation gekommen war, und als ich die Stiefel unten im Vorraum auszog und aufblickte, da stand sie da mit Schürze, oberhalb der Stufen, am Geländer, und fragte, ob wir etwas gefangen hätten.

Als ich sie sah, war es, als würden die Wolken und alle Wetter des Himmels für einen Augenblick innehalten, was genau genommen eine Ewigkeit war, und das Pfeifen im Fenster verstummte, und so etwas ist vorher im Geirmundarfjörður noch nie vorgekommen.

Das traf mich und ich wollte so vollkommen und ohne einen Lapsus antworten, aber ich fand eine ganze Weile nichts, was ich hätte sagen können, bis ich wieder auf meine Stiefel blickte, und dann sagte ich nebenbei: ein bisschen.

Sie hatte Lasagne gekocht und ihr gefiel die Gegend und sie sagte, das sei eine sehr außergewöhnliche Landschaft und ganz anders als der Skagafjörður, woher sie komme.

Und würde ich gefragt: Wie sieht sie aus?, würde ich ohne Umschweife antworten: Sie sieht genau aus, wie eine Frau aussehen soll, obsidianfarbenes Haar, mit weichen, runden Konturen und so süß, wie wenn ein Schweinswaljunges bläst. So zart, dass es nichts Vergleichbares gibt, außer das Weiße in den Flügeln einer davonfliegenden Gryllteiste.

Aber ihre Art? Genau wie die Art einer Frau sein muss. Weder aufdringlich, noch distanziert. Die Stimme? Der südliche Hauch selbst, mit milder und trockener Wärme, und da stand sie auf dem Gang in dem Fischerwohnheim, wie etwas aus einer anderen Welt, einer schöneren als dieser hier, und ihre Anwesenheit strahlte auf uns Küstenfischer in diesem Dorf.

Diesmal ging alles viel besser vonstatten, und ich entschied mich, nicht gegen die Schüchternheit anzukämpfen. Wie konnte sie nur auf die Idee gekommen sein, von allen Orten ausgerechnet im Geirmundarfjörður Haushälterin zu werden?

Sie sprach voll Innigkeit und offener, als man es zu hören gewohnt ist, und sagte, dass das eine lange Geschichte sei. Sie trug verwaschene Jeans und einen dünnen, ausgeschnittenen Pullover und darunter ein T-Shirt, alles so eng anliegend und irgendwie schön. Sie hat eine hohe und markante Stirn und eine Nase, die sagt: Ich wünsche mir Kinder. Da ist eine gebogene Narbe vom linken Augenwinkel bis zum Kinn. Diese Frau hat gelebt! Was die Augenfarbe betrifft, kann ich mich noch nicht festlegen, denn ich habe noch nichts unternommen, um diese zu erforschen.

Alle scheinen fröhlich und ruhig zu sein in ihrer Gegenwart.

Sie sprach und ich weiß nicht, ob das alles in meinem Hirn ankam, denn ich vergaß mich ab und zu dabei, ihre Lippen zu beobachten, wie sie sich bewegten, und ich saß nur da und aß möglichst langsam meinen Milchreis und badete in ihrer zärtlichen Stimme.

Sie sagte, dass es mit ihrer Urgroßmutter zu tun habe, sie sei ihr Folgegeist und gleichzeitig ihr Schutzengel. Als sie 18 Jahre alt war, sei etwas geschehen, das sehr starken Einfluss auf sie gehabt habe. Am Bankfeiertag im August wollte sie gemeinsam mit ein paar Freunden auf ein Festival im Norden. Sie hatte ihren Schlafsack, ein Zelt und Proviant zusammengesucht und am Abend davor alles fertiggepackt draußen auf dem Gang abgestellt. Ihre Freundin hatte bei ihrem Onkel Selbstgebrannten zu einem Spottpreis gekauft, den sie teilen wollten. Sie war wahnsinnig gespannt auf das Konzert ihrer Lieblingsband, die Dinosaurier hieß.

In der Nacht träumte sie, dass ihre Urgroßmutter, die Jóhanna, zu ihr kam und sie bat, an dem Wochenende zu Hause zu bleiben und nicht auf dieses Konzert zu gehen. Sie träumte, dass ihre Freunde auf Pferden um das Auto herumritten, in dem sie alleine saß. Auf die Scheiben regnete es Blut.

Sie wachte mitten in der Nacht völlig verstört auf, beschloss, ihrer Freundin von dem Traum zu erzählen, und begann zu zweifeln, ob sie noch auf das Festival wollte.

Ihre Freundin hörte sich so ein Geschwätz nicht an und sagte, das sei ein normaler Albtraum gewesen, außerdem sei Svenni (der, der fuhr) der sicherste Fahrer auf der ganzen Welt. Doch der Traum arbeitete den ganzen Tag in ihr, und ebenso die Frage, ob sie fahren sollte oder nicht, und endlich beschloss sie, daheimzubleiben.

Ihre Freundin und ihren Freund, der am Steuer saß, sah sie nie mehr lebendig wieder. Ihre Freundin wurde aus dem Auto geschleudert, als es eine steile Böschung hinabrollte, und starb sofort, und Svenni kurze Zeit später im Krankenhaus. Ein anderes Mädchen blieb gelähmt und ein Junge, der auf dem Rücksitz einen Sicherheitsgurt getragen hatte, überlebte auf wundersame Weise mit Knochenbrüchen.

Und dann war ihre Urgroßmutter, die Jóhanna, wieder in Erscheinung getreten und hatte zu ihr gesprochen. Diesmal kamen die Nachrichten durch eine spiritistische Sitzung bei ihnen zu Hause. Die Alte sagte, dass es für sie am besten wäre, wegzuziehen und »die Blumen in den Westfjorden anzuschauen«.

Danach habe sie in einer alten Zeitung geblättert und sei auf unsere Stellenanzeige gestoßen, mit der wir eine Haushälterin im Westen in den Fjorden suchten, und da habe sie sofort in ihrem Herzen gewusst, dass sie das versuchen müsse. Wann immer sie Nachrichten ihrer Urgroßmutter Jóhanna bekam, dann würde sie diese befolgen.

Ich sagte wahrheitsgemäß, dass es hier sehr wenige Blumen gebe, bis auf den Löwenzahn auf den Hauswiesen, und dann hätte ich auch Blumen in den Rinnen der Felsen entlang der Küste gesehen und die hießen Augentrost und seien winzig klein, aber außergewöhnlich zäh, um hier am Leben zu bleiben. Und dann gebe es natürlich das Wollgras im Moor mit seinen kleinen Haarschöpfen, die nur unter bestimmten Umständen leuchteten, bei einem bestimmten Feuchtigkeitsgrad und einer bestimmten Helligkeit und wenn der Wind aus vielen Richtungen wehte.

Da lachte sie herzlich und sagte, dass ich eine spezielle Art hätte, zu denken, und all diese Blumen würde ich ihr irgendwann zeigen müssen.

Und sie, die hierhergekommen war wegen eines Hinweises, den sie durch ein Medium erhalten habe, sagte auch, dass es ihr zu Hause schon langweilig geworden wäre, seit sie die Landwirtschaftsschule abgeschlossen habe, und sie nicht sicher gewesen wäre, ob sie zwanzig Jahre warten wolle, um den Hof ihrer Eltern zu übernehmen. Zu Hause passiere nie etwas.

Ich sagte darauf, dass hier auch nie etwas passiere, außer, wenn ein Geist sich im Fernsprecher melde, und dann erzählte ich ihr die ganze Geschichte und sie lachte viel darüber, und ich kann mich nicht erinnern, jemals bei irgendeinem Menschen so viel Lachen ausgelöst zu haben.

Und als sie, die wegen eines Hinweises bei einer spiritistischen Sitzung gekommen war, sagte, dass wir sicher etwas sich ereignen LASSEN könnten, und nachdem diese Worte einige Zeit durch meine Gedanken gewandert waren, nahm die Schwere in meiner Brust wieder zu. Schließlich musste ich mich vom Küchentisch entfernen und mich im Zimmer auf die Bank legen.

Ehrlich gesagt, scheint meine Seele nicht zu kapieren oder zu akzeptieren, was passiert ist. Es ist einfach zu gut, um wahr zu sein! Und ich schon wieder in meinem alten, verknoteten Dilemma, ich verstehe es einfach nicht.

Warum darf ich nicht einfach dasitzen, ihr gegenüber, und Kaffee trinken und mich in ihrem Strahlen baden, ohne dass irgendein verdammter, unverständlicher Albtraum sich auf meiner Brust festsetzt?

Ich glaube, ich sollte einen passenden Abstand wahren, bis meine Seele sie als Wirklichkeit wahrgenommen hat und nicht als einen Angriff. Und jetzt höre ich ihr ehrliches Lachen aus der Küche zu mir hereinkommen, aber es ist nur dazu da, ein Licht auf meine eigene Trauer zu werfen.

Jetzt muss ich mich einfach ausruhen und neu orientieren.

Besuch bei Jónmundur auf Hneitistaðir

Immer noch Nordwind. Doch so, als gelinge es den Berggipfeln, Löcher in die Wolkenhülle zu reißen, sodass das Grau fleckig wird.

Ich hatte, wie gesagt, diese Schwere auf mir, nachdem ich die neue Haushälterin getroffen hatte, die die Erfüllung alles dessen ist, was ein Fischer in einem Wohnheim sich vorstellen kann. Nehmen wir beispielsweise ihre Bewegungen und die breite Hüftpartie, der feste Busen oder dieses strahlende Gesicht. Was macht sie eigentlich hier?

Sie heißt Arnheiður Dögg – sie heißt im zweiten Namen Morgentau! – und ich kann nichts dagegen tun, aber als sie mir ihren Namen sagte, da stellte ich mir sofort vor, wie ich mich zu Johannis völlig nackt im Tau wälzte, da, wo Adler über mir im hellblauen Sommerhimmel kreisen. Arnheiður Dögg.

Ich schlief kurz nach Mitternacht ein und träumte von dem alten Jónmundur auf Hneitistaðir. Seine Augen waren mild und er sah von seinem Krankenlager auf, und obwohl er nichts sagte, war es, als sehe er durch mich hindurch. Ich konnte mich nicht wehren. Mein Sinn war nackt und er verstand jede Seite meines Wesens. Der Traum sagte mir, dass ich ihn besuchen solle.

Ich überlegte lange hin und her, und das größte Problem war, mit den Leuten auf Hneitistaðir reden zu müssen, wo ich doch nur Jónmundur besuchen wollte. Ich fuhr mit Bensis Lada und kam bei Hneitistaðir an, aber Gott sei Dank waren die Leute nicht zu Hause.

Der Wind schlug die Tür, die halb offen stand, sodass die Scharniere kreischten, ein Hund wedelte mit seinem Schwanz auf mich zu, die Wolken da oben, die Wäsche hing auf der Leine als Nachweis von Leben, und da war der Geruch von Tang und von Schafstall in einem. Die Stufen knarrten und irgendwie war ich unterwegs nach oben.

Jónmundur lag im Bett, das von Zeitungen und Büchern überflutet war. Seine Stimme war kräftiger als sonst, sodass ich mich nicht zu ihm hinunterbeugen musste.

Er sah aus dem Fenster, ich setzte mich auf einen Hocker an sein Bett. Der Alte begann leise und bestimmt zu sprechen:

Du treibst auf einer dunklen Welle, mein lieber Halldór, du musst mir nichts erzählen.

Wenn du hierherkommst, siehst du einen gelähmten Krüppel auf seinem Krankenbett. Aber eines kann ich dir sagen, ich bin frei. Meine Seele schwebt über den klaren Himmel, gekitzelt von hohen Federwolken, und meine Freude kennt keine Grenzen. Sie überflutet mich und ich habe nichts dazu getan. Warum ist das so?

Weil ich nichts tun kann und weil ich die Tatsache akzeptiert habe, dass ich zu nichts mehr in der Lage bin. Ich danke Gott jeden Tag dafür, dass ich hier auf meinem Bett liegen, aus dem Fenster schauen und allen möglichen Blödsinn denken darf zu meiner Unterhaltung. Ich lebe, aber das Leben ist mir nicht im Weg, und deshalb bin ich ziemlich frei.

Du jedoch bist ein Gefangener des Lebens und mitten im Sturm, und es tröstet dich vielleicht, zu wissen, dass auch der Wind ein Sklave ist, dass der Fluss jeden Tag in Fesseln liegt und der Vogel ein Diener der Lüfte. Es gibt keine Freiheit, dort, wo Leben ist, aber das Leben füllt sich erst dann mit Schwierigkeiten, wenn man es nicht akzeptiert, wie es ist. Es ist schwierig, im Leben zu lesen, es ist, wie wenn man wahrnimmt, dass in der Ferne ein Gefühl ausgelöst wurde, aber man noch nicht weiß, ob es gut oder schlecht ist. Aber das Leben lässt dich immer wissen, wenn du einen Fehler gemacht hast.

Manchmal landen Menschen am äußersten Rand und dann erhöht sich der Druck in ihrem Herzen. Menschen werden auf verschiedene Art gepeitscht, und wenn du jemanden lange genug peitschst, dann musst du ihn nicht mehr peitschen. Er peitscht sich von da an selbst. Menschen wollen sich wehtun, wenn sie einmal damit angefangen haben - das ist ein alter Glaube. Steht ein Auto lange am selben Ort, ist es nicht unwahrscheinlich, dass ein Hund schließlich auf seine Radzierkappen pinkelt. Und es gibt die uralte Härte der Vorfahren, die in den Schwachen ausbricht, und das ist die Stimme, die sagt, dass du das Letzte bist. Sie atmen auch durch deine Löcher, die Vorfahren.

Die Landschaft hat immer recht. Die Landschaft ist nur das, was sie ist, und deshalb sollten die Menschen den Blick in sie hineinrichten. Menschen sind unzufrieden und finden, dass manche Gipfel nicht da sein sollten, dass manche Hügel größer zu sein hätten. Sie schauen falsch. Sie sehen falsch und sind außerdem auch falsch. Alles ist nur so, wie es ist. Man pflügt sein Wohnzimmer nicht mit einem alten Pflug. Du musst die Landschaft akzeptieren und die Jugend in dir, die bitter ist, die spürt, dass sie ausgestoßen und geschmäht wird, begrüßen. Du musst ihrem Ruf folgen. Sie ist jetzt genauso lebendig wie früher, denn sie lebt in der Zeit des Landes. Die Schwere in deinem Gemüt ist in Wirklichkeit ein schönes Gefühl, es ist das Leben, das dich ruft, an das du dich aber auf deiner Seereise nicht erinnern willst. Du musst den Wellen erlauben, dich zu reinigen.

Das Schneefeld in der Skarðsschlucht hat sich diesen Sommer gehalten.

Irgendwann schmilzt alles dahin.

Der alte Jónmundur sprach zum Fenster hinaus. Ich war gerührt und es kamen auch sicher Tränen, und er war mein Freund, wenn das Chaos an die Tür klopfte, und es war sicher so, dass ich in der Nacktheit meiner Gefühle weinte und in meiner Unsicherheit, dass ich in den Armen dieses Krüppels auf Hneitistaðir weinte, dieses in seinem Bett zusammengekrümmten Krüppels, der den gesündesten Geist hatte und die reinste Seele.

Westlage und reine Freude im Wind.

Badeausflug mit der neuen Haushälterin

Bekam den Lada von Bensi geliehen, als von Westen das gute Wetter kam, und Arnheiður und ich fuhren fjordeinwärts ins Eyvindarbad. Wir rauchten und ich erzählte ihr lustige Geschichten vom Pfarrer und von dem Zusammenspiel der beiden Brüder, Ebbi und Bensi, und je weiter wir fuhren, desto komischer fand ich das Leben hinter dem Auto, und wir lachten und redeten Blödsinn und ich war richtig gut drauf.

Als wir schwimmen gingen, wurde mir klar, was für eine Frau sie wirklich war. Ihre Brüste und Lenden mit ihren sexy Kurven riefen nach mir wie nach einem Hungrigen, und als der Badeanzug eng anlag, konnte man ihre Brustwarzen erkennen. Ich war hungrig nach ihrer Haut. Höchstwahrscheinlich sind alle Engel einfach nur fett und lockig neben ihr.

Alles war so gut. Verdammt, dass sie die Stimmung dann verderben mussten. Wir saßen im heißen Pott und alles war fein. Kommen da nicht natürlich die blöden Kerle von drinnen, Kiddi und Palli, und setzen sich zu uns in den Pott. Dann fangen diese Teufel an, mich zu fragen, ob ich mir eine neue Haushälterin angelacht hätte und vielleicht würde es mir gelingen, diese hier länger zu halten als die letzte, und lachten mich aus.

Ich wurde eiskalt und sprachlos, hatte aber das Gefühl, ich müsste sie beide hier im Pott abschlachten wie Kabeljaus.

Ich wurde so wahnsinnig zornig, dass ich kein Wort herausbrachte, und fand, dass ich völlig vernichtet war.

Was war da mit einer anderen Haushälterin?, fragte Arnheiður, als wir wieder aufbrachen.

Ich sagte, dass da nichts zwischen uns gewesen sei, was ja stimmte, und dass ich mich mit denen auf einem Tanzfest geprügelt hätte, und sie seien nur eifersüchtig und könnten mich nie in Ruhe lassen.

Ansonsten war das eine schweigsame Heimfahrt. Ich war innerlich völlig verstört.

Sie begann mich zu fragen, ob ich über irgendetwas reden wolle, aber das machte die Sache nur noch schlimmer.

Du bist ein bisschen seltsam, sagte sie. Du warst so lustig auf dem Weg in dieses Schwimmbad, dann kommen ein paar Kerle und sagen ein paar Worte, und da bist du ein ganz anderer Mann. Ja, es ist, als verschwändest du einfach. Ich sagte ihr, das gehe sie nichts an, und darüber war sie natürlich traurig.

Ich fuhr schweigend nach Hause mit Schmerzen in der Brust und legte mich in mein Zimmer. Jetzt will ich niemanden sehen. Ich muss versuchen, meine Gedanken zu ordnen und mich zu entspannen. Hier auf der Bank.

Gedanke am Morgen

Auf die Bucht hinauszuschauen an einem Morgen, wenn die Wolkenkissen friedlich auf der gegenüberliegenden Küste ruhen, dort, wo alles besser zu sein scheint und irgendwelche unbekannten Versprechen im Licht wohnen.

Besuch beim Pfarrer

Nordsturm. Ebbi und ich haben die letzte Woche eifrig damit verbracht, nach den vorangegangenen Unwettern die letzten Netze heraufzuholen und zu reinigen. Die meisten Garne waren mit Algenbüscheln und Seetang beladen und es gab Rochen zu mehreren Tonnen. Der ganze Seehase ist verschwunden und wir sind endlich soweit, die Netze an Land zu bringen.

Arnheiður fuhr gerade fürs Wochenende nach Reykjavík, und als ich ihrem Auto nachschaute, war ich völlig sicher, dass sie nicht wieder in unser Fischerwohnheim kommen würde, ich hätte es verdient, sie nie wieder zu sehen. Ich hätte sowieso alles total vermasselt. Und ich wurde deprimiert und grau wie Blei oder wie der Nordhimmel, und in meiner Bleilaune kam ich gestern Abend auf die Idee, den Pfarrer heimzusuchen, denn den hatte man hier im Dorf den ganzen Frühling über nicht gesehen.

Mir fiel ein, dass er vielleicht beim Füttern draußen im Schafstall sein könnte, weil dort drinnen Licht brannte. Die Junisonne war hinter den Bergkämmen verschwunden und um die Berge wurde es blau. Der Holzpram, der in diesen Wellblechrosthütten die Funktion der Tür hatte, schlug im Wind in seinen Scharnieren. Ich rief hinein, keine Antwort.

Aus irgendeiner Neugier sah ich mich um und da fiel mein Blick auf die Krippe, wo die wenigen Schafe des Pfarrers sich aufhielten, denn er wollte sie nicht auf die Sommerweiden in den Bergen freilassen so wie die anderen Bauern. Da bot sich mir ein furchtbarer Anblick.

Die Schafe lagen hier und da in den Abteilen, die meisten am Leben, aber zu schwach, um sich auf die Beine zu erheben, wenn man sie anstieß. Ein rotbraunes Schaf lag tot in einem Nebenstall, und ein anderes im Hauptstall schien völlig leblos zu sein.

Hier hatte schon ewig lang kein Mensch mehr gefüttert.

Nun bin ich natürlich kein Experte, was Schafe betrifft, und wusste daher nicht, was man tun sollte. Es kam mir in den Sinn, einfach davonzurennen und so zu tun, als sei ich da nie hineingegangen. Ich hatte keine Lust, beim Pfarrer anzuklopfen und nach Antworten zu suchen, warum die Schafe so verwahrlost waren. Gott allein wusste, was in ihn gefahren war.

Schließlich entschied ich mich, hinüber nach Ásmundarstaðir zu fahren. Ich wollte den Bauern Daníel mit mir herübernehmen und ihn in diese Sache verwickeln. Es war aber so, dass in Ásmundarstaðir gerade der monatliche Spieleabend des Hneitistaðirbezirks stattfand mit jeder Menge Bäckereien, Konservierungsstoffkuchen und Kaffee.

Ich war atemlos und kam mit ziemlicher Geschwindigkeit aus dem Vorraum ins Wohnzimmer und sah, dass dieses voller Menschen war. Der Bauer Daníel sagte: Sieh mal an – ein seltener weißer Rabe. Komm, setz dich und spiel mit uns Karten.

Sie waren gerade dabei, eine neue Partie zu beginnen. Und ich konnte das irgendwie nicht hinausbrüllen, dass die Schafe des Pfarrers halb tot an der

Krippe lägen. Man weiß, was die Menschen dann in den kommenden Jahren zu tratschen hätten. Ich ließ mich also überreden und setzte mich zu ihnen aufs Sofa.

Die Leute waren sonst eher schweigsam und ständig hörte man das Geklappere, das entsteht, wenn eine Kaffeetasse von guter Qualität auf eine Untertasse trifft. Es herrschte eine Badezimmerhitze hier drinnen und alle Fenster waren geschlossen, als sei es ein Zeichen von Gastfreundschaft, die Gäste schön warm zu halten. Ich sagte, es sei wahnsinnig heiß da drinnen, und die Leute stimmten mir zu und murmelten, als hätte ich den Gastgeber gelobt.

Stína von Skarð saß neben mir und die alte Oddný, Daníels Frau, setzte sich auf die andere Seite, nachdem sie mir eine Kaffeetasse gereicht hatte. Nimm dir Kuchen!

Da waren noch mehr Leute aus der Gegend fjordeinwärts, das Ehepaar, das im Kirchenchor singt, man saß eng beisammen, und plötzlich kam mir vor, ich sei eingesperrt in diesem Kaffeetassenzusammengesitze, und ich begann zu schwitzen und mir wurde langsam übel, denn ich hatte meinen Wollpullover in der Hitze nicht ausgezogen.

Sagt da die alte Oddný: Nun, ja, mein lieber Freund, du willst uns etwas sagen, nicht wahr?

Und dann begannen die Leute zu lachen und lachten noch mehr und mehr und ich überlegte, ob sie es wüssten und warum sie dann nichts in dieser Sache unternähmen, sondern hier säßen und Karten spielten wie hirnlose Schafe.

Wir hatten gehofft, du würdest heute Abend nicht allein hierherkommen, sagte Daníel und alle begannen schon wieder dieses unangenehme Lachen zu lachen, und genau, als ich glaubte, in Ohnmacht zu fallen, weil ich so eingequetscht war, sah ich, wie sich die Köpfe der Menschen ausdehnten und in vernebelter Verzückung hin und herwackelten und ich dachte mir: Was meinen die? Hätte ich den Pfarrer mit mir hierhernehmen sollen oder die toten Schafe? Was ist überhaupt so lustig? Warum sind alle so gegen mich und das fette Ehepaar von weiter drinnen starrt mich durch flaschenbodendicke Brillengläser an und sie hauen einander auf die Schenkel und lachen bösartig, und da plötzlich hörte ich, wie Stína von Skarð sinngemäß sagte, dass es nicht verwunderlich sei, dass ich nicht über die Haushälterin sprechen wolle, sie sei ja erst ein paar Tage hier.

Natürlich! Ich kam wieder zu Bewusstsein, wie nach einem bösen Traum. Natürlich meinten sie die Haushälterin!

Ich verstand nicht, was zum Teufel hier vorging. Ich weiß, dass ich schüchtern bin, aber das schlug nun wirklich alle Schüchternheit, dass man knapp davor ist, in Ohnmacht zu fallen, weil man in den Spieleabend des Hneitistaðirbezirks geplatzt ist. Mir ist das nicht gleichgültig, jetzt im Nachhinein. Ich begann alles verschwommen zu sehen, da drinnen. Das ist eine Tatsache, genauso wie unser aller Leben hier vollkommen den Windrichtungen unterworfen ist.

Ich murmelte etwas über die Haushälterin, dass sie eine großartige Köchin sei, wollte aber am liebsten sagen, dass sie im Bett sehr versiert sei, und sei es nur, um das Geräusch zu hören, das es macht, wenn die Leute den Kaffee in ihre Tassen zurückspucken.

Als einige Partien überstanden waren, gewann ich meine Fassung wieder und sagte, dass ich eigentlich einen anderen Grund gehabt hätte, die Spielkarten in die Hand zu nehmen.

Ach so?

Ja, und dann sagte ich, dass ich eigentlich Daníel mitnehmen müsste, um etwas beim Pfarrer nachzusehen.

Etwas was?

Nein, das ist nichts, nur ein blödes Schaf, es habe sich offensichtlich den Fuß verdreht und ich hätte nicht gewusst, was zu tun sei. Kann der Pfarrer sich nicht selbst darum kümmern?, fragte da die alte Oddný in ihrem Gardinenkleid und schlug einen anderen Ton an. Ich versicherte, dass der Pfarrer nicht zu Hause sei.

Ist es ernst?, fragte Daníel. Ja, ich sagte, dass ich das glaubte.

Stand da nicht die Alte auf, Blitze aus den Augen abfeuernd, rot im Gesicht, und das, obwohl sie grauhaarig ist, und rief mit Abscheu: Du gehst nicht hinüber, Daníel!

Was soll das, Frau, das Tier leidet, murmelte Daníel und massierte sein Kinn. Dann begann es noch drückender zu werden da drinnen, und schließlich gelang es mir doch, den Bauern Daníel mit mir zu schleppen, und die alte Oddný schrie hinter uns drein, dass es am besten wäre, alles beim Pfarrer schlachten zu lassen, und sie sollten die Fleischhälften bekommen, denn er sei ein verdammter Dieb.

Daníel erklärte mir, dass der Pfarrer jahrelang Eiderdaunen aus den Nestern entnommen hätte, die zu Ásmundarstaðir gehörten, und keinen Einspruch gelten habe lassen, obwohl sie versucht hätten, ihn darauf hinzuweisen. Das Fass zum Überlaufen habe er gebracht, als er das Schleppnetz heraufgezogen habe, das bei ihnen angetrieben war, und es hinüber auf das Land gezogen habe, auf dem die Kirche steht, und es zu seinem Eigentum erklärt habe.

Als wir losgefahren waren, eröffnete ich Daníel, was es mit dieser Sache eigentlich auf sich hatte. Die Schafe seien offensichtlich am Verhungern.

Dieser alte Bauer wusste, wie man zu reagieren hatte, er kannte Schafshunger, seit er das Dungalswurmmittel verwendete, denn da musste man die Schafe zuerst hungern lassen, bevor das Mittel verabreicht wurde. Man musste ihnen einfach erst wenig Futter geben, danach aber die Portionen stetig vergrößern. Ich sah, dass er feuchte Augen bekam, als er sah, wie furchtbar die Schafe beisammen waren. Nein, das gefällt mir nicht, das gefällt mir nicht, murmelte er ohne Unterlass, als habe er Mitleid mit den Tieren, von denen er übrigens behauptete, sie seien die einzigen denkenden Geschöpfe auf der Erde. Er half mir, die toten Schafe in Plastik zu verpacken, und wir legten sie auf die Scheune neben den Ställen. Der Pfarrer kann sich darum kümmern, dass sie entsorgt werden.

Daníel fuhr sodann nach Hause und sagte, er könne sich an manchen Tagen davonstehlen, um den Schafen Futter zu geben. Ich unterließ es, zurückzufahren und nach dem Pfarrer zu sehen. Ich rief ihn an, aber keine Antwort. Warte bis morgen.

Erneuter Besuch beim Pfarrer

Nordwestwind und Flecken aus Sonnenschein im ganzen Fjord. Ich schaute auf dem Weg zum Seelsorger das Wollgras an, wie es sich im Moor wellte. Ehe ich michs versah, war ich ins Moor gestiegen und pflückte Wollgras mit Tränen in den Augen. Weinte. Ich fand, ich hatte die letzte Chance vertan, mit einer Frau zusammenzukommen.

Mein Herz pochte, als ich beim Pfarrer anklopfte. Ich hatte in Wirklichkeit kein Interesse mehr an diesem Besuch, aber nachdem die Schafe dem Verenden so nahe waren und Hilfe brauchten, zog ich es durch. Ich klopfte an der Außentür, aber es kam keine Antwort. Da ging ich den Gang hinein und rief, ob jemand zu Hause sei, bekam aber nichts zu hören. Ich ging von einem Zimmer ins andere durch Haufen von Zeug und nirgends war jemand zu sehen. Da setzte ich mich auf das Sofa im Wohnzimmer und erinnerte mich, wie der Dichtermann vor langer Zeit in diesem Wohnzimmer aufgeblüht war, wie mochte es ihm wohl gehen? Ob er wohl wiederkäme diesen Sommer? Da hörte ich ein leises Pfeifen aus der Küche. Ich ging dem Geräusch nach und da stand der Pfarrer in der Speisekammer und schlichtete die Konservendosen vorwärts und rückwärts auf den Regalen. Hinauf und hinunter.

Guten Tag, sagte ich in den Türspalt hinein, aber der Pfarrer antwortete nicht und schenkte mir auch keine Beachtung. Dann sagte er nach einer langen Weile:

Fändest du es richtiger, dass die Ora-Erbsendose auf dem obersten Regal rechts steht oder soll sie hier auf dem untersten Regal in der Mitte stehen?

Ich wusste nicht, wie ich reagieren sollte, außer dass ich eine Stinkwut bekam und meinte, dass Erbsen, so viel ich wusste, dazu da seien, gegessen zu werden, aber nicht, um mit ihnen ein verdammtes Spiel zu spielen.

Essen, wiederholte der Pfarrer.

Essen, ja, sagte ich und fragte, ob er nicht wisse, dass alle Lebewesen essen müssten, um zu überleben, und auch diese verdammten Schafe, die er da hätte und die gestern halb tot in den Ställen gelegen seien.

Essen!, sprach der Pfarrer weiter, so wie ein geistig Zurückgebliebener, und ich muss sagen, dass mir der Mann nicht mehr egal war. Essen, essen, wiederholte er und öffnete eine Dose mit Aprikosenmarmelade, tauchte seinen Finger hinein und schleckte ihn ab – essen! essen! –, und ich fragte den Mann, ob er nun endgültig den Verstand verloren habe. Er, der Seelsorger in unserer Gegend?! Was hatte er mit seinen Schafen vor?

Schafe? Ach ja, die, stöhnte er, du brauchst nicht vielleicht ein paar Schafe, mein lieber Halldór? Ich kann Schafe nicht ausstehen. Möchtest du nicht die Schafe nehmen, du darfst sie gerne haben, lieber Dóri.

Da ging ich auf ihn zu und sah in seine Augen, die dunkel und verrückt waren, mit tiefen Augenringen von so viel Schlaflosigkeit, und spürte, dass ich zornig geworden war, und fragte ihn, ob er vollkommen irre sei. Dass da zwei Schafe tot vor dem Stall lägen und er sich sofort darum kümmern sollte, sie zu entsorgen, bevor der ganze Bezirk von der Sache Wind bekäme.

Aber als ich in die Augen dieses gezeichneten Menschen schaute, spürte ich eine Art Mitleid. Besser wäre gewesen, ich hätte das nicht gehabt, denn sofort bot ich ihm meine Hilfe an wie irgendein Idiot, obwohl ich das eigentlich nicht vorhatte und mich schon gar nicht in etwas einmischen wollte. Ich sagte, dass das nicht gehe und dass ich versuchen könne, mit Daníel zu verhandeln, damit er die Schafe füttere, bis der Pfarrer wieder zu sich komme.

Da sagte der Pfarrer, dass die auf dem nächsten Hof bösartig seien, und es sinnlos sei, sich mit ihnen abzugeben, und sie sich nicht einmal um ihre eigenen Schafe kümmerten.

Da überkam mich eine Mordswut und ich brüllte ihn an und schüttelte ihn wohl auch ein wenig und sagte, dass er sich sofort zusammenreißen solle, denn sonst würde er umgehend nach Reykjavík in die Klapsmühle geschickt. Mit diesen Worten schoss ich zur Tür hinaus. Hörte ihn hinter mir drein murmeln, dass er krank sei.

Krank und krank, wer ist nicht krank? Das ist nur verdammter Mangel an Selbstdisziplin. Jeder muss mit seinen Fehlern umgehen können. Er muss sich einfach zusammenreißen, sonst endet das schlimm für ihn. Tatsache ist, dass man nach Besuchen bei diesem Seelsorger auf Hneitistaðir ziemlich verstört ist.

Am Abend traf ich den Gemeindevorsteher vor dem Laden und setzte ihn von der Sache in Kenntnis.

Ja, das tut weh, den armen Kerl so in seiner Einsamkeit versinken zu sehen, sagte der Gemeindevorsteher und putzte sich den Staub von seiner Hose.

Ich habe den Verdacht, dass der Pfarrer kurz davor ist, überzuschnappen, aber was kann jemand wie ich schon tun für diesen Mann des Gottesdienstes? Aus irgendwelchen Gründen finde ich, dass eine schwere Verantwortung auf meine Schultern gewälzt worden ist, nur deshalb, weil ich den Pfarrer besucht habe, und wenn ich das den anderen sage, heißt es: Ja, oje, das ist eine arge Sache mit dem bedauernswerten Kerl, und alle machen sich dann schnell davon.

[Hier möchte ich nur einfügen, dass ich sagte, dass es schwierig sei, sich in dieser Sache richtig zu verhalten, und dass die Angelegenheit sich weiterentwickeln müsse, bevor es möglich sei, etwas Konkretes zu unternehmen. Ich hatte den Sekretär des Bischofs vor einiger Zeit von dieser Sache in Kenntnis gesetzt, und auch die Pfarrervereinigung, aber die Antwort erhalten, dass jeder Pfarrer Messen halten solle »gemäß den Regeln, solange es die geistige Gesundheit zulasse oder so lange, bis sich eine Lösung einstellt«. Das war der Grund, warum ich beschloss, ein wenig länger zu warten und zu sehen, ob der Pfarrer am nächsten Sonntag wieder eine Messe lesen würde, wie es auf dem Programm stand.]

Halldór und Arnheiður fahren zum Picknick

Heller Sonnenwind aus Westen und außergewöhnlich warm. Stürmisch auf der Bucht, aber nur eine leichte Brise an Land. Keiner auf dem Meer draußen heute wegen der hohen Wellen, da bekommt man sowieso kaum einen Fisch an die Leine.

Verdammt vermasselt. Ich wusste, ich würde es vermasseln.

Nachdem ich ausgiebig angetrockneten Fisch mit Seehundspeck gegessen hatte, legte ich mich auf die Bank hier drinnen und schlief tief ein. Dann vernahm ich plötzlich ein Geräusch, als würde etwas gegen mein Fenster geworfen. Ich setzte mich im Bett auf und da stand sie unten bei den Fischcontainern in einem ausgeschnittenen Sommer-T-Shirt, mit ihrem obsidianschwarzen Haar, das über ihre Schultern floss, und der Sonnenbrille im Haar, und sagte diesen unirdischen Satz:

Du hast versprochen, mir die Blumen zu zeigen!

Du bist die einzige Blume in diesem Fjord, murmelte ich vor mich hin, während ich aufstand. Wir gingen den Strand entlang, warfen flache Steine aufs Wasser zwischen den Eiderenten, die schon ihr Paarungsgefieder verloren. Ich sammelte für sie ein kleines Büschel Augentrost von den Gesimsen des Gvendarfelsens. Wir setzten uns ins Gras.

Es war windstill und richtig heiß, da wo wir saßen, und sie hatte eine Decke in der Tasche, die sie unter uns ausbreitete.

Ist es okay, wenn ich ein Sonnenbad nehme?, fragte sie und zog ihr T-Shirt aus. Ich weiß nicht, wie lange sie da lag in all ihrer Herrlichkeit, mit Sonnenbrille, in ihrem gemusterten BH.

Ich lag da neben ihr im Gras auf der Decke, neben der Traumfrau im Gras, wo ich in Gedanken schon so oft gelegen war, so hatte ich es mir vorgestellt, ganz genau so, und jetzt war es plötzlich beinharte Realität und nur ein hauchdünner Abstand zwischen mir und ihrer kühlen Haut.

Nach einiger Zeit nahm sie ihre Sonnencreme heraus und fragte, ob ich ihre Schultern eincremen könnte. In diesem Moment waren meine Hände kurz davor, zu zittern und wie gelähmt zu werden, ihre Schultern hinunter und auf den Rücken.

Diese Sonnencreme sieht vielleicht dem menschlichen Sperma ein bisschen ähnlich, sagte sie neckisch.

Weiß nicht.

Das weißt du nicht, sagte sie und lachte, was meinst du?

Nein, ich meine, dass sie vielleicht eher wie die Milch aus dem Kabeljau ist, sowohl in der Farbe als auch in der Konsistenz.

Du bist offensichtlich ein Experte, hast du die schon einmal gekostet?

Ja, ich habe einmal in einem Frühjahr die Milch von ein paar großen Kabeljaus gesammelt, als der Kabeljau hier bei uns auf den Steinen am Strand gelaicht hat. Man sagt, die soll wahnsinnig gut gegen alle möglichen Krankheiten sein und schmeckt wie Eiweiß, das man ohne Margarine in der Pfanne gebraten hat.

Da drehte sie sich zu mir, nahm meine Hand und legte sie auf ihre Brust. Wir schauten einander in die Augen, ich sah, wie ihre Narbe vom Augenwinkel abwärts zu winzigen Fältchen wurde. Dann wusste ich nichts mehr von mir, bis wir uns küssten, da auf der Decke im Gras im Sonnenwind aus Westen, und genau in diesem Moment bemerke ich, dass uns irgendjemand zuschaut. Ich blicke auf und sehe Menschen.

Hinter uns, da, wo die Klippe ins Meer geht, sehe ich deutlich zwei Personen zwischen den Steinen gehen und hinter der Klippe verschwinden. Ich renne los, auf den Sandstrand hinunter, um hinter die Felsklippe zu kommen, und sehe Leute in Álafossanoraks, und als ich näher komme, höre ich wieder dieses bösartige Lachen, so wie von dem Ehepaar auf Ásmundarstaðir an dem Spieleabend. Das Lachen dröhnt in der Luft und vermischt sich mit dem Möwengeschrei, als ich versuche, dieses Pack zu erreichen. Wahrscheinlich sind sie zwischen den Felsen unter dem Drangavíkurwasserfall verschwunden.

Schließlich landete ich hier drinnen auf der Bettbank, wie schon so oft, kurzatmig und mit diesem stechenden Schmerz in der Brust. Ich war völlig am Boden zerstört. Was wollten sie von mir?

Verdammter Volltrottel, der ich bin, das alles zu vermasseln, wenn ich endlich Gelegenheit habe, eine Frau kennenzulernen.

Nach einiger Zeit klopfte sie bei mir, diese göttliche Haushälterin, die mir einfach ein bisschen zu viel ist. Ich verstand nicht alles, was diese Frau sagte, aber ich verstand, dass sie irrsinnig böse war und dass ich sie betrogen hätte. Sie nannte mich einen uninteressierten Idioten und schrie, ich hätte nicht ein zweifaches Zeichen aussenden sollen, wenn ich doch kein Interesse an ihr hätte, und in dem Redeschwall konnte ich Wörter unterscheiden wie lauwarmer Depp und dass Gott Lauwarme ausspucke, und ich weiß nicht, was sie alles sagte, denn ich war innerlich wie eingefroren.

Ich habe mich seit dieser Sache nur hier drinnen aufgehalten und überlegt, welche Leute das waren, die ich hinter der Klippe auf der Lauer liegen gesehen hatte. Ich glaube, die wollten mich in die Schlangengrube stoßen und dort erledigen. Sie wollten sie mir wegnehmen. Ich muss sie finden. Ob ich jetzt wohl einen Schlusspunkt hinter dieses Liebesabenteuer gesetzt habe?

Die letzte Messe des Pfarrers

Der Wind steht aus Nordwesten gegen den Fjord. Halb bewölkt. Die Stimmung hier im Fischerwohnheim ist nach dem missglückten Picknick auf dem Tiefpunkt. Ich war daher froh, mit den Brüdern rauszukommen und an der Messe teilzunehmen, aber genau genommen glaubte ich, dass die Messe wegen des Zustands, in dem der Pfarrer zuletzt gewesen war, ausfallen würde. Es hatte sich in der Gegend herumgesprochen, dass der Pfarrer dabei sei, den Verstand zu verlieren.

In der Kirche saßen deshalb doch einige Leute auf den Bänken.

Der Pfarrer kam als Letzter zur Kirche, ich glaube sogar, es war der Gemeindevorsteher, der losgefahren war, um ihn zu holen. Er ging schnurstracks in die Kirche, er trug seinen blauen Arbeitsoverall und hatte einige Zettel in der Hand. Es war ungewöhnlich, dass der Pfarrer aus dieser Richtung kam. Er war offensichtlich ziemlich verwirrt und blickte um sich, bis Þorfinnur, der Organist, aufstand und ihn in die Sakristei führte. Es dauerte nicht lange, bis man sah, dass der Ablauf der Ereignisse an diesem Sonntag in der kleinen Holzkirche am Meer nicht in Übereinstimmung mit dem war, was in der Liturgie stand. Der Pfarrer kam in seinem Talar herein und ging direkt zur Kanzel und begann, von seinem ungeordneten Zettelhaufen eine Predigt abzulesen.

Er verschärfte seinen Ton, je weiter die Predigt fortschritt, und so eine Predigt hatte man noch nie gehört.

Oft hatte man erlebt, dass der Pfarrer etwas Schockierendes sagte, aber jetzt war es so, als kenne der Mann keine Grenzen und sage ohne Einschränkung alles, was ihm auf dem Herzen lag. Die Predigt war nicht lang, aber deshalb ist sie mir umso besser im Gedächtnis geblieben. Er nannte die isländische Kultur barbarisch, er sagte, dass die Schwächeren in diesem Land keine Hoffnung hätten, sich zu erheben, in diesem Land, für das es sowieso am besten wäre, es versänke im Meer mit jeder einzelnen Laus, er sagte, er werde alle vor Gericht bringen, die ihn ausgeschlossen hätten, und man spürte, dass der Mann zornig war und völlig aus dem Gleichgewicht und es ihm völlig egal war, alle Brücken hinter sich abzubrechen. Aber man war ergriffen. Das muss ich sagen.

[Hier folgt die Predigt von Pfarrer Sólmundur, teilweise aus dem Gedächtnis aufgeschrieben, denn die Predigt selbst war nicht in völliger Übereinstimmung mit seinen Zetteln - Sigursteinn.]

Seid gegrüßt und gesegnet.
Heute werde ich nicht über die Befreiung oder über Gott im Himmel sprechen. Heute werde ich etwas anderes machen, denn ich habe es satt, endlos über Gott zu reden, ich habe verstanden, dass dieses Geschwätz dieses Volk in keiner Weise Christus näherbringt oder dem Guten in der Welt. Heute spreche ich über Island und die Menschen, die in diesem Land leben. Ich werde über euch sprechen.

Wenn man die Dinge betrachtet, wie sie in Wirklichkeit sind, sieht man, dass diese sogenannte isländische Gesellschaft mehr als merkwürdig ist. Es ist eine Art Verein von zusammengekrümmten Individuen, von denen ein jedes versucht, zum anderen möglichst ekelhaft zu sein und sich auf seine Kosten besser zu fühlen. Hier werden die, die das Schöne im Leben suchen, niedergetrampelt und an den Rand gestoßen und dann, wenn sie ihre Wut zeigen, überhaupt verbannt, so wie jetzt, da ihr diese meine Worte hört, jetzt fangt ihr an, mich zu verachten und mich als euren Feind zu betrachten, und nicht als den Wohltäter, der ich in Wirklichkeit bin.

In diesem Land existiert eine Kultur, die das menschliche Zusammengehörigkeitsgefühl immer verachtet hat und den barbarischen und ungehobelten Individualismus anbetet. Die Menschen in diesem Land blicken zurück auf ein verschwundenes goldenes Zeitalter, das doch nichts anderes war als eine Zeit machtbesessener Ehrgeizlinge, die einander die Hacken in die Hirne trieben und davon später Geschichten erzählten. Dieses Schimpansengehabe, das Gerüst dieser Kultur, das ist das goldene Zeitalter, auf das die Isländer in allen Jahrhunderten mit Stolz geblickt haben, so wie sie das auch jetzt tun. Bei gesunden Völkern wird dem Geringen die Möglichkeit gegeben, für seine Existenz zu kämpfen. In Island sind es nur die Auserwählten, die leben dürfen. Alle anderen sind Geknechtete und Wiedergänger, auf die man hinschlagen darf, Entmündigte und fahrendes Volk, Verlierer: es sind die, die neben dem Strom gelandet sind. In Island kann man deshalb nicht von einer

Kultur im eigentlichen Sinn sprechen wie bei humanistisch zivilisierten Völkern.

Die isländische Kultur scheint eine Art Ansammlung von eingesperrten und erstickten Seelen zu sein, von denen keine auch nur ein Gefühl zeigen darf, denen Tyrannei und Machtmissbrauch im Blut liegen und die ganze Sippen verfolgen wie Hausgeister und Gespensterfrauen, eine Kultur, wo Sklaven und glücklose Entmündigte geschlagen und verachtet werden, wo das eine wahre, reine Leben des Geistes zurückweicht vor Arbeitssklaverei und dem Wettlauf der Eitelkeiten und wo man zum Sterben hinausgetragen wird und höchstens an die Fenster einiger weniger klopft und »Hier sei Gott« sagt, um sie verrückt zu machen. So sind meine Leute unterm Strich, so ist diese Kultur, wenn man die Oberfläche abzieht und die Dinge sieht, wie sie in Wirklichkeit sind.

Und was hat dieses Volk irgendwann anderes für mich getan, als mich dorthin zu zwingen, wo ich schließlich ausgestoßen wurde. Wann hat die Gesellschaft anders an mir gehandelt, als mir vollkommene Kälte entgegenzubringen, indem sie mich an ihren Rand gedrängt hat! Für mich ist die Lebensart in diesem Land so geworden, dass es besser wäre, sie zu vernichten, als sie mit aller Kraft beizubehalten und damit für so viele so großes Leid zu schaffen. Es ist eine Lebensart, die nur das Niedrigste anbetet und die negativsten Triebe im Menschen in ihrem endlosen, hartherzigen Kampf um die Existenz. Da kannst du nur gewinnen, indem du auf anderen herumtrampelst. Es wäre eine Reinigung für den Großen Geist, wenn Island im Meer versänke mit jeder Laus, die darauf herumkriecht, und allen Hausgeistern und Geisterfrauen und den Seelen der weggelegten Kinder und den Wiedergängern, die nichts anderes sind als Spiegelbilder der gehemmten und unterdrückten Volksseele dieses Landes.

Ich klage alle an, die in all den Jahren auf mir herumgetrampelt sind, ich klage diese barbarische Kultur an, in der die Schwachen hinausgedrängt werden und unerwünscht sind und geschlagen werden wie Sklaven, und klage alle an, die neben mir gelebt und daran teilgenommen haben, mich ewig aus der Gesellschaft auszuschließen, ich klage euch alle an! Es ist eure Schuld, dass ich dieses Ungeheuer bin, hier im Norden, hier am Arsch der Welt, dass ich nicht gesellschaftsfähig bin und nichts anderes als ein Gespött aus der Ferne, ihr seid alle schuld und ich klage das gesamte isländische Volk dafür an, sie in mir gemordet zu haben – meine See-he-he-le …

Der Pfarrer Sólmundur stieg langsam von der Kanzel herunter und stöhnte, dass seine Schultern zusammensackten. Ich erinnere mich, dass er noch hinzufügte, dass er das verlorene Schaf sei, das allen gleichgültig wäre. Ich bin genau wie jedes andere Lamm! Schlachtet mich jetzt, ihr Gesellschaft der Menschen!, sagte er und wusste nicht, was er mit sich selbst anfangen sollte, und murmelte stockend, dass wir … wären und dass er nicht diesem Volk angehöre … er sei kein Teil von uns. Endlich begann der Körper unter dem Talar sich aufzubäumen und dieser seit so Langem gequälte Seelsorger begann zu weinen. Und es war ein

Weinen, wie ich es noch nie vorher gehört habe, ich wusste nicht, dass es so etwas in einer menschlichen Brust geben könnte. Es kam mir vor, dass es den ganzen Bezirk viele hundert Jahre gekostet hätte, ein solches Weinen aufzustauen. Es begann mit einem kleinen Spalt oder einer Enge, durch die sich das Weinen hinauspresste, aber dann brachen die Dämme und die Brandung knallte auf die Kirchenbesucher. Dennoch war es nicht unangenehm, hier zu sitzen, ganz im Gegenteil, ich habe mich in der Kirche noch nie so gut gefühlt, vielleicht deshalb, weil der Pfarrer für alle Menschen zu allen Zeiten zu weinen schien und auch für mich. Und niemand tat etwas. Die Menschen waren völlig gelähmt, als seien sie hier tausend Jahre lang gesessen und hätten einem Mann in einer Priestertracht beim Reden zugehört, aber jetzt hatte sich das Beispiel umgekehrt und der Mann in der geistlichen Tracht stand weinend hinter der Kanzel.

Nach einiger Zeit erhob sich der Gemeindevorsteher und ging zum Taufbecken, auf das sich der Pfarrer stützte, sein weißer Kragen war total verrutscht wie auch sein Talar. Er nahm den Pfarrer am Arm und sprach leise mit ihm. Er sagte, so etwas könne jedem passieren, und jetzt müsse er sich einfach ausruhen und nach Hause gehen. Der Pfarrer sprach mit halber Lautstärke, er sagte, er habe nichts Böses im Sinn gehabt, er sei krank. Der Gemeindevorsteher sagte noch einmal, dass das jedem passieren könne. So verschwanden sie zur Tür hinaus, und wir saßen da, die Leute, und taten nichts. Nur ein paar schweigsame Isländer. Auf Kirchenbänken.

Die Leute begannen, miteinander zu flüstern. Tja, das war eine heftige Predigt, sagte jemand.

Nein, so etwas, sagte da Ebbi schließlich und stand auf, sollten wir nicht einen Psalm singen und damit diese wahre Feuermesse beschließen? He, he.

Und dann gingen sie hinauf zur Orgel, das Ehepaar von drinnen im Fjord und die Brüder Ebbi und Bensi, und sangen *Heyr himnasmiður* und Þorfinnur spielte dazu. Ich muss gestehen, dass ich ergriffen war, aber die Atmosphäre war irgendwie so, dass ich, hätten draußen die Schafe geblökt, auch gerührt gewesen wäre, denn der Pfarrer hatte Worte gesprochen, die immer noch in der Luft lagen und sich in jeden Winkel der Kirche verkrochen.

Der Pfarrer hatte etwas gesagt, das unangenehm war, aber es war keinem verborgen geblieben, dass die Predigt auf echten Gefühlen aufgebaut hatte, er hatte die Seelen aller geöffnet, die ihm zugehört hatten, nicht nur seine eigene, sodass jeder Einzelne gezwungen war, sich in seinem Herzen zu fragen, ob an der Predigt des Pfarrers etwas Wahres dran war. Jetzt waren die Worte gesprochen und es war so, als sei diese Kirche nicht mehr dieselbe und nichts sei mehr so wie zuvor.

Ich fand, dass ich auch Schuld hatte. Ich hatte lustige Pfarrergeschichten erzählt, ich hatte nie gefragt, wie es ihm gehe, sondern war mit jedem kleinen Problem zu ihm geeilt und hatte bei ihm Mitgefühl gesucht, ich hatte nichts anderes getan, als ihn dafür zu beschimpfen, dass er seine Schafe nicht fütterte. Ich war genauso schuldig und dennoch ging es mir nicht direkt schlecht damit. Meine Seele war völlig ausgewrungen und verdreht.

Es gab keinen Kaffee und keinen Kuchen im Frauenverein an diesem Tag, auch gut, denn worüber sollten die Leute schon reden? Die Leute gingen murmelnd zu ihren Autos und die Brüder sprachen wenig. Sie fuhren beim Gemeindevorsteher mit und Bensi borgte mir sein Auto, damit ich noch den alten Jónmundur besuchen könnte.

In der unteren Etage war keiner zu Hause, also ging ich direkt hinauf zum Krüppel auf seinem Krankenbett, in dem er lag und aus dem Fenster schaute, als habe er noch nie aus dem Fenster geschaut.

Ich sagte nichts. Wieder war es so, als wisse der Krüppel, was ich auf dem Herzen hatte, ohne dass ich ein einziges Wort sagte. Der alte Jónmundur meinte:

Die Menschen gehen schweigsam aus der Kirche, aber die Himmel feiern einen großartigen Sieg. Das Gras wächst plötzlich und die Blumen haben wieder Bedeutung. Menschen sind gut, aber die meisten haben Angst vor dem Leben, das doch so harmlos ist wie die Schafe und so einfach wie Skyr. Schau einmal, mein lieber Halldór, dort kommt mein Lieblingsbild, kleine Sonnenflecken auf den Hängen, und dann deutete er hinaus, dorthin, wo die Sonne die Berghänge herunterfloß. Es herrschte Westwind.

Weißt du, was mit dem Pfarrer passiert ist?

Schau das Licht auf den Hängen an, mein lieber Halldór, sagte der Alte wie in Trance. Da erzählte ich ihm, was sich ereignet hatte, aber das schien ihn nicht zu erreichen, während er da auf die Berghänge starrte.

Siehst du, wie die Meerenge glitzert, Halldór, siehst du nicht die Freude in dem Licht? Die kahlen Stellen werden vom Leben besiegt.

Nein, ich sah keine Freude. Ich dachte darüber nach, was nun mit dem Pfarrer passieren würde und was man mit seinen Schafen tun müsse.

Mach dir keine Sorgen um die Schafe anderer, sagte der Krüppel und drehte mir den Kopf zu und schaute mir in die Augen. Komm bei Gelegenheit wieder. Ich werde hier sein. Sie ist in dich verliebt. Bald kommt das große Licht über uns.

Was für ein verdammtes Geschwätz ist das über ein verdammtes Licht, sagte ich, oder irgend so etwas, und rannte aus der Tür.

Mir wurde schlecht und ich hatte das Gefühl, der Krüppel habe etwas aus der Tiefe meiner Seele heraufgezerrt, als wollte er mir zu verstehen geben, dass mit mir etwas nicht stimmte!

Als sei ich so bescheuert wie der Pfarrer. Bei Gelegenheit! Was zum Teufel weiß dieser Krüppel eigentlich? Ich gehe nie mehr zu ihm. Will ihn nicht sehen. Tut so, als sei ich so verrückt wie der Pfarrer.

Als ich am Hof des Pfarrers vorbeifuhr, sah ich Menschen vor dem Haus stehen, und da war auch der Gemeindevorsteher mit ein paar anderen Männern, die den Pfarrer aus dem Haus führten. Ich kam dazu wie ein Idiot und fragte, was man mit den Schafen tun sollte.

Als der Pfarrer das hörte, ließ er den Koffer los, den

er in der Hand trug, er knickte auf der Treppe ein und begann, laut zu weinen.

Kannst du sie nicht einfach füttern, mein lieber Halldór, während er auf Urlaub ist?, fragte der Gemeindevorsteher und stützte den Pfarrer auf dem Weg zum Auto.

Dann wurde das Auto gestartet und ich rief hinter ihnen drein: Ja, gut, ich füttere die Schafe!

Ich weiß nicht, ob sie das überhaupt hörten.

Und so war es nun mal. Gott weiß, was als Nächstes kommt.

Arnheiður zog sich zurück, als ich in die Küche des Fischerwohnheims kam. Das Essen ist fertig, sagte sie. Ging.

Traum von seltsamen Menschen

Sie sind ein Paar. Sie müssen ein Paar sein. Und dennoch bin ich nicht ganz sicher. Wie komme ich darauf, dass sie ein Paar sind? Ich kann es nicht sicher behaupten, aber meine Intuition sagt mir, dass sie ein Paar sind. Gehe ich deshalb davon aus, dass sie ein Paar sind, weil sie mitten in der Nacht unter meinem Fenster auf dem Platz vor dem Haus stehen? Nein, die genaue Position ist noch kein Argument für innige Beziehungen. Ich wache jede Nacht um 4:35 Uhr auf, nachdem ich geträumt habe, dass sie auf dem Platz vor dem Wohnheim stehen, auf meine Fenster hinaufschauen mit diesen unheimlichen Flaschenbodenbrillen, ihre Augen so groß machen, dass sie das halbe Gesicht bedecken, und ich weiß nicht, wer sie sind, außer, dass sie Anoraks von Álafoss tragen, und ich bin sicher, dass sie fette Nacken haben, auch wenn ich das nicht sehe, und dass sie so schlecht sind, dass das Innenfutter ihrer Jacken hier und da heraussteht – und erst die Hände!

Ihre Hände sind in die Luft gereckt und die Finger auseinandergespreizt, als seien sie tot und kalt, und so starren sie mich auch an. Und wenn ich aufwache mit dieser Angst, die aus dem Magen quillt, und diesem Albdruck auf der Brust, dann verschwinden sie. Oder sind sie überhaupt verschwunden?

Ich wage nicht, nachzusehen, ob sie wirklich da unten auf dem Vorplatz stehen. Was, wenn sie dort wären? In der Wirklichkeit?

Und jetzt kann ich mich der Gedanken an sie nicht entledigen, nicht einmal am Vormittag, während ich mir damit die Zeit vertreibe, im Boot meine Leinen klarzumachen. Und wenn ich es ihr erzählte. Sie würde sofort gehen. Arnheiður. Ich stehe allein da in dieser Sache. Sie wollen mir Übles und der Teufel weiß, was dieses Pack unter seinen Jacken trägt!

Endlich war ich in ihren Armen, es war Nacht und wir hatten begonnen, uns auszuziehen in einem Strom aus heißen Küssen, und als ich mich ganz ausziehe, erschrickt Arnheiður und ruft Neein!, und im selben Moment steht das Álafossanorakpack in der Tür und die Alte hat sprödes Haar, das in die Luft absteht, und sie kreischt mit lauter Stimme: Er hat keinen Schwanz!

Ich erwachte, als das bösartige Lachen durch das ganze Haus dröhnte.

Hilfe gesucht bei den Kollegen

Schwacher Ostwind und Wellengang. Vorletzte Nacht hielt ich es nicht mehr aus, ich hatte solche Angst, weil ich glaubte, sie seien an mein Fenster gekommen, ich sah ihre Schatten auf der Gardine und ihre Gesichter, als die Gardine sich aufbauschte, und ich war sicher, dass sie es schaffen würden, sich zu mir hereinzuzwängen, obwohl sie fett sind und Nackenspeck haben wie Kegelrobbenbullen. Ich wurde so angsterfüllt, dass ich es nicht mehr wagte, allein zu sein, ich brauchte menschliche Nähe, also klopfte ich bei Ebbi. Ich sagte, ich hätte einen permanenten Albtraum, und ob er nicht für mich nachsehen könnte, ob dort draußen auf dem Platz unterhalb meines Fensters Leute seien.

Er sah nach und sagte, da seien keine Leute, das seien nur schlechte Träume, und da konnte ich nicht anders, als niederzusinken und zu weinen. Ebbi sprach geraume Zeit mit mir und versicherte mir, dass da keine Menschen vor dem Haus seien. Und ich bat ihn, das noch einmal zu sagen, und er wiederholte sehr oft, dass da keine Leute seien unterhalb meines Fensters, da sei kein Mensch. Nur ein paar Fischcontainer. Dort seien keine Leute.

Ich atmete eine Zeit lang leichter, nachdem ich meine Albträume mit Ebbi besprochen und er mir nicht die Tür vor der Nase zugeknallt und mich auch nicht als Geisteskranken bezeichnet hatte.

Keiner auf dem Meer heute, Gott sei Dank. Ich entspanne mich, solange ich kann.

Ich träumte, ich sei eine Gruppe von Leuten im Bauernhof und beobachtete mich selbst beim Vorbeigehen durchs Fenster und wir redeten miteinander: Schau, wie blass er ist. Warum kommt das gute Gefühl auf der Welt nicht zu ihm? Ich verstehe, warum das Mädchen sagt: Dein Herz ist so, als wäre es vor mir verschlossen. Und dann verschwand ich auf die Wiese, und in der Ferne war eine eigenartige Lichtstimmung.

Schafe gefüttert und Leute schauen vorbei

Als ich für den Pfarrer Schafe füttern ging in dem Nordoststurm, der die Tür auf- und zuschlagen ließ und in allen Ställen pfiff wie auf einer alten Flöte, sah ich sie wieder. Jetzt habe ich keine Abwehrkräfte mehr. Ich bin davon überzeugt, dass sie mir etwas wahnsinnig Böses antun wollen. Ich spürte zuerst eine unangenehme Nähe so wie damals, als ich von dem weißen Ungeheuer träumte. Als ich oben an der Krippe stand, mit dem Futter in den Armen, drehte ich mich um und da sah ich, wie sie an der Stalltür standen. In diesen blauen Álafossanoraks mit dicken, angsteinflößenden Brillen und großen Augen und weiß und die Hände halb ausgestreckt wie Vogelscheuchen, sie mit dickem und trockenem Haar und böse, sie sind böse und steif, sie bewegen sich nicht wie Menschen, sondern stehen steif da und neigen sich nach vorn.

Ich rief ihnen zu, was, verdammt nochmal, sie eigentlich von mir wollten, und da sahen sie einander an und begannen ihr widerliches Lachen zu lachen und schüttelten sich unnatürlich, während der Stall von ihrem Lachen erzitterte. Dann verschwanden sie und ich stolperte bei der Krippe, als ich ihnen nachlief, aber als ich auf den Parkplatz hinausgekommen war, war niemand mehr zu sehen.

Ich nahm mir etwas zu essen und raffte mich schließlich auf, in die Fischverarbeitung hinüberzugehen, um einen Heuler zu häuten, den wir im Frühling in den

Seehasennetzen gefangen hatten. Und als ich dabei war, dem Tier die Haut abzuziehen, glaubte ich plötzlich, dass Arnheiður nackt vor mir auf dem Tisch lag und ich mit dem Messer tief in sie eingedrungen war. Ich hatte den Eindruck, dass ich ihr die Haut abzog, und mir lief es kalt den Buckel hinunter, als ich sah, wie sie im Eingang standen und lachten. Ebbi, der auch dort war, fragte, ob irgendetwas nicht in Ordnung war. Du musst mit jemandem sprechen. Dóri, mein Lieber, rief er mir zu, aber ich antwortete nicht, sondern ging hinein und legte mich auf die Bettbank.

Ich werde ihr niemals sagen, welch ekelhafte Gedanken mir kommen. Da würde sie endgültig gehen und glauben, ich sei geisteskrank. Ich bin dabei, den Verstand zu verlieren, das ist offensichtlich, ich bin eine Zumutung geworden, weil ich so denke. Ich habe es verdient, nicht mehr hier unter Menschen zu sein. Ich bin ekelerregend, ich bin in meinem Innersten abstoßend. War dann nicht am Ende ich das Geschwür in deiner Schöpfung, Gott? Bin das nicht genau ich? Sie würde mich sofort verlassen.

Das Geburtstagsfest und der Zustand verschlimmert sich

Es herrschte trockenes Wetter aus Südwest und alle Traktoren waren auf den Hauswiesen beim Heumachen. Die Frau des Gemeindevorstehers klopfte an die Tür. Und plötzlich stand sie mitten im Türrahmen mit einer großen Sahnetorte in den Händen und vielen brennenden Kerzen darauf. Alles Gute zum Geburtstag!

Bensi, Ebbi und Kalli saßen frisch gebadet am Tisch, der sich unter Schokoladetorte und Pfannkuchen bog.

Arnheiður saß im Aufenthaltsraum vor dem Fernseher und ich setzte mich in ihre Nähe. Wir sagten nur Hallo, aber sonst herrschte eisiges Schweigen. Kalli begann darüber zu sprechen, wie er als 28-Jähriger zur See gefahren sei, und Ebbi sagte, er sei in diesem Alter auf Heringsfang gewesen und habe 100 Kilo schwere Heringtonnen heben können, damals mit 28. Wann hast du jemals eine Heringtonne gehoben?, fragte Bensi ungläubig und dann begannen sie mit ihrem üblichen Gezanke.

Und als ich begann, mein Tortenstück zu essen, konnte ich die Bilder, die in meinem Kopf aufstiegen, nicht anhalten, gleichgültig, wie sehr ich dagegen ankämpfte, und da nahm ich in Gedanken das verdammte Tortenmesser, es war ein teuflisch scharfes Ding, und stach auf sie ein (wozu um alles in der Welt gibt es Tortenmesser, mit denen man töten kann?), und da fiel mein Teller zu Boden und ich rannte völlig überwältigt von Selbstekel in mein Zimmer, verstört von der Angst, ich könne ihr etwas antun.

Wie konnte ich so denken? Es ist offensichtlich, dass ich nicht mehr unter Menschen sein sollte. Ich spürte ein Engegefühl meine Brust umschnüren und musste mich darauf konzentrieren, zu atmen, damit nicht noch Ärgeres passierte. Ich erwog, hinunter ins Boot zu gehen, es zu starten und den Kopf in den Motor zu stecken, damit die Lichtmaschine und die Keilriemen mir meinen Kopf abreißen und ich nie mehr diese abartigen Gedanken denken müsste, die sie, eine Unschuldige, zu spüren bekäme, und damit ich nicht mehr hier liegen und mich auf das Atmen konzentrieren müsste, um das Lachen des Álafossanorakpacks wegzuatmen, das die ganze Luft erfüllt.

Ich sperrte mich ein, und vorhin klopfte sie an die Tür und rief, ob etwas nicht in Ordnung sei. Sie wollte hereinkommen.

Da sagte ich ihr, sie solle gehen und nie mehr hierherkommen.

Ich habe schon begonnen zu packen. Verzeih mir, dass ich hergekommen bin, sagte sie, und ich hörte an ihrer versagenden Stimme, dass sie zu weinen begonnen hatte, da draußen auf dem Gang, und die Frau des Gemeindevorstehers war gekommen, um sie zu trösten.

Besuch bei Jónmundur, dem Krüppel

Ihr Weinen ging mir durch Mark und Bein. Ich verstand, dass ich ihr nicht gleichgültig war. Dass sie nicht eine von denen war, die danach trachteten, mich zu zerstören. Dass sie mir vielleicht sogar Gutes wollte. Es begann damit, dass ich eine ungeheure Kraft verspürte, die sich von meinen Eingeweiden ausgehend ausbreitete, als ich auf der Bettbank lag. Mein Blick fiel hinaus auf die Meerenge, hinauf in den westlichen Himmel, und ich sah, wie sich da ein Spalt auftat und der Berggipfel ein Loch in die Wolkendecke riss. Gleichzeitig spürte ich, wie das Engegefühl in der Brust verschwand und eine bisher ungekannte Wut in mir aufstieg. Ich sprang auf die Beine und lief an den Fragen, ob etwas nicht in Ordnung sei, vorbei und fuhr los.

Das Álafossanorakpack mit den Flaschenbodenaugen stand im Eingang des Lesevereinshauses. Sie wollten mir den Weg versperren, sie glitten vor das Auto wie bösartige Wale mit ihren großen Brillen, und ich mähte sie um, jedes Mal, wenn sie sich mir in den Weg stellten, und sie lachten nicht mehr, nachdem ich über sie drübergefahren war, und jetzt konnte mich nichts aufhalten. Ich hatte nichts zu verlieren. Wenn ich sie nicht lieben konnte und weiterhin so böse Gedanken dachte, wollte ich nicht mehr in diesem Fjord leben.

Die Leute auf Hneitistaðir waren nicht zu Hause und niemand war in der Küche, also ging ich direkt hinauf in Jónmundurs Zimmer. Über mich kam eine Ruhe, als ich seine Stimme hörte, diese zärtliche Stimme, die wie aus einer anderen Welt schien, und aus einer besseren. Ich vergaß ein paar Augenblicke lang, wer ich war in diesem Leben und was mir passiert war.

Bist du gekommen, mein lieber Halldór? Ich wurde ruhig, denn ich vertraute ihm auf eine wundersame Art und legte mein Leben in seine Hände. Er sah hinaus auf das sonnengetrocknete Gras auf den Hauswiesen und sprach zum Fenster:

Wenn der Sommer voranschreitet, kommen die Küstenseeschwalbenjungen. Es ist eine große Gnade für einen leidenden Mann, die Küstenseeschwalbe auf seinem Kopf picken zu lassen, denn sie passt auf die Ihren auf. Menschen nehmen die Küstenseeschwalbenjungen gern in die Hand und sind begierig danach, sie zu halten und ihr Flaumkleid zu bewundern und ihre Weichheit. Ihre Hilflosigkeit. Aber das Küstenseeschwalbenjunge hat Angst vor den Klauen der Menschen und kackt ihnen in die hohle Hand.

Hier können wir sagen, mein lieber Halldór, dass es zweierlei Arten von Menschen gibt; die eine, die erschrickt und findet, dass sie vom Leben getäuscht worden ist, und das Junge von sich wirft. Für diese gibt es keine Hoffnung.

Die andere Art hat Mut und Einfühlungsvermögen und versteht die Angst des Jungen, versteht, dass das eine natürliche Reaktion ist. Dieser Mensch legt das Junge von sich und wischt sich die Handfläche auf der nächsten Grasbülte ab. Alles hat seine Ursache.

Ich will der sein, der versteht, sagte ich. Ich will verstehen, warum ich Angst habe.

Du musst den verstehen, der sich in dir drinnen fürchtet, sagte der Alte, und verstehen, dass die Signale, die er aussendet, eine natürliche Ursache haben. Entweder lehnst du deine Geschichte ab oder du akzeptierst sie und küsst jede Fußspur des Weges, den du gegangen bist. Es gibt keinen Mittelweg. Kehr um und geh direkt auf deine Angst los und erlaube dem Zorn, dich zu reinigen, so wie die Brandung die flachen Klippen wäscht. Deine Liebe wird nie etwas anderes als ein Widerschein vergeudeter Sonnentage sein, wenn du vor deiner Angst fliehst. Die Liebe ist stärker. Sie verlässt dich nicht.

Sie sind gemein zu dir, mein lieber Halldór, du musst sie das spüren lassen. Die Jugend in dir muss sich erheben ...

Und so redete er weiter, der Krüppel, aber ich hörte das nur am Rande, denn ich spürte, wie mein Innerstes von weißem Feuer erfüllt wurde, das hervorbrechen wollte, und da sah ich plötzlich, wie sie wiederkommen und über dem Krüppel aufsteigen und das Zimmer ausfüllen und mir zurufen, dass ich ein Versager bin, der nie eine Freundin haben kann und nie ein Mann wird, aber jetzt war ich stark und schlug auf sie ein und griff nach einem Prügel und haute damit um mich, ich spürte, wie ich mich in ein behaartes und mächtiges Ungeheuer verwandelte, das fauchend mit dem Kopf auf sie zuschwang, sodass ihr böses Lachen verstummte, und da waren meine alten Freunde, die mitlachten, aber das Feuer schoss aus meiner Faust und ich sah, wie die Angst in ihren Augen brannte, und ganz weit in der Ferne hörte ich den Krüppel mich anfeuern, aber jetzt brauchte ich keine Anfeuerung mehr, denn jetzt war ich groß und größer als alle anderen und ich spürte die vom gewaltigen Sturm geschwellte Brust, von einem Sturm, der aus mir herausschoss und die Schwere aus dem Herzen löste und direkt in das Gesicht derer raste, die zu mir am schlimmsten gewesen waren, und dann wurde ich ein Ritter, da drinnen im Zimmer des Krüppels, und wirbelte mein Schwert und spürte, wie ich wieder zum Leben erwachte, und plötzlich nahm ich mich nicht mehr wahr, doch mittendrin zwischen Traum und Wirklichkeit sah ich das kleine Mädchen mit der Wunderkerze, das mir zulächelte, und dann wurde alles schwarz.

Ich weiß nicht, wie lange ich bei dem Krüppel auf dem Boden gelegen habe, aber als ich wieder zu mir kam, war es, als sei ich in eine andere Wirklichkeit hinein erwacht, also rief ich ihn und verstand, dass ich das alles ihm zu verdanken hatte. Ich stand auf und wollte ihn umarmen, aber der alte Jónmundur reagierte nicht mehr.

Da auf dem Krankenbett lag er mit offenem Mund und sah aus dem Fenster, aus dem er zwanzig Jahre lang hinausgesehen hatte, blass im Gesicht, Falten in den Wangen wie kleine Felsrinnen, und die Augen. Die Augen, die sahen nichts mehr. Die Augen waren leer. Er war gestorben.

Ich dachte, dass ich ihn vielleicht in meiner Berserkerwut geschlagen hätte, doch wahrscheinlicher war, dass er nur eine kleine Schramme auf der Stirn hatte, oder eher, dass mein Ausbruch für sein altes Herz zuviel gewesen wäre.

Ich empfand ein tiefes Schuldgefühl und konnte nur mehr die Ungerechtigkeit hinausschreien. Ich weiß nicht, wie lange ich da am Bett des Krüppels gesessen habe, aber mehr und mehr verstand ich, dass ich ein Totschläger war und ihn umgebracht hatte, ihn, der mir ein neues inneres Leben geschenkt hatte, und ich war wie betrunken und gleichzeitig zum Bersten voll von anderen Gefühlen. Ich rannte aus dem Haus und empfand unerwartet eine tiefe Dankbarkeit gegenüber dem Duft des frischen Heus, ich spürte, wie meine Seele sich wie ein Vogel im Aufwind an den Felsen erhob, und als ich da fuhr, schien das Auto etwa einen Meter über der Straße zu schweben, und da dachte ich an den Gefängnisaufenthalt, der mir bevorstand, dafür, dass ich den alten Jónmundur getötet hatte, und empfand, wie mich innige Liebe umfloss, und da begann ich zu lachen und lachte so herzlich, dass das Auto vom Weg ab- und auf einem Haufen Treibholz am Strand zum Stillstand kam.

Ich lief zum Meer hinunter und rief mit aller Kraft, während ich Algenbüschel ausriss und ins Meer schleuderte, dass sie sie mir nie mehr wegnehmen dürften, dass ich sie liebte, und ich verstand, wie mein Schrei aus dem innersten Kern meines Seins kam, und ich spürte, wie diese grundlose und allumfassende Euphorie über mich hereinstürzte, und ich breitete meine Arme aus und nahm das Glück entgegen, und der Sonnenstrahl auf der kleinen Insel weiter draußen war so, als würde die Natur meine Freude verstärken, und in den Felsen und den Kieseln am Strand erwachten kleine Mädchen in weißen Kleidern zum Leben, die zu mir schwebten und um mich herumtanzten und ihr ehrliches Lachen lachten und ihre Zöpfe schwangen.

Mein Bewusstsein zersprang in der Überfreude und dehnte sich bis zum Horizont und ich wurde eins mit alldem. Ich wurde ein Kabeljau in 40 Faden Tiefe, wurde die Kurve einer Welle, wurde der Leuchtturm ganz weit draußen, wurde der Berg hinter mir und sah von den Berggipfeln auf mein Leben herunter in einer unter die Haut gehenden Freude, die wie das Sonnenlicht die Hänge hinunterfloss, ich war zurück, wieder zum Leben erwacht.

Und wie ich da am Strand stand, eins mit den Wundern dieses Landes, sah ich, wie der Pick-up von Dósi vorbeibrauste und fjordeinwärts fuhr. Ich sah, dass darin zwei Personen saßen. Außer Dósi war dies Arnheiður Dögg, die Rose aus dem Osten, aus dem Skagafjörður. Heute fuhr der Bus.

Ich sah das Auto hinter dem Hneitistaðirhügel verschwinden und sank auf die Knie und starrte auf die Straße. Wollten sie nicht umdrehen?

Ich weiß nicht, wie lange ich da zusammengekrümmt hockte mit allen Gefühlen gleichzeitig und auf den Weg starrte. Da fiel mein Blick auf das Treibholz und mit einem Mal kapierte ich, dass dieses russische Automobil Marke Lada Niva das Einzige war, das die Sache noch retten konnte, so wie es jetzt um mich stand.

Die Fahrt hinein

Die Sache hatte allerdings einen Haken, nämlich, dass das Auto felsenfest im Treibholz steckte, immerhin schienen die Räder in der Luft zu hängen. Es gab also keinen anderen Weg, als zu klopfen, wieder einmal, und zwar bei Daníel, dem Bauern auf Ásmundarstaðir, um Hilfe anzuklopfen. Ohne Erfolg vertäute Daníel das Auto an seinem Geländewagen, aber nichts bewegte sich, bis er den Ursustraktor holte und das Treibholz webschob. Dann band er ein Seil an das hintere Ende und so wurde das Auto mit Getöse zurück auf den Weg gerissen.

Ich fuhr mit Vollgas fjordeinwärts und kümmerte mich um nichts, nicht einmal um das laute Schlagen der Vorderräder, die sich bei dem unsanften Verlassen des Weges wohl verbogen hatten. Und so eierte ich über Bergpässe und Hochebenen, vorbei an abschüssigen Berghängen, über Gräben und Schafspfade, an sie denkend, über Brücken und grasige Hügel, vorbei an Felsrinnen und Wollgrasmooren, an sie denkend, den Strand entlang und über den Grat, hinein in den Fjordboden und über kleine Bäche und wurde nicht langsamer, bis ich zum Kiosk in der Stadt kam, wo der Bus seine Station hat.

Dósi saß im Kiosk und verleibte sich ein Hotdog ein. Sie war weg.

Ich befahl Dósi, sofort an Bord zu gehen, wie ein ordentlicher Kapitän. Ich musste der Haushälterin etwas überreichen, bevor sie den Bezirk verließ. Ich riss einen Sack mit Signalraketen an mich und den Strauß Wollgras, den ich vor ein paar Tagen gesammelt hatte. Und die Kioskdamen bekamen zwei Männer zu sehen, die mit quietschenden Reifen in einer Rauchwolke vom Parkplatz verschwanden.

Wir holten den Bus im Hafursfjörður ein. Der Busfahrer war offensichtlich übellaunig und schenkte uns keine Beachtung, obwohl Dósi blinkte und hupte. Erst als ich mit dem Sack mit den Signalraketen auf die Ladefläche des Pick-ups kroch und neben dem Bus die Sonne aufgehen ließ, wurde er langsamer und blieb stehen. Ich ergriff den Wollgrasstrauß und zwängte mich hinein mit Herzrasen, aber am Leben. Ganz. Die anderen Passagiere starrten mich an, aber ich beachtete sie nicht.

Hier, sagte ich, und reichte ihr das Wollgras, wenn du unsere Gegend schon für immer verlässt, dann will ich, dass du meine Lieblingsblume mitnimmst.

Du bist völlig durchgeknallt, sagte sie und betrachtete abwechselnd den Strauß und sah mir in die Augen. Die Narbe vom Augenwinkel hinunter bis zum Wangenknochen zuckte.

Du bist völlig durchgeknallt. Ich wollte in ihrer Narbe versinken und immer in ihrem Blick sein, solange sie lebte. Sie errötete. Mehr wurde nicht gesprochen und ich stieg aus, überschüttet vom Geschimpfe des Busfahrers.

Der Bus fuhr los und befand sich schon im zweiten Gang, als er langsamer wurde und wieder stehen blieb. Der fette Busfahrer kam heraus und warf einen Koffer an den Straßenrand, knallte den Kofferraum zu und man konnte seine Flüche noch in den nahe liegenden Schluchten echoen hören.

Und da stand sie. Mit einem Wollgrasstrauß in der Hand, als sei sie direkt aus dem Blau des Himmels herabgesandt worden.

Du bist völlig durchgeknallt, sagte sie und klopfte mir auf die Brust. Ein elektrischer Strom durchzuckte mich. Die Abendröte trieb hohe Federwolken über die Berge. Wahrscheinlich befinden wir uns in einem Buch aus der roten Serie, die die Frau des Gemeindevorstehers immer liest: Als John und Jane einander endlich trafen, begannen sich heftige Leidenschaften zu entladen.

Na ja, wollen wir nicht vielleicht doch zurückfahren!, rief Dósi uns aus dem Pick-up nach dieser langen und intensiven Vereinigung am Straßenrand zu.

Zurück im Geirmundarfjörður

Als ich in den Kiosk hineinging, um das Benzin zu bezahlen, saßen Palli und Kiddi an einem der Tische und begannen, sich zu wundern, dass die Haushälterin noch immer nicht weg sei, und brüllten das durch den ganzen Kiosk. Das müsse ein neuer Rekord sein.

Ich griff nach einem Packen Kondome auf einem Stativ an der Theke, knallte ihn auf ihren Tisch und fragte, ob es für sie nicht endlich an der Zeit sei, sich zu outen.

Ich öffnete ihr mein Herz, als wir mit dem Lada von Bensi zurück in den Geirmundarfjörður schlichen. Ich offenbarte ihr, dass ich irgendwie erwacht sei nach einem langen Schlaf und das alte Leben abgestreift hätte und mein Leben plötzlich als Trugbild vor mir erschienen sei, auf Hneitistaðir bei dem Krüppel.

Wie ich falsch gelebt hätte und immer vor meinen eigenen Wunden geflohen sei. Dass ich wie Schattenbilder an der Wand Ereignisse meiner Jugendjahre gesehen hätte, als die großen Jungen mich beim Fußballtraining immer härter drannahmen und mich dann gegen den Zaun drückten. Und wie ich aufhörte, zu wachsen, und aus der Dusche lief und sie mir nachriefen, dass ich ein verklemmter Versager sei, und wie ich an einem Tag, an dem die Sonne schien und alle so nett zu mir waren und mir auf den Rücken klopften, als das Training vorbei war, sah, dass sie ihr Lachen zurückhalten mussten, und als ich zu Hause war, bemerkte ich, dass sie mir den Rücken mit Aufklebern zugepflastert hatten.

Und der Abend, als in der Schule Disko war und draußen von Norden der Schnee wehte und ich so lange brauchte, um mich aufzuraffen, allein hinzugehen, um die zu sehen, die mit mir in der Pause gesprochen hatte, und als ich ankam, mit dem Herzklopfen der Angst, stand ausgerechnet sie in der Tür und bat mich, mit ihr hineinzugehen. Ich wagte es nicht, und dann kamen die Jungen zur Tür und fragten sie, warum sie mit diesem Winzling spreche, ob sie nicht wisse, dass mir noch keine Eier gewachsen seien, und da rannte ich hinaus in den Schneesturm und es war mir gleichgültig, wohin ich ging, und nach und nach lösten sich die Leute bei mir zu Hause auf und wurden zu Luft, und da war Mama mit den Töpfen, und wenn ich sie umarmen wollte, griff ich ins Leere, denn sie war nicht mehr aus Materie, und fragte mich, ob ich gegessen hätte, und löste sich auf.

Verschwand.

Und in der Pause, wenn die Fußballmannschaften gewählt werden, stehe ich dort alleine, nachdem das Spiel begonnen hat, und schaue in die Augen derer, die früher meine Freunde waren, und sehe, dass sie leer sind, und sie lachen mit, als die großen Burschen mich festhalten und mich in der Garderobe ausziehen und mich in die Dusche zerren und sagen, dass ich diesmal nicht »aufhören« sagen darf, dass ich sonst immer ein Kind bleiben und nie vögeln oder eine Freundin haben werde, und ich liege zusammengekrümmt in einer Ecke unter der laufenden Dusche und bewege mich nicht, obwohl sie mich treten und auf mich einschreien, aber dennoch empfinde ich einen angenehmen Frieden in mir drinnen, während die Tortur andauert.

Dann ist da diese eine Nacht, als ich nicht schlafen kann vor Angst, als ich umhergehe und mit irgendjemandem im Haus Kontakt aufnehmen will, mit jemandem sprechen über irgendwas, und ich öffne die Türen der Zimmer, aber da ist alles leer und niemand ist in dem Haus, bis auf ein Zimmer, in dem ein kleines Mädchen in einem weißen Kleid ist, das eine Wunderkerze in der Hand hält und sagt: »Die Liebe hört nie auf.« Und ich frage: Was ist Liebe?, und da geht die Wunderkerze aus und sie verschwindet vor mir und ich erzählte Arnheiður, wie ich in mir mit der Zeit abstarb, weil mir niemand mehr nahekam.

Und der Tag, an dem dein alter Freund dir Kakao ins Gesicht spritzt und alle in der Klasse lachen dazu und auch der Lehrer, der am lautesten von allen lacht, und du kannst nichts machen, außer wie angewurzelt dazustehen, das ist der Tag, an dem du dein Inneres aufgibst und erkennst, dass du nicht wie die anderen bist. Du hast nur in der falschen Vorstellung gelebt, denn du bist nur ein sprachloses Tier, mit dem die anderen tun können, was sie wollen, und so hörst du auf zu existieren, obwohl du unter ihnen bist. Du bist vierzehn Jahre alt.

Es tut nicht mehr weh. Du bist tot.

Und ich sagte Arnheiður, wie es mir in der Nähe von Menschen schlecht zu gehen begann und wie ich hier in der Wetterhölle des Geirmundarfjörður Schutz fand und mich durch die Winter kämpfte, getragen von der

Vorstellung, im kommenden Sommer wieder in den Norden zu Onkel Gusi zu kommen, wo wenigstens Menschen lebten, die mit mir redeten und mir sagten, ich sei zäh.

Und nach einem der Fußballtrainings las der Trainer von einem Zettel die Namen derer vor, die in der A-Mannschaft waren, und dann die der B-Mannschaft und dann die Ersatzmänner, aber mein Name war nicht dabei, und dann standen der fette Siggi und ich allein außerhalb der Gruppe und da verstand ich, dass es vorbei war, und ging nicht mehr zum Training. Danach wurden in der Schule alle noch grausamer zu mir, und das Schlimmste war nicht, wenn mich die Großen verdroschen, sondern die kleinen Worte der anderen, die dabeistanden. Irgendwie gelang es mir, alle Pflichtprüfungen zu machen, aber ich ging nie mehr in die Schule, sondern zog hierher in den Geirmundarfjörður zu Gusi, meinem Verwandten, und zu Ebbi und Bensi, und begann, mit dem eigenen Boot hinauszufahren und nach dem Wetter zu spähen und bei Unwetter auf den Fjord hinauszuschauen. Ich war auf dem Boden wie der Heilbutt und deshalb sah ich zum Himmel hinauf wie er. Ich begann, über Wolken nachzusinnen und deprimiert herumzuliegen, und dazwischen sagte ich mir, ich sei nicht mehr wert als Schellfischkacke und ein durch und durch verrotteter Verlierer, der es nie verdienen würde, eine Freundin zu haben oder zu einer Familie zu gehören.

Warum hast du mir das nicht gleich gesagt?, fragte sie, und ich antwortete ihr die Wahrheit. Ich hatte diese Zeit noch nicht akzeptiert. Früher war das nur wie ein formloser Albtraum in meiner Seele, für den ich mich schämte und den ich versteckte. Keiner sollte etwas über mich und meine Vergangenheit wissen, denn sonst würde dasselbe wieder passieren können. Ich habe immer gewusst, dass da ein Fisch unter dem Stein liegt, aber nie gewagt, den Stein aufzuheben, bis der Krüppel mir half.

Aber jetzt sei die Zeit der Freude gekommen. Jetzt sei das große Licht über uns entzündet worden und da sei es gleichgültig, ob sie kämen und mich holten.

Die wer?, fragtest du, und da sagte ich dir, was sich auf Hneitistaðir ereignet hatte und wie ich ein Blackout gehabt hätte in meiner weißglühenden Wut, als ich auf alle einschlug, die sagten, ich könne nicht lieben und keine Freundin haben, und ich hätte nichts bewusst wahrgenommen, bis ich auf dem Boden liegend wieder zu mir kam, und dass ich sicher, unwissend und unwillentlich, dem alten Jónmundur einen Schlag versetzt hätte und jetzt sei er tot und ich hätte ihm den Todesstoß versetzt, und ich würde die Strafe ausfassen, die mir gebührte.

Ich hielt das Auto an und sprach langsam und mit einem Knoten im Hals. Ich war ein Töter und ich war bereit, zu akzeptieren, dass du in dem Augenblick von mir wegwollen würdest, in dem ich dir das erzählte.

Ich stieg aus dem Auto und schnappte frische Luft.

Was hatte ich mir nur gedacht?

Glaubte ich wirklich, sie würde kommen und bei mir bleiben?

Und du begannst zu weinen und sagtest, das sei so ungerecht, und als du kamst und deine Hand auf meine Schulter legtest, während ich am Straßenrand saß, und sagtest, dass es dir nicht im Traum einfalle, von mir wegzugehen, und obwohl das alles passiert war, bekam ich die Antwort auf die Frage, die ich an das kleine Mädchen in dem weißen Kleid gerichtet hatte.

Aber ich bat dich, nicht zu weinen, sondern dich zu freuen, dass ich nun endlich am Leben war und dich ungehindert liebte, wenn du es nur wolltest. Und meine Formulierungen liefen zu Höchstform auf, denn ich sagte, dass erst jetzt endlich Hochsommer sei und dass nun die Milch von jedem Grashalm triefe und ich wie die Kuh vor Freude den Schwanz schwingen würde. Deine Liebe hat die alte Schlappheit von mir abgespült wie stinkenden Schmutz. Und ich lief auf die Futterwiese und wälzte und kugelte mich vor Freude in dem frischen Heu, und ich muss sagen, dass ein so wohlgestaltetes Wesen mit so feinem und innigem Lachen niemand anderer als der Urheber aller Fische geschaffen haben konnte, und du wurdest zu einem Instrument mit vielen Saiten und Pfeifen, die ertönten, wenn man mit den Fingern darüberglitt, und ich hatte nicht gewusst, dass ich irgendwann etwas so lieben können würde wie deine Augen und das Licht zwischen uns beiden.

Aber jetzt sehe ich, wie die Wolken aufziehen und sich auf den Bergen verdichten, und für morgen ist ruhiges Nordwetter angesagt und da werde ich meine letzte Fangtour für lange Zeit machen und Abschied nehmen vom Meer, bevor sie kommen, um mich zu holen.

Am Morgen vor der Fangtour

Jetzt, da die Bergspitzen im Morgenlicht bluten und ein fröhlicher Streif auf den Wolken sitzt, schläft mein geliebter Schatz auf der Bettbank, durch und durch geliebt, und ich wende mich dir noch einmal zu, liebes Tagebuch, nach einer Nacht mit dem wunderbarsten Sex, der in der Geschichte der Menschheit vermerkt ist.

In mir ist schwere Trauer. Sie ist nicht mehr um mein Herz und in der Brust, sondern wie eine Last auf meinen Schultern. Ich finde, dass ich mein halbes Leben vergeudet habe. Ein halbes Leben voll von Depression und Selbstanklage, die mir andere auferlegt haben. Trauer über all die Tage, die man gelitten und sich dafür geschämt hat. Trauer über die Zeit, die die Seele mit Panik und Angst erfüllte. Als man den anderen glaubte, wenn sie sagten, dass man nur Schlechtes verdient hätte und nie zu einem Mann werden könne wie sie. Zeiten, die nie zurückgewonnen werden können. Zeiten, die nie zurückkehren. Ich kann mich erinnern, dass ich einmal ein Gedicht las mit der Zeile: »Nicht wissend wird, wer nie die Angst gespürt.« Das habe ich so verstanden, dass sich das nicht auf das harte Leben des Geschmähten bezieht, denn jener, der wirklich am Rand gelandet ist, weiß, dass es dort kalt ist, und dass in dieser Kälte nichts weint und dort nichts als der Tod und die Dunkelheit sind. Und dennoch ist einem in Gedanken ein Glaube an jenes Phänomen gefolgt, das man Liebe nennt. Deshalb ist das, was ich sage, haltlos. Ich weiß, was Liebe ist, auch wenn ich sie nicht beschreiben kann; die Liebe ist das, was verloren geht, wenn jemand ausgeschlossen wird.

Aus irgendeinem Grund sind sie bis jetzt noch nicht ins Dorf gekommen, um mich festzunehmen, aber bald werden sich die Fesseln um mich schließen, da ich doch fast der Einzige war, der den alten Jónmundur besuchte. Ich habe fast einen ganzen Tag lang existiert und dem Leben meine Ehre erwiesen, indem ich in Gegensätzen gelebt habe – von den tiefsten Wasserlöchern bis in die windgehauchten Wolken. Ich habe getötet und geliebt an ein und demselben Tag.

Wenn sie kommen, mich zu holen, möchte ich ihnen sagen, dass der, den ich tötete, der war, der mir das Leben gab, und es macht nichts, wie mein Leben von nun an wird, denn ich habe einen ganzen Tag lang vollkommen geliebt und das Leben kann kaum noch mehr bereithalten. Ich möchte ihnen sagen, dass das Opfer des Schwachen so unscheinbar war, wie es vollkommen ist. Dass es diese Schwäche ist, die der Welt der Menschen das Licht gibt, und dass sein Geist ein einziges Haus für die Schönheit der Welt ist. Mein Totschlag ist nicht zu leugnen, aber auf dieselbe Art ist meine Liebe zu ihm nicht zu leugnen, das, was er mir gab, ist alles, was ich habe, und mehr gibt es nicht. Dieser Krüppel, der in seinem Krankenbett auf Hneitistaðir lag, war es, der mich den ganzen Weg zum Leben getragen hat.

Einmal erzählte mir der Pfarrer eine Geschichte von einem Philosophiemann, der lehrte, dass alle Menschen in ihrem Inneren machtbesessen seien und dass es nichts Unvollkommeneres gebe, als Mitleid mit anderen zu empfinden. Der Pfarrer sagte, diese Philosophie, dass der Mensch erst an sich selbst denke und nur seinen eigenen Willen habe, könne er vervollständigen, und so ein Mensch, sagte der Pfarrer, heiße Übermensch.

Dann war der Philosophiemann eines Tages auf der Straße unterwegs und wurde Zeuge davon, wie ein bösartiger Witwer sein Pferd mit einer Peitsche schlug. Da lief der Philosophiemann zu ihnen hin, umarmte den Hals des Pferdes und weinte in seine Mähne hinein, bevor er zusammenbrach und krank wurde und keine Philosophie mehr schrieb. Und vielleicht war es so, dass der Philosophiemann am Ende Mitleid mit dem Schwachen und Geschlagenen bekam, entgegen seiner eigenen Lehre, und verstand, dass es immer der Schwache ist, der in Wirklichkeit der Stärkste auf der Welt ist.

Das würde ich ihnen sagen, wenn sie kommen würden, um mich abzuholen, und mir ist es ganz gleich, ob sie es das Geschwätz eines geisteskranken Totschlägers nennen, ich will, dass das klar zum Ausdruck kommt. Und ich sage das nicht, um mildernde Umstände zu bekommen, sondern weil manche Geschichten erzählt werden müssen und keine Kraft unter den Wolken kann das verhindern.

Jetzt fahre ich aufs Meer hinaus.

Die letzte Fangtour

Es war ruhiges Wetter, Nebelbänke lagen an diesem Morgen auf der Bucht und Ebbi und Bensi kamen auf den Pier und halfen mir, die Container an Bord zu hieven.

Er ist dick und übel, der Nebel da draußen, sagte Ebbi, aber Bensi sagte, das könne man wegen des Nebels nicht beurteilen.

Ich lachte über diese beiden Brüder, die nie einer Meinung sein, aber dennoch nicht ohne einander leben konnten. Ebbi gefiel es nicht, sich in diese Kälte hinauszubegeben, und er musste sowieso Tage sparen, an denen er hinausfuhr, aber Tatsache ist, dass weder der eine noch der andere sich mit dem neuen GPS auszukennen schien, doch auch wenn sie sich genau damit auskennen würden, würden sie immer nur den markanten Bergen vertrauen. Ich war also an diesem Tag das einzige Boot draußen und das ist eine alte Ruhe, die sich über einen senkt, wenn man allein mit den Naturgewalten ist.

Als ich über das Kúvíkurnes hinauskam, war der Nebel so dick, dass ich kaum das Cockpit sehen konnte, wenn ich am Heck stand. Ich lief ein paar Punkte im flachen Wasser an, sah aber nichts als kleine Fische, sodass ich tiefer und weiter draußen fischte, während der Tag voranschritt. Als ich nach Osten hinaus aufs tiefe, offene Meer fuhr, lichtete sich plötzlich der Nebel und eine Schule Schwertwale kreuzte vor dem

Boot. Ich wurde langsamer und trieb umher und ließ das Echolot suchen.

Im Meer wimmelte es nur so von kleinen Walen, da waren Delfine, die umhersprangen, darunter einige Weißschnauzendelfine, und ein Zwergwal, und der Grund zeigte sich als schwarzer Klumpen auf dem Echolot: Der Hering war da.

Die Heringsschwärme waren über 20 Faden in der Breite, das sah ich auf dem Echolot. Ich blieb stehen und ließ die Leinen zu einem Flecken hinunter, und was sagt man dazu, tat sich nicht auch der Kabeljau an dem Hering gütlich.

Jetzt begann ein wildes Treiben, Leinen einholen, Fische abziehen, ausnehmen. Die Fangleinen gingen nicht weiter als auf 10–15 Faden hinunter, da waren sie schon dicht besetzt mit fetten Kabeljaus, mit denen ich es nicht leicht hatte. Ich habe so etwas, ehrlich gesagt, noch nie erlebt. Nach etwa vier Stunden des Fisch-an-Bord-Schaufelns war jeder Container und jeder Behälter voll und mein Deck war bedeckt mit Blut und Heringsschuppen und außerdem waren zwei volle Kisten mit Fisch vorne unter der Falltür. Da dachte ich mir, dass es jetzt genug sei, ich wollte sowieso von dieser Tour nicht reich werden. Ich wollte mich nur von dem Leben als Küstenfischer verabschieden.

Als ich nach der Anstrengung vorne im Cockpit in mein erstes Brot biss, drehte ich das GPS auf, um zu sehen, wohin es mich getrieben hatte. Und natürlich gelten dieselben Gesetze für diese Arbeit wie für alles andere, genau dann, wenn man es am meisten braucht – da lässt es einen im Stich. Das Gerät schaltete sich ein und dann fiel es aus und flimmerte, als bekomme es keinen Strom.

Als ich nachsah, was die Ursache sein könne, fand ich heraus, dass der Akku für die elektronischen Geräte leer geworden war, denn ich hatte die Lenzpumpe den ganzen Tag laufen lassen und sie hatte den letzten Tropfen Strom aus meinem Akku gesogen. Jetzt galt für mich nichts anderes, als die Kabel zu finden und anzuschließen, aber es gab keine Kabel. Ich hatte sie Grímur für die Heuernte geborgt, und das war nun die Situation: blinder Nebel nahe der Küste. Ich wusste, dass ich mich hatte nach Süden treiben lassen, aber wie weit, war unmöglich zu sagen. Ich wusste, dass das Land im Westen lag, aber wo ich ankäme, lag im Ungewissen. Ich war das einzige Schiff draußen, und auch wenn ein anderer mir zu Hilfe käme, würde ich ihm keine Koordinaten nennen können.

Ich war eigenartigerweise ruhig und hatte keine Todesangst mehr wie früher, aber dennoch hätte ich mich nicht blöder anstellen können, endlich das Leben zu finden und es dann im Nebel auf See zu verlieren.

Ich begann, langsam mit Kurs auf West zu tuckern, und es war so, als ob ich es gewusst hätte, dichtester Nebel, je näher ich Richtung Land kam, sodass es keine Rolle spielte, ob man die Scheibe wischte oder nicht, man sah nichts, nur dieses Chaos und die weiße Suppe, diese kalte und blendende Nebelbank. Das war genau genommen nicht das erste Mal, dass ich meine Position im Nebel verloren hatte, und ich erinnerte mich an das Unangenehmste, das mir auf meinen Fangtouren je passiert war; auf zwei Faden Tiefe zu sein und die Felswand auf einen zukommen zu sehen, und dort südlich der Einfahrt in den Geirmundarfjörður spukte es und man durfte sich nicht wundern, wenn man im Nebel auf eine Schäre knallte, sobald man die Einfahrt falsch erwischte.

Da bekam ich dieses Himmelszeichen von einem Einfall, die Polklemmen der elektrischen Fangspule abzunehmen und sie zu verwenden, um den Geräteakku dranzuhängen. Die erste Klemme, die ich abnahm, begann ich abzulecken, und da fiel mir das Sprichwort ein, dass eine gute Reise mit einem Problem beginne, und als ich hinter dem Motorraum an meiner Lösung tüftelte, hörte ich ein vertrautes Geräusch in der Ferne.

Langsam und ruhig erhob ich mich und da fiel mein Blick nach Backbord hinaus, dorthin, woher das Geräusch gekommen war, und kam da nicht, mein guter Gott, dachte ich, wenn das nicht der Listermotor von Gusi ist, da hörte ich ihn tuckernd näher kommen und immer deutlicher begann ich, die Konturen zu erkennen, und dann sah ich, wie die »Seeadler« aus dem Nebel auftauchte, schräg zu meiner Richtung, fast aus Südosten, und der alte Jónmundur, der Krüppel auf Hneitistaðir, winkte vom Steven und hatte einen Wollpullover an, und wer anders als Gusi kam aus dem Cockpit in seinem blauen Seemannspullover, die Pfeife im Mund, sodass ich den Geruch von Borkum Riff wahrnahm, und winkte mir, dass ich hinter ihm drein fahren sollte.

Er hatte die Scheinwerfer aufgedreht, sodass ich sie sah, aber ich blieb im Kielwasser in ein paar Metern

Entfernung. Ich sah ihn durch den Nebel, sah, wie der Pfeifenrauch in Schwaden aus dem Fenster stieg, sah, wie die breiten Schultern das Cockpit ausfüllten, sah, wie seine sicheren Hände das Steuer hielten, ich sah das und ich folgte dicht dahinter und mir war es ganz gleich, wohin sie mich zu führen vorhatten und ob ich dabei wäre, den Verstand zu verlieren und was Wirklichkeit war und was nicht. Ich fuhr hinter diesen Ehrenmännern drein.

Gusi nahm Kurs hoch auf Nordwest und deshalb musste es mich viel weiter südlich abgetrieben haben, als ich geahnt hatte. Nach einiger Fahrt, ohne dass ich die Augen von der »Seeadler« gelassen hätte, sah ich, wie sich eine Spalte zwischen der dichten Wolkendecke von oben und dem Nebel auf dem Meer von unten bildete, und ein schwaches Leuchten aus weiter Ferne drängte sich in diesen Spalt.

Das war ein wundervoller Anblick und vielleicht kann nur ein verirrter Seemann die Tiefe dieser Schönheit begreifen, wenn das Licht sich seinen Weg durch den Nebel bricht. Dann begann sich das Licht um den Feuerball hinter der Nebelhülle zu einem gleißenden Halo zu formieren, mit einem Radius in der Länge des ganzen Fjords, und da begann sich die »Seeadler« von der Meeresoberfläche zu erheben, und ich schwöre, dass die Schraube sich noch im Nebel weiterdrehte und das Boot Kurs direkt nach oben nahm, und dann sah ich sowohl Gusi als auch den Krüppel vorne auf dem Boot, und ich war so ergriffen, dass ich nach vorn zum Cockpit lief und mit einer alten Haube, die ich dabeihatte, winkte, und ich wusste nicht, ob ich weinen sollte oder lachen, und jetzt wurde der Zacken des Pottberges frei und sie nahmen Kurs auf den Gipfel und in diesem Augenblick, in dem die Sonne zu scheinen begann, sah ich, dass sie sich beide umdrehten und mir winkten, während ich ihnen nachschaute, wie sie ins Licht hinein und meinem Blick entschwanden, und dann war ich offensichtlich aus der Nebelbank heraußen und näherte mich dem klaren Himmel, der oft im Fjordinneren sein kann, auch wenn es draußen dunkel ist, und plötzlich befand ich mich im Sonnenschein im Geirmundarfjörður.